写意清水·助力脱贫

文学作品集

XIE YI QING SHUI ZHU LI TUO PIN WEN XUE ZUO PIN JI

中共清水县委宣传部
清水县文学艺术界联合会 编

甘肃文化出版社

图书在版编目（CIP）数据

写意清水 · 助力脱贫文学作品集 / 中共清水县委宣传部，清水县文学艺术界联合会编. -- 兰州 ：甘肃文化出版社，2021. 6

ISBN 978-7-5490-2238-0

Ⅰ. ①写… Ⅱ. ①中… ②清… Ⅲ. ①中国文学—当代文学—作品综合集 Ⅳ. ①I217.2

中国版本图书馆 CIP 数据核字(2021)第 101387 号

写意清水·助力脱贫

文学作品集

中共清水县委宣传部
清水县文学艺术界联合会 编

责任编辑 王天芹

封面设计 石 瑜

出版发行 甘肃文化出版社

地　　址 甘肃省兰州市城关区南滨河东路 520 号 730000(邮编)

电　　话 0931—8454870

经　　销 新华书店

印　　刷 甘肃宏翔文化传媒有限责任公司

开　　本 787 毫米×1092 毫米 1/16

字　　数 312 千

印　　张 11

版　　次 2021 年 6 月第 1 版

印　　次 2021 年 6 月第 1 次

书　　号 ISBN 978-7-5490-2238-0

定　　价 90.00 元

《写意清水·助力脱贫文学作品集》
编 委 会

《写意清水·助力脱贫文学作品集》
编 辑 部

文化的清水

马步升

我们来到了信息时代，同时，我们也来到了信息引领的时代。我们前行的每一步，乃至日常生活和情感倾向，无不受到信息的引领乃至干扰。这么说吧，一个地方输出信息数量的多少，直接决定着这个地方的现状和前途。我们索性说得俗一些，同样品质同等斤两的一筐苹果，声名在外者和籍籍无名者，在市场上的表现大相径庭。

我们不要不服气，也不必恼火，这就是时代，不仅别人是这样，我们自己不也是时时事事都在受着这种先验性的倾向干扰吗？这没有什么公平不公平的问题，恰恰相反，这正好体现的就是公平。因为信息就是生产力的一部分，名与利从来就是孪生子。漫说信息时代是这样，在传统时代，不也是这样吗？所不同的是，传统时代信息传播范围有限，信息的密集度较低罢了。饶是如此，也同样影响，乃至左右着人们的审美观和价值观。有一句俗话说，看景不如听景，事实也确乎如此。有的人读过一些名士写的山水名篇，慕名远道而去膜拜，却原来：那山，不过就是一座小山包，甚至没有自家门前那座山高峻秀丽；那水，也不过就是一条小溪，甚至没有自家门前那条小河宛转千回。但是，你在远方看到的是名山胜水，自家门前的不过是天地间的一座普通的山一条寻常的水。

你不必为此沮丧和愤怒，你并没有上当，如果你真是一个懂得山水真谛的人，那么，你此行等于赶上了一堂大课，而且，物美价廉。

天下固然有无数客观存在的名山胜水，但对客观山水的文化塑造和宣扬，在其中居功至伟。是的，名山胜水从来就与名士密不可分，山水因名士而名，名士为山水注入了一种叫作魂魄的气质。谁都知道的两句话是，山不在高，有仙则名；水不在深，有龙则灵。所谓仙，所谓龙，其实就是文化，就是由文化衍生出的山高高水长长。

我们就此回头说清水。

我们先不说清水有什么，先说清水缺什么。不是在这里有意讨清水的好，我已有去过全国所有省份和世界上许多国家的资历，负责任地说：清水什么都不缺。天是好天，山是好山，水是好水，好天好山好水间，生长着好物产，生活着好人，好人做的饭很好吃。清水不缺历史传承，也不缺文化，更不缺奋发有为的人。虽然如此，我们还是深切地感觉到了清水之缺，这个缺，在信息引领的现时代，让清水所有的“有”，都变得暗淡无光。

在我看来，清水所缺的正是几篇配得上清水的文章。其实，这也不是我的什么独特发现，在清水工作和生活的干部群众，不但早都感觉到了，而且，感同身受。也因此，体现了清水县领导集体的远见卓识。正是因了这种共识，2019 年 6 月份，几十名作家从全国和本省各地齐聚清水，一些从未来过清水的外地作家，一脚踏进清水大地，无不惊呼：清水原来这么漂亮！而原来对清水之美已经熟视无睹的本土作家，也顿时睁开了另外一只眼睛看清水。前来清水采风的作家，大都是当下全国文坛活跃、创作能力较强且具有相当知名度的作家，其中好几位拿过全国大奖，好几位身任所在地区的文学界领导。知名作家这么大规模地进清水写清水，在清水的历史上，大约是空前的，但愿不是绝后。因为，清水缺的正是外界的目光，缺的是文学的塑造。

正如所希望的，前来清水采风的作家以自身良好的文学素养，果然个个出手不凡。也由于清水领导和干部群众的精心组织和全力支持，采风活动收获甚丰。此前，我曾经参与过至少百次以上国内国外的文学采风活动，不敢说清水采风活动是组织得最好、收获最大的一次，但完全可以说，像组织这么得力、收获这么大的文学采风活动，并不多见。在短短几个月时间里，以清水为描述对象的文学作品，发表于传统媒体的不少于百篇，在新媒体自媒体上发表的作品就更多了，其中发表于《人民日报》的文章就有四篇。无论散文、诗歌，还有新闻作品，都从各自不同的角度，向外界展示了一个现实的真实的清水。也因此，清水一时声名鹊起。

因我所在的单位帮扶点在清水，十年来，我多次到过清水，也因此爱上了清水，也曾写过两篇关于清水的散文。2019年初，也就是春节前夕，与单位领导同事前来慰问关山村村民，有感而发，写了一篇《四十二年村官路》，发表于《人民日报》海外版，引起较大反响。县上有关领导让我邀约一些作家朋友来清水看看，我觉得这是好事。因我在两个单位任职，当与省社科院和省文联的领导说了这件事后，得到所有领导的热烈支持，这给了我信心。而清水县的领导，把这项活动当成全县的一项大事来办。当我们将邀请函发给各地作家朋友后，尽管他们都很忙，对许多人来说，还有路途遥远等困难，但他们的热情响应，至今仍让我感动。作为这次采风活动的一个组织者参与者，不用说是“与有荣焉”的。同时，我也深感身上的责任，在完成组委会安排的服务工作以外，也与作家同仁一起，深入许多乡镇村庄采访，并完成了两篇散文，其中一篇发表于《人民日报》海外版。与同仁相比，这次采风我的成果是比较少的，与我同组的第广龙，在采风活动结束时，已经完成17首诗，这些作品大都发表于影响较大的刊物，而他采写的散文，则发表于《人民日报》大地版。采风团中，像第广龙这样，写出关于清水的优秀作品的作家还有好几位，有这本文集在这里，大家可以一一欣赏。当然，据我所知，还有一些完成的或已经发表的作品，没有收进这部文集中，篇幅所限吧，遗珠之憾难免。

对于一个地方的文学塑造，是一个漫长而持之以恒的文化工程，不可能一蹴而就。这次作家写清水活动，只是为清水开了一个好头。尽管成果很大，也仅仅是开始，而不是完成。对于清水的文学塑造，才刚刚起步，后续的工作，主力应该是清水本土作者，使命光荣而艰巨。有光荣感使命感，也许才可写出好作品，压力有多大，动力也会有多大。衷心盼望清水文学同仁，能够拿出配得上清水的好文章来。

在我看来，写清水的文章，大可不必过度粉饰夸饰，白描最好了，把清水的好天写好，把清水的好山写好，把清水的好水写好，把清水的好人写好，把清水的好物产写好，真实朴素、原模原样说给外界，就可以了。正所谓，清水出芙蓉，天然去雕饰。收入这部文集的作品，可作如是观。一个文化的清水，于此，呼之即出。

是为序。

庚子二月二十一日于兰州之夜

目 录

CONTENTS

目 录

清水，清粼粼的水

■ 许　晨

陇东南有个清水县。春末夏初，我来到这个地方。

清水，我喃喃念着这两个字，耳畔立时响起一句歌词：“清粼粼的水来蓝格莹莹的天……” 这是中华人民共和国成立初期现代歌剧《小二黑结婚》中，郭兰英老师的经典唱段。优美的意境，婉转的曲调，活生生画出了一幅小河奔流、晴空万里的自然风光图，令人心旷神怡。

正午的阳光洒满沿山谷修建的公路，两边山峰上一片碧绿，宛如走进一条绿色长廊，似诗如画。这里平均海拔千米以上，无污染，没有雾霾，山青青，水碧碧，高山流水韵依依，完全颠覆了我对“西凉”甘肃的印象，俨然一派“杏花春雨江南”风光。

这不是恭维之言，而是从东部海滨第一次来到西部这遥远而亲近的地方，油然而生的一种真实感受。接下来几天，我们分为几组走乡串村，考察历史文化，参观新农村建设，采访扶贫工程，这种感觉愈发强烈了，犹如大海涨潮时不断涌来的浪花，一阵阵，一层层……

清水位于甘肃省东南，天水市东北部，陇山西南麓渭河北岸支流牛头河流域。古书记载周边有“清泉四注”，清水县因此而得名。由于受到东南、西南季风交互影响，这里冬无严寒，夏无酷暑，人称“陇上江南”，可谓真实写照。

不用说，其中的奥秘就在于水！

一个地方、一座城镇有了水，会鲜活起来。古时的“清泉四注”随着岁月的流逝，变换了容颜，汇入这条名为“牛头”的河流，仿佛埋头拉着长长的水渠，依然为清水县注入了水灵灵的风采。数千年间，牛头河水系涵盖全县大部分面积，润物无声养育这方土地上的万千百姓。它是地地道道清水人的母亲河。

牛头河干流呈弓形，先北流、再西进，最后在麦积区社棠镇注入渭河。其主要支流大多在右岸汇入牛头河，寻路向西，成为少见的大河“西流”景象。或许正是如此奇异灵动，牛头河成了一条有故事的河流。

大自然的赐予，祖辈先人的耕耘，使这块土地风调雨顺，水草丰茂，成为荒漠戈壁上的一片绿洲。然而，如果一味躺在开花的原野上睡大觉，那还是会靠山山倒、靠水水流的。好在清水人心明眼亮，继往开来，如同流经千年的牛

头河一样，浪花滔滔，滚滚向前，焕发出蓬勃的新生。

中华人民共和国成立七十年来，清水发生了沧海桑田的巨大变迁。我还是对于“清水的水”有着浓厚的兴趣，感觉这里的人们因地制宜，与时俱进，做足了水的文章。那天，县长当了一次导游，引领我们来到了风景秀丽的邽山上，居高临下，整个清水县城尽收眼底。青山环抱，绿水长流，楼房高耸，车水马龙。牛头河在阳光下闪闪发亮，宛如一条玉带曲折蜿蜒，穿过城区奔向远方。

“大家看，那里就是新城区。这几年围绕牛头河建设了轩辕广场、轩辕湖景观，整个城市面貌焕然一新。”戴着一顶草帽的县长，站在烈日下指点着，“现在我们还是依托四季长流的牛头河，全力打造独具特色的槐花、桃花、丁香园……”山坡路旁，大幅规划图板立在那里，上面醒目标明：全县将聚力“三个森林”创建，即创建国家级森林城市，红堡省级森林小镇，苏□、李崖村国家级森林乡村和汤浴、温泉村省级森林乡村，以及建设牛头河谷百里丁香花景观长廊等绿化美化工程。沿河十八村，要做到墙外月季花、墙头蔷薇花、墙里牡丹花，实现“四季常绿，三季有花，城在林中，房在园中，人在景中”……

晚上，我来到轩辕湖公园，只见沿湖岸畔、拱桥上下全是光的世界，水舞广场上灯光喷泉正在喷放，一会儿犹如彩虹飞架，一会儿好似孔雀开屏，水波荡漾。虽说时间已是夜里十点多了，可仍然是游人如织，流连忘返。问旁边的一位工作人员：“这灯光喷泉平时都开吗？”“当然都开！只要天气好，每天晚上都有。”他自豪地回答。

“清粼粼的水来蓝格莹莹的天，小芹我洗衣裳来到了河边。”不知怎的，此时我的耳畔又响起了这首歌曲，那么欢快，那么悠扬。虽说正值清水之夜，没有蓝天白云，可那满天亮晶晶的星斗，犹如诸多像小芹一样清纯少女的眼睛，欣喜地注视着这里的人们……

作者简介：许晨，山东德州人。中国作家协会会员，鲁迅文学奖获得者，中国散文学会理事、中国报告文学学会理事，山东省作家协会原副主席，青岛市作协名誉主席。《山东文学》社原社长、主编。国家一级作家。出版有《居者有其屋——中国住房制度改革纪实》《人生大舞台——“样板戏”启示录》《血染的金达莱》《巍巍“泰山”——鲁能泰山足球队夺冠之路》《琴声如诉》《再生之门》《第四极：中国蛟龙号挑战深海》等多部长篇报告文学和散文集。曾荣获第七届鲁迅文学奖、第五届冰心散文奖、全国海洋文学大赛特等奖、山东省文艺精品工程奖、“中国梦”征文一等奖等奖项，并入选《山东新文学大系》。

清水，今朝更好看

■ 葛水平

一、沿着一条清水河走入清水县

依着一条清澈的河道往清水县走，正是蓬勃旺盛的青绿季节，心灵之约似乎在践行中交替兑现。风拂过来，风含着湿润，透着清凉，传递着青草的香气，有许多声音交织叠加在一起，有一种诱惑在等待着，一个叫“清泉四注”的地方，循着声音走进，晴好的天气，一切都透现出自然的原色。

几日前刚见到马步升和秦岭两位在文字中深交已久的好友，马步升说：“下月去兰州，去我们的清水走走，清水是以‘清泉四注’而得名的县城，正是青山水绿时。”

来之前秦岭发信给我：“欢迎老友到我的家乡天水来，清水是中国最早的县之一，中华人文初祖轩辕黄帝诞生地，秦统一中国的发祥地，史前文化、先秦文化、汉唐文化、宋(金)元文化积淀丰厚，总之，认真看看清水。”

来甘肃几次了，每一次的感觉都不一样，大西北，大都是黄土翻滚，草木稀疏，荒凉，踏足甘肃犹如走到了远古。每一次甘肃都不亏待我，让我认识了马青山、高凯、向春、习习等等才华出众的朋友，总让我带着遗憾和不舍离开，怀着期待再一次走近。

史料记载，轩辕黄帝时代，是我国物质、文明、文字、制度开创的时代，是中华民族文明的活水源头。司马迁赞颂黄帝有“治五气，艺五种，抚万民，度四方”之功德。大地湾遗址也庄严地向全世界证明，早在8000多年前，中华民族的祖先就已经在这里创造了灿烂的早期文明。

八千多年前，人类文明在此拉开序曲。民间有一种说法：欲知三千年文明看北京，欲知五千年文明看西安，欲知八千年文明看天水。不到天水，不知道根在哪里；不到天水，不知道自己的祖先有多聪慧。

不管是远古时代，还是当今文明社会，清水都是我国东南西北文化的交汇之地。原始人南下北上、东进西出，西北丝绸之路和西南丝绸之路的交汇；抗战时期，东南沿海民族工商业的避难所；三线建设时期，东南沿海一带企业内迁栖息发展之地。这是一块没有污染的绿色净土，她同时也肩负着我国2020年全面建成小康社会的历史重任。

夏风徐徐，到处绿树成荫，鸟虫鸣叫；青山秀水，鲜花成阵，没有一丝大西北荒凉苍苍之意的清水。我沿着浓绿中蜿蜒伸展的山路走近，一条小河伴随着车行路行，生命如若能奋力挣脱名利，逃避繁文缛节，努力真实地甚至不合时宜地生存于原本拥有的

那一份本色里，清水真是人间不俗的选择。

二、泥土和大地是生命的源头和保障

许多尘世的奥秘告诉我，只要身体不离开广阔的土地，就能够从大地之神的母亲怀里，获得所向披靡的力量；而当一旦被举在空中，就失去了凭借的根基和坚韧的支持。这是希腊神话里的安泰。

泥土和大地正是生命的源头和保障。

生活在清水县旺兴村的农民，如果没有路通往山外，一代一代年轻人背井离乡，他们甚至讨厌泥土，向往城市的梦想托举着他们。

路，从“千峰争攒聚，万壑绝凌历”的高处，呈“之”字形迂回盘折而下，一直通向深沟下四周青山围裹的村庄。它产生的视觉冲击力、心魂撞击力，令人瞠目结舌、心魂震颤。

修一条路让年轻人回家。当地的一位老人如是说。

大仰角陡坡盘折着绕下去的路，从前走此道的人胆怯的程度可想而知。藏深山里的旺兴村，是个典型的“世外桃源”。周遭青峰四围，高可入云；沟中梯田层层，绿树遍蔽，鸡犬问答。高低错落的房舍炊烟袅袅，俱是石墙石院石头房，气氛宁静而安详。沟中还有一条突然跌落下去的幽深峡谷，可惜的是，因道路不通，长期以来与世隔绝，使得美与贫困落后尖锐对立，又不得不相伴并存。

旺兴村支书郭子孝从担当重任那一天起，自给自足、自生自灭，老祖宗留下的生存现状，让他明白了，壮侠之士舍命出入的担子搁在他肩膀上了。

要说旺兴村无路可行也不是事实，可了解该村历史的人都知道，这里有路和无路可走没有什么区别，出山路如羊肠子般细。不仅无路，吃水也困难。196户群众无水吃，集体搬迁显然不是现实，可几多难处又有几个敢以命相搏呢?祖祖辈辈无路无水，靠天吃饭的旺兴村人，只能是"不知有汉，无论魏晋"的懵懂颟顸，纯自然经济的贫困窘迫，听天由命任凭摆布的无助无奈:果品熟了运不出去，任凭落在地下烂掉;猪养肥了赶不出山卖掉，大雪封山前如果没买回咸盐来，就得一冬天吃淡饭。

由于道路不通，村里最少一半人没有到过县城甚至乡所在地。年轻人一旦走出去，对于自己的故乡甚至从内心有一种难过，不愿不想提起。

郭子孝从寻找水源开始转山，找到水源了，引水又成了困难。他动员全村自筹3万元，争取县财政补助7万元，节省一切开销的情况下，首先从零劳动成本开始出工，很快水引到了村庄。

通水那天夜里，旺兴村人不敢大声说话，怕水跑掉了。坐在黑暗中，静得能听见青草的生长，静得能听到心脏在黑暗里狂跳，最重要的是听见了水在管道里睡觉，水的呼吸让他们欣喜若狂般大声喊出了一嗓子:"清水的水来了！"

三、脱贫，先从"晴天一身土，雨天一身泥"开始

有水吃了，可通往山外的路还是"晴天一身土，雨天一身泥"，泥泞的羊肠小道成了山里人一块心病。

改革开放让山外的人都进入商品社会，开始红红火火扑闹日子，旺兴人开始梦寐以求修一条可以通行汽车的路。全村人咬定的一个信念是:像愚公移山那样日复一日年复一年修下去，男女老少不落后全村出动，天亮吆喝出工，天黑吆喝回村。他们不呼苍天，不咒大地。求菩萨不如求自己，菩萨是千刀万刃雕出来的，而不是哭天抹泪求出来的。是愚公的后代，就有与大山较量的能耐。

工程最艰难的时候，村集体用办公房、坡场、树木等作抵押贷款，还变卖了许多不动产，到了倾家荡产的地步。一些农户也拿出个人积蓄或将下户的耕牛卖掉投进工程。别的地方的人当村干部，是为了一种说不清道不明的特权和利益，旺兴村人当村干部，只有带头修路、牺牲奉献的权利和义务。

经过两年努力，修通了旺兴村至陇东乡田湾村、旺兴村至元龙镇腰崖村两条20.3公里的通村道路。

大山滋养人也打压人，给人为难也赐人胆魄。

为走出大山，让年轻人回家，靠着山里人特有的"一根筋"脾气和不服输的"杠劲"，以义务投劳投工投料形式，折腾出了一条车行道。

在旺兴村一户村民屋子里，看到他院子里的奇石盆景、松树根雕，院里开着的蔷薇和月季、牡丹、雏菊。我在想象这屋子里主人时，给他渲染好多炫人眼目的光环似乎都不为过。

同外面的世界对接，融进时代的节拍，彻底改变一村人被大山封死、被穷病愁苦缠死的命运。善良的山里人，因为道路的通达，山外人周五就已经由县城开车入住旺兴村看风景、吃农家饭。

生命的常态，第一是渴望生存，第二是祈盼升华，如果没有这样的原动力，人类就会百分之百停止进化与进步。

清水"今朝更好看"！

作者简介:葛水平，山西作协副主席，山西文学院专业作家。创作有长篇小说《裸地》《活水》，中短篇小说集《喊山》《地气》《甩鞭》《守望》《过光景》，散文集《河水带走两岸》《繁华的街巷》《走过时间》《绣履追尘》。长篇小说《裸地》获得首届《中国作家》"剑门关文学大奖""鄂尔多斯文学大奖"，中篇小说《喊山》获得"第四届鲁迅文学"奖、《人民文学》奖、《小说选刊》奖等。有电视剧本《盘龙卧虎高山顶》《平凡的世界》等。

六月去清水

■ 胡学文

我伸手触摸了一下，猛然缩回。终究是刺，青绿，却锋利。我低头瞅了瞅，没破，但指尖有细小发白的坑洼。如果是秋日，这些尖刺肯定会刺破我的皮肤。明知那是刺，我就是想试一试。彼时，我就像个淘气的孩子。

那是六月的下午，我初到清水县。清水县位于甘肃东南，天水东北，渭河上游。许多地名以山、水或传说命名，山之畔，水之源，如我的老家沽源，即沽水之源。清水是一条河，发源于山门乡，如银带流过县境，汇入渭河，相传因成吉思汗曾在牛头山安营扎寨，清水河又称牛头河。清水以河作县名，倒也直接。牛头河，清水县，河还是那条河，却有着不同的含义。汉语的丰富歧义、文化的精妙多彩由此可见一斑，就如遍地生长的花草，在不同的土地、不同的季节，有着不同的性格。

说到西部，许多人脑海里可能马上有“苍凉”的闪念。但清水大出我意料，从高铁站出来，到县城，再到入住职工培训中心，没看到一处苍凉的景致，目之所及，皆郁郁葱葱，甚至怀疑自己到了江南。简单洗漱过，我便出了宾馆大门。十步之外便是牛头河。河不宽，但水静流深。两岸的花草长势夸张，甚至有些嚣张。

刺痛我手指的是开得正艳的粉色飞廉。飞廉在我的故乡叫老牛疙瘩，自然有故事和传说。另一种与飞廉相似，亦开着粉花的叫蓟，但蓟的茎上没有刺，飞廉却遍身长着绿刺。飞廉和大蓟与蒲公英一样，都是靠风传播种子，是浪漫的旅行家，那是充满诗意的旅程。当然，诗的风格不会相同，终究还是有差别。我是花了些工夫才把蓟与飞廉区分清楚的。另一相近的植物叫漏芦，开着紫色的花朵，只是花朵下端有瓣状的“花托”。漏芦又叫野兰、狼头花、鬼油麻，我只在坝上草原见过。

我没有卖弄植物常识的意思，那点可怜的知识羞于炫耀。相反，只要在室外，只要见到花草，我都努力识辨。如长途跋涉后面对盛宴，颇有些饥不择食。

那是六月的下午，天蓝云白，金色的阳光捉迷藏般在云朵间跳来跳去。我在牛头河水的陪伴中，西行，北上，识辨着熟悉及不熟悉的花草。开着黄色小花的是毛茛，毛茛又叫鸭脚板、野芹菜、山辣椒，喜欢在湿草地上生长。开着白花的是车轴草，又名三叶草，三个叶片上各有一个白色的三角条带，条带围合，如同圆环；花蕊也特别，如火柴棍似的直立着。与毛茛一样，车轴草喜欢湿润的环境。

当然不止这些。还有高羊茅、刺儿菜、独行草、猪毛菜、野燕麦、黑麦草。都是野生花草。河岸种植的石竹、芍药、月季、酢浆草、万寿菊也争相绽放，与野花野草和谐共处，装扮着古朴的牛头河。

初到清水，我便沉醉在花草间。

清水是黄帝故里。轩辕黄帝就出生在牛头河源头的轩辕谷。司马迁在《史记》中载：“轩辕谷隘，清水县东七十里，黄帝诞此。”清水之行，不经意地成了寻根之旅。

中国历史上最早的两次战争，涿鹿之战、阪泉之战，均发生在河北的涿鹿县境内。那年为写相关的纪录片，我亲赴涿鹿，在当地朋友的带领下，走遍了那一带的遗址、村落，在黄土梁上想象着五千年前的那两场战争。战争自然是残酷的，但许多文明亦由战

争催化。比如指南针，据说就是涿鹿之战的果实。我曾想沿着黄帝的足迹在华夏大地走一遭，一直未能成行，因此写作纪录片那段时间，只能凝望着地图，模拟行走。未曾想十多年过去，竟然踏上黄帝故里。

自然，清水县黄帝的印记甚多，不只记载，不只穿越五千年历史和风雨的传说。轩辕谷、轩辕祠、轩辕广场、轩辕湖，晚上还看了传奇歌舞剧《轩辕大帝》。

剧种是秦腔，想想，倒不意外。清水是秦始祖非子首封地，与秦文化是一脉。在中国异彩纷呈的剧种中，我喜欢晋剧和豫剧。我是听着晋剧长大的。每年乡镇的交流会，大戏唱的都是晋剧。而喜欢豫剧或是与那几部豫剧电影有关，如《朝阳沟》《七品芝麻官》。童年的文化滋养少得可怜，却深入骨髓。

我听过秦腔，听不惯，听不出好来，觉得高亢有余，婉转不足。所以听说歌舞剧演出时间差不多两小时，不禁皱了眉头。但半小时之后，我渐渐入迷。轩辕的故事我当然了解，也因为了解和熟识，当黄帝、风后、嫘祖、蚩尤从华丽而不是朴拙的舞台走出来，我觉得特别亲近。目随景移，心随影动，看到嫘祖倒地那一刻，我竟然好一阵心痛。说起来可能好笑，但我珍惜这样的痛。我想，这是清水留给我的特别记忆。

会不会从此喜欢上秦腔？我不知道。我知道的是，那个晚上，看歌舞剧《轩辕大帝》，我是喜欢的。或许，只有在文化母地，才能真正品味文化的甘美。

从剧院出来，到轩辕湖公园观夜景。清水昼夜温差大，盛夏之夜，伴着丝丝凉意。这样的夜晚适合看星星，我望了望天空，或是灯光太盛，星星稀疏暗淡，远不如倒映在湖水中的“星”。轩辕湖既是牛头河，有水坝拦着便成了湖，出城又是牛头河了。一路向北，牛头河汇入渭河。渭河流至潼关，汇入黄河。黄河东流，汇入大海。

我站在轩辕湖公园，凝望美丽的夜景，心底水波摇曳，随着清水一路奔流向东。

作者简介：胡学文，中国作协会员，河北作协副主席。著有长篇小说《私人档案》等四部，中篇小说集《麦子的盖头》《命案高悬》等十三部。曾获《小说选刊》全国优秀小说奖，《小说月报》第十二届、十三届、十四届、十五届、十六届百花奖，《十月》文学奖，《北京文学中篇小说月报》奖，《中篇小说选刊》奖，《中国作家》首届“鄂尔多斯”奖，青年文学创作奖，孙犁文学奖，鲁迅文学奖，鲁彦周文学奖，《钟山》文学奖等。

婉约清水赛江南

施晓宇

上　篇

都说“荒山出俊鸟”，真是说得好。在我第一眼的印象里，位于中国西北腹地的甘肃省天水市清水县，就像“养在深闺人未识”的一块温润清绿的小家碧玉：滋润、水灵、可人，绿意盎然。彻底颠覆了我之前先入为主的干旱印象。

2019 年 6 月，初夏，我第一次踏上清水的土地前，本以为这里与荒漠的西北地区一样，四季干旱缺水。毕竟，福建省年平均降水量 1400—2000 毫米，是中国雨量丰富的省份之一。而西北地区年平均降水量从东部宁夏和陕西的 400 毫米左右，往西到甘肃、新疆锐减为 200 毫米，甚至 50 毫米以下。干旱是西北五省的主要自然特征，哪知甘肃省的清水县是个例外。受到蓊郁秦岭的护佑，位于群山环抱之中的清水县，年平均降水量大大超过西北五省的平均值，达到 583 毫米。史载清水县名因“上有清水，四注而下”，故而得名。更为神奇的是，中华民族的母亲河——黄河的最大支流渭河，居然发源于甘肃省渭源县的鸟鼠山！

原来，拥有 2700 年悠久建县史的清水县是不缺水的。清水县的水资源为天水市下辖两区五县之最。渭河一路蜿蜒，流过甘肃省陇西县、武山县、甘谷县，接受榜沙河、山丹河、大南河的汇入；流入甘谷县时，北岸又有散渡河汇入；流经天水市时，再有葫芦河、精河外加清水县的牛头河汇入，渭河这才积蓄起充沛的水量翻过小陇山，流入陕西省关中平原的宝鸡、咸阳、西安、渭南等市，由渭南市潼关县浩浩荡荡注入黄河。不过，渭河在流进黄河之前，先在陕西省高陵区陈家滩与渭河的第一大支流泾河交汇，这才有了“泾渭分明”的成语产生——因为两河的含沙量截然不同，我亲眼看见两河河水界线分明、一清一浊的奇特景观。需要强调的是，清水县的母亲河——牛头河，也是渭河的支流之一。而且，更加出人意料的是，清水县还拥有全国十三大名泉之一的汤浴温泉。我们来自全国各地的作家入住的，就是距离清水县城12公里的著名“温泉度假区”。

这就难怪，清水县是绿色的，森林覆盖率在沙尘暴肆虐的大西北腹地竟然高达35.01%，真正实现了“春有花、夏有荫、秋有果、冬有翠”的绿化目标。从东海之滨福州出发的我，飞西安，经天水，来到清水县，映入眼帘的，竟然是满眼的绿色，整个人从南方高温的炙烤下脱身，一下子进入清水县清凉的绿色世界，那种舒适，那份惬意，真不是用语言所能形容的。正是依托了四季长流不息的母亲河——牛头河的滋润、浇灌，清水县现有134万亩林地，还有30万亩洋槐花、10万亩桃杏花、5万亩丁香花，凭借全县色彩斑斓的45万亩槐花、杏花、桃花、丁香花以及邽山的1000亩牡丹花的丰饶资源，清水县俨然成了一座槐花、桃花、丁香、牡丹花为主的大花园。

这还不算，清水县不仅是花的海洋，更是果的乐园。如果说福建省四季常青，盛产龙眼、荔枝、枇杷、芒果、杨梅等热带、亚热带水果，则甘肃省盛产苹果、葡萄、桃、梨、核桃和花椒等耐寒果实。其中，清水县盛产的花牛苹果、金丝桃、青皮核桃和玄头花椒，远近闻名，畅销不已。

所以，我说这里是：婉约清水赛江南。

下　篇

我说清水是花的海洋，我还要说清水是果的乐园。有事实为据。

坐落在高高山头之上的山门镇玄头村，滔滔渭河就从山脚下逶迤而过。迎接我的是1974年出生、山门镇唯一的女村支书郭粉秀。就是依靠面色黝黑、憨厚朴实的郭粉秀，带领171户、703个村民不种小麦，改种玄头花椒。郭粉秀对我说，玄头村出产的花椒粒大、色艳、味浓、肉厚，质量好，深受城里人的喜欢——赢得广大消费者的青睐，所以这几年全村大量种植玄头花椒。2019年就种植了1800亩，平均每户种植花椒10亩，人均种植花椒2.4亩。眼下已有1500亩花椒挂果了，预计年产值可达600多万元，明摆着玄头村又是一个花椒丰收年。

在瓢泼的大雨中，丰望镇党委书记米伟、镇长李荣宏在苹果园里，直观地向作家们介绍情况。米伟说，这些年，全镇摆脱单一的大田经济模式，以种植苹果让乡亲们发家致富，效果显著。因为当地传统的种植方式就是以粮食作物小麦、玉米为主，收入有限，而这里的土壤更适宜种植苹果。如今，丰望镇以“苹果之乡”闻名遐迩。在车河村村民王全生干净整洁的家里，我看到桌上摆放的去年保存下来的“红元帅”“黄元帅”“红富士”苹果，数油亮黑红的“红元帅”苹果最是抢眼、养眼，也最为可口——味道最好——价格也最高。王全生指着满桌的各色苹果说，他就是依靠种植苹果，养活了三个儿子并供他们上学，预计今年的苹果收入可达4万元。车河村村支书王文会介绍，全村村民是从2012年起，经由清水县政府发放补贴，自2013年起正式改种苹果的，村民的收入明显比老式的种小麦、种玉米强多了。这时，我看见村民王全生正上小学的二儿子像一片轻盈的云彩从门外经过。王全生说：

“小学快放暑假了，苹果也已经挂果了。”

与车河村相邻的贫困村——付涯村村支书刘爱民则告诉我，他们村在2013年全面推广种植苹果后，达到了县里要求的人均种植2亩苹果的奋斗目标。刘爱民以身作则，自己就种植了260亩苹果。真正做到了落实好“三变政策”：资源变资产，资金变股金，农民变股民。而且全村141户贫困户、661个人，全部都加入了“开心合作社”，合作社与每个农户签订效益合同，以每人500元为基数，按亩数定收益，保证统一收购、统一包装、统一分红。而且，付涯村还冒出了一个销售达人——天水市第一个网购电商户

向东。

1986年出生的卢向东，道道地地农家子弟。初中毕业走出山沟，到深圳打工。2013年带着广西籍妻子回到山沟，回到付涯村种植苹果。2016年试着在网上销售苹果。一开始根本没人理睬——信不过质量。卢向东就主动赠送自家种的苹果让顾客试吃品尝，一下打开了销路，当年就成交2000多单生意，赚钱20000多元。就此带动、帮助全村乡亲网上销售苹果。如今，卢向东注册的“新农人向东”公众号，每天吸引10000多人，拥有粉丝20000多人，最多达到60000多人。甚至，一场由卢向东上树摘苹果、妻子树下拍摄直播的互动节目，立刻产生几百单的交易。最多时，4分钟成交1000多斤苹果。我认为，这才是真正代表了中国农民的未来发展方向。

站在湿漉漉、水汪汪的苹果树下，站在圆溜溜、绿碌碌、星星点点挂果的苹果树下，丰望镇的村村人家分明看得见秋天的苹果丰收是实打实的。

还是在瓢泼的大雨中，1979年出生的草川铺镇党委书记魏天军在火石村村口一株三人合抱不过来的百年核桃老树下迎接我。这是当过知青、工人、编辑——如今在南方大学执教的我生平看见的最大最老的核桃树，无比壮观，如巨伞一般的树冠铺天盖地遮住了豆粒大的雨点，俨然一位腰板挺拔、历经风霜、见多识广的西北老汉站在村头，庇护着全村乡亲。魏天军告诉我，草川铺镇下辖水泉、南寺、兴坪、二坊、下窑、刘庄、教化、磨儿、冯山、谢山、腰林、段山、九龙、火石、黄崖、草川共16个村委会，大多盛产核桃、胡麻和葵花籽，农业生产模式却长期以种植小麦、玉米、薯类为主，土地产量低，农民收入少，贫困户人口多。如今改变了传统农耕观念，家家改种核桃、胡麻和葵花籽，收效的改观立竿见影，这些年大大加快了脱贫致富的步伐。

说话间，我们来到了火石村村民宋建文一尘不染的家。我一眼看见墙上贴着几张奖状，其中一张写着：

“宋龙杰获2017—2018学年度第一学期测试一年级第三名，成绩优秀，特发此状，以资奖励。”

“宋龙杰是谁？”我问。宋建文一脸骄傲地回答：“是我最小的孙子。”

火石村以盛产优质核桃闻名，单单宋建文一家就种植了14亩核桃树。2017年夏天迎来丰收的季节，平均一株核桃树大约采摘70斤核桃，1亩地就是1260斤核桃，14亩地就是17600多斤核桃。以平均1斤核桃2元的收购价计算，2017年宋家收入就超过3.5万元人民币。这时，宋建文也说到2018年核桃绝收的事。他永远记得去年5月8日，突如其来的一场迟到霜降，冻坏了刚刚冒出的果芽，造成2018年几乎没有收入。不过生性乐观的宋建文没有被困难吓倒，经过修剪枝丫、施肥灭虫，从头再来，今年——2019年，14亩核桃树长势喜人，挂果累累。宋建文满脸都是笑，说：“今年的核桃收成肯定比2017年还要好。”

1984年出生的火石村第一村支书程刚补充说：能干的宋建文和妻子就是依靠种植核桃，养大了三个儿子并且成家立业了。真是家和万事兴。1947年出生的宋建文今年已经72周岁了，身体好得很，看上去仿佛才刚过花甲之年。魏天军则介绍程刚是县上下派、包村驻点的挂职干部，自2013年12月来火石村后，先干村副支书两年，2015年转正为第一村支书，一干又是四个年头。我想起在镇政府看见程刚与人合住的一间简陋办公室兼宿舍，放着两张单人床，深知这些包村驻点、深入基层第一线的青年挂职干部工作、生活之不易。而我还了解到，自1998年参加工作，从2010年当草川铺乡（后改镇）党委副书记起，一直坚守草川铺镇，一干超过20年没挪窝的魏天军，至今只有一个儿子，忙得连生第二胎的计划都没法实现。见我当面核实，魏天军小声地说，等2019年底清水县全县摘掉贫困县帽子后，2020年就和妻子生第二胎。我从魏天军和程刚，以及两天来走村串户接触到的山门镇党委书记韩勇、镇长姚建政，丰望镇党委书记米伟、镇长李荣宏，陇东镇党委书记曹世斌、副书记王治学等人身上，分明感觉到他们就像是大西北山山峁峁矗立的核桃树一样朴实无华的人，吃苦耐劳，默默奉献。

我清楚记得，在清水县最贫困的山门镇，姚建政镇长领我走进了距离县城最偏远的旺兴村，满头白发的村支书郭子孝迎接我和作家们。就是这位自1994年担任村支书以来，带领村民胼手胝足，披星戴月，用了三年时间，硬是修好了一条通向外面世界的15公里长水泥路。因为郭子孝知道，“人走山路猪坐轿”的日子是没有希望的。只有修好路才有出路，否则没路只能是“日穷”。告别之际我才知道，这位郭子孝“老汉”出生于1962年，今年才57岁。作为天水市的人大代表，郭子孝的提前苍老，赢得了旺兴村村民的信任——因为他办事公道，肯吃苦，是脱贫致富的好带头人。

告别清水之际，我心想，清水县真不愧是轩辕故里。我从县城新建“轩辕湖公园”看见由原国家领导人华国锋题词的“轩辕故里”石碑上，看到了清水县老百姓美好的明天和希望。

作者简介：施晓宇，中国作家协会会员，福建省十大文化名人之一，福建省阅读学会副会长，福州大学人文学院教授。出版小说集《四鸡图》，散文集《思索的芦苇》《直立的行走》《秋水文章不染尘》，摄影散文集《大美不言寿山石》《闽江，母亲的河》，杂文集《坊间人语》，优秀教材《大学文学写作》等13部。

清水乡村行

■ 张艳茜

清水，深藏不露在绵延起伏的秦岭山脉与关山山脉间，是个神秘而神圣之地。这里，既是中华人文初祖轩辕黄帝的诞生地，也是秦始祖非子封地，更是古丝绸之路关陇大道的重镇。

初夏的一天，我从西安出发，一路向北，向清水进发。快速的高铁穿越着无数个山洞，犹如进入时光隧道。忽明忽暗间，某些东西在消失，某些东西又在呈现。时间，给了我们期待的光明。

再见光明时，已经蜿蜒于清水的灵山碧水间。清爽的夏风与清洁的蓝天，以及举目可见的墨绿山峦，都在轻声地告诉我们，只要穿越了地理与心理上的隧道，找到为心情做一次清洗的地方，不过是举手投足之间，距离我们并不遥远。

一片云朵飘过，当云朵由白变暗，灰灰的集聚为云层，铺展开来，凉爽的风，就有些顽皮地携带了雨丝。仿如任性的旅者，又似乎是为了印证这就是“清水”，几天里，沥沥的清水小雨，一场又一场，说走就走，说停就停。清水，真是让人有些恍惚了，这里是北方，还是南方？

翻山越岭，行走在云雾雨雾迷蒙的清水“四好农村路”上，清水的一个又一个村落，便在绵绵小雨中，伸延开来，一个又一个鲜活的、朴素的、接地气的人们，也纷纷走进我们的视野。

整洁干净的村庄小路，错落有致的农家小院，庭院栽种着花草树木，个性张扬的枝丫自得地伸展出了院墙。住在高山深处，说着秦话、唱着秦腔的清水农人，让我这个旅居秦地多年的人陌生又熟悉。

走近清水一个个村庄，“乡村振兴”不再是一个抽象的名词，乡村人的言谈与状态、乡村干部的努力与奋斗，以及乡村的日常故事，都在直观地诠释着、呈现着这一概念。

山门镇旺兴村党支部书记郭子孝，身材瘦小，不善言谈，一副

朴实厚道的农民模样。担任村支书已有20多年来，他头顶多个荣誉：天水市人大代表、天水市“五一劳动奖章”获得者、县优秀共产党员、县十大劳模，等等。作为在贫困山区最基层工作的村支书，这些荣誉的背后，是难以想象的艰辛：在旺兴村缺少资金的情况下，他先是想尽一切办法，为村民引水进农户，让全村196户村民喝上了自来水；接着又带领村民修筑村路20多公里，打通了旺兴村与外面的通道；解决村民实际生活困难，谋划制定经济发展规划……郭子孝一件一件全身心投入地思考，踏踏实实地去落实。1962年出生的郭书记，看起来比实际年龄要苍老许多，在我们观看介绍郭子孝先进事迹的纪录片时，他竟显得有些羞涩，有些不知所措。

人总是把自己最强烈愿望的实现看成是幸福，但是，愿望也是因时而异的。村支书郭子孝并没有满足已经实现了的愿望，少言寡语的他，又在思考，曾经过着“晴天一身土，雨天一身泥”的村民，明天，将是怎样的生活？明天应该有怎样的生活？他一定时刻记着：“人民对美好生活的向往，就是我们的奋斗目标。”

离开旺兴村，绕过几道弯，一排排白墙青瓦红门的小洋楼，如同一个奇迹，就在群山环绕间出现了。

山门镇玄头村女支书郭粉秀，引领我们走进这片排列整齐、搬迁安置的新农家村庄——玄头村。

一脚踏进玄头村，就感觉到了一种宁静，宁静的空气中，分明还有丝丝缕缕的清香。傍晚时分，我们穿行于一座座连排的小楼之间，从一条小街走到另一条小街，默不出声去感受此刻玄头村的宁静，以及宁静中的平实、含蓄，还有难言的寂寞。

村头有一大堆豆荚秆垛，不由自主地走向它，倚身其中，松松软软的豆荚秆，仿佛与我们是一场久别后的重逢，瞬间情意浓浓地拥抱了我们。多年前，麦秸垛或是豆荚垛定是孩子们嬉戏玩耍的好去处，更是两情相悦的恋人们约会之地。而如今，年轻人为了追寻“诗和远方”离开了乡村，孩子们也有了别样的乐趣。无声的孤寂，静

静地洒落在一根根豆荚秆上。

性格爽直、快言快语的郭粉秀，是有大专文凭的“70后”。女子做村支部，肯定有比男子要付出多倍的辛苦，却也有比男子优越的耐心和细致。她介绍说，玄头村这几年将发展花椒产业和农业综合开发、扶贫开发相结合，从路边地埂、房前屋后到荒山荒坡，全村170余户，每户栽植花椒10亩以上，实现了花椒栽植的规模化效益，玄头村如今已是远近闻名的花椒盛产地。她这一说，我们突然就意识到，一路走过的进村山道和村中飘散的那股花椒清香的由来了。

村支书郭粉秀，脸庞透着花椒的椒红，性格也如花椒，专注、投入、麻利，自当选村支书后，村民的日常生活便成为她的日常工作，而自家的生活，却全部交给了家人。有一次，儿子在学校受伤了，需要送医院医治，而那时，作母亲的郭粉秀正有村中急事处理，实在无法脱身陪伴儿子去医院就医。旧事重提，郭粉秀明亮的眼睛立时有了泪雾。也只是转瞬间，郭粉秀又说，儿子很懂事，他理解妈妈。

的确，家人可以理解女村支书的难处，但是郭粉秀自己内心也一定在“村”与“家”之间，无数次地选择过、纠结过。然而责任与担当，又让她一次又一次没有犹豫地选择了前者。

草川铺镇，是当年丝绸之路上，天水通往陕西陇县通道的歇息之地，蜿蜒的渭河流经草川铺镇，进入陕西境内。

高大、枝繁叶茂的核桃老树，在草川铺镇的田间地头随处可见，成为眼前的以及远处的背景。

在瓢泼的大雨中，年轻的草川铺镇党委书记魏天军，在火石村村口一株三人合抱不过来的百年核桃老树下，向我们介绍说，草川铺镇栽植核桃的历史悠久，全镇境内百年以上的核桃树就有9000多株，是名副其实的百年核桃之乡。因为家家种核桃、胡麻和葵花籽，将发展干鲜果产业作为加快全镇百姓增收致富的方式，脱贫步伐从而大大加快。

走进草川铺镇的火石村，一个面相和善的女人，从一扇敞开的院门探出微笑的脸。又有一个身材魁梧的男人，也从敞开的院门迎出来，一同道一声：“来家坐吧！”像是召唤自家的兄弟姐妹或是好久不见的乡邻。

我们已不由自主地迈开双腿，径直向种满了花草的院落走去，只因这一声亲切的“来家坐吧”！

厚实的木板房屋门里，干净整洁的堂屋紧凑而宽敞。茶桌上的各种食物吸引了我们：蜂蜜核桃仁、烤核桃仁、炒核桃仁……像是丰盛的核桃宴。男人叫宋建文，手脚麻利地招呼我们坐下；女人是他妻子，急忙下厨房准备特殊的食物——核桃馅扁食。

真实与真诚使我们得以生活在人与人之中。就像宋建文夫妇，他们想不到询问，突然就走进他们家的这些陌生人，从何而来，为何而来？在他们的感觉中，只要能走进他们家门，便是可以坐下来聊心里话的朋友。他们哪里能想象到，在城市里，家门与家门之间的距离近到摩肩接踵，却陌生到远隔万水千山。

健谈的宋建文和忙碌的女主人，如同从门厅穿堂而入的清爽的风，徐徐的，柔柔的。我仿佛看到了这个家庭日常生活的故事，温馨而真实，能干的宋建文和妻子就是依靠种植核桃，养育子女，而今孩子们也已经成家立业。已是古稀之年的宋建文，却依然有着中年人饱满的激情，妻子的青春容颜虽已褪去，但那温柔的、平和的、从从容容的目光却依然，足以使家中的男人更加坚强有力，也使孩子们产生依赖。

在丰望镇车河村村民王全生干净整洁的家里，桌上摆满了当地著名的“花牛苹果”和“黄元帅”“红富士”苹果，热情的王全生一边招呼我们品尝苹果，一边自得地说，他就是依靠种植苹果，供养着三个儿子上学。丰望镇党委书记米伟、镇长李荣宏讲述着，这些年丰望镇摆脱单一的传统农耕种植模式，以种植苹果为主导产业，让乡亲们发家致富，效果显著，如今，丰望镇已经以“苹果之乡”闻名遐迩。

一个坐在王全生家土炕沿的中年男人，也随我们一起安静地听着，并不时地点着头。他是从邻村——付崖村——赶来的村支书刘爱明。

曾经贫困的付崖村，自 2013 年全面推广种植苹果后，达到了县里要求的人均种植 2 亩苹果的目标。变革的时代需要顺应时代、勇于变革的人。作为村支书的刘爱明，审时度势，为了带领村民走向共同富裕之路，组建了“农民专业合作社”，入股入社的农户已有 102 户。为让全村人脱贫致富，刘爱明要求每名致富能手的党员，以及村两委干部带领一户贫困户。头脑灵活的刘爱明很会利用网络技术，力求做到农民、

合作社、电商企业联盟的无障碍连接。为此，他开办了“开心农场”，通过众筹方式，宣传、推销苹果。刘爱明说，目前县农发公司与付崖村“农民专业合作社”订购的五百亩无公害有机苹果有望丰收，他们全村也有望实现脱贫了。他急切地希望有更多的人关注那些苹果种植户，助力村民增收。他一遍一遍地说：天台山下“花牛苹果”欢迎你们来啊！

刘爱明让我想到了路遥长篇小说《平凡的世界》里的孙少安，一个奋斗者、开拓者的形象，扎根农村，试图通过劳动以求摆脱贫困。只是刘爱明比孙少安赶上了更好的时代，也比孙少安走得更远一些。

在互联网快速发展的大背景下，不出家门创业成为可能，农产品网络销售更是创业的最实际也最时尚的选择。

“新农人”这个概念，我是从同是付崖村的 80 后电商卢向东的经历中了解到的。“新农人”是相对于从事传统农耕农人而言，由一个个具有独立思索能力、独特个性、独自价值追求的庞大群体。

卢向东的网名就叫“新农人向东”。这个与《平凡的世界》里的孙少平一样，以进取和挑战的姿态面对生活，追求属于自己的“梦想”和理想生活的年轻人，早几年曾远赴深圳打工。2016 年返乡后，经过深入挖掘农村特色，他决定依靠互联网手段，采取现场直播的方式，通过微信朋友圈，通过“今日头条”的推送，将家乡的苹果以及其他特色产品销往全国各地，就此带动、帮助全村乡亲网上销售苹果。向东还被“今日头条”评为“指尖跳动扶贫达人”。互联网为“新农人”创造了意想不到的生活，向东说，他曾经在 4 分钟时间里接了 100 多单的生意，人气最高时达十几万人次。

乡村需要新的生力军才能再度呈现出勃勃生机。“新农人”，他们植根于农村，创业于农业，也成功于农业。做个“新农人”，如今也已成为“乡村振兴”的一种潮流。

“新农人向东”在他的微信朋友圈中，有一段话讲得极精彩：

其实生命极其有限，每一个不曾努力的日子，都是对自己的一种辜负。最大的浪费，莫过于挥掷时光；最大的珍惜，莫过于时不虚度。

“新农人向东”没有辜负时光，时光也给予了他厚重的回报。

时间是一支沙漏，一点一点漏掉我们美好的年华，留给我们的是比沙漏更加安静的回忆。

突然就跳出钱钟书的一句话：

似乎我们总是很容易忽略当下的生活，忽略许多美好的时光。而当所有的时光在被辜负被浪费后，才能从记忆里将某一段拎出，拍拍上面沉积的灰尘，感叹它是最好的。

在清水的秀美山川间边走边想，也许在某一天，当我从记忆里将某一段拎出的，便是在清水行走乡村的这几天，这是我与清水乡村的相知相遇之旅。

作者简介：张艳茜，黑龙江省绥化市人，1985 年毕业于西北大学中文系。陕西省社会科学院文学所所长。曾任陕西省作家协会《延河》文学月刊常务副主编，陕西省米脂县政府副县长（挂职）。中国当代文学研究会理事，中国作家协会会员，陕西省“四个一批”人才，中国文艺评论基地研究员。陕西省政府优秀编辑奖、柳青文学奖、西安市哲学社会科学优秀成果奖获得者。出版散文集《远去的时光》《城墙根下》《从左岸到右岸》《心中有她就属于你》，长篇小说《貂蝉》，专著《平凡世界里的路遥》《路遥传》《和亲之路》。有作品在《光明日报》《新华文摘》《北京文学》等报刊发表和转载。

天水二章

■王　童

轩辕黄帝的背影闪现在甘肃天水市清水县，三皇五帝之首、中华始祖伏羲的伏羲庙也立于天水市，让人对天水这个神灵之地产生了许多遐想。

穿过造就了众生的传说中的女娲天路，恰赶上六月二十二日每年一次的隆重的伏羲大典在此举行。农牧生活时期的歌舞舞动起来，天下各路贤达会聚于此，在伏羲庙前的公祭牌楼前鞠躬祭拜。报道称，海峡对岸的我国宝岛台湾在这一天也同时举行纪念华夏民族诞生的大典。

如同多年前我在山东曲阜参加的孔子大典一样，对伏羲的朝拜也在细雨霏霏中进行。脖子上围着刺有八卦图丝带的人很多，面朝伏羲庙，聆听天籁的启示；海内外华人及宗教人士纷纷登上石阶，用圣洁的鲜花表达心意。

伏羲是中国最早有文献记载的创世神。风姓，又名宓羲、庖牺、包牺、伏戏，亦称牺皇、皇羲，史记中称伏牺，在后世与太昊、青帝等诸神合并，后被朝廷称为太昊伏羲氏，亦有青帝太昊伏羲一说。传说华胥与雷神生出伏羲，造出天地，神话迷踪秘境也铸就着我们“龙的传人”的精神。

天水诗人汪渺写道：伏羲和女娲共同托着／一颗远古的太阳／领着一群先民／穿过针眼／向我们走来……描绘出龙腾祥云、开天辟地的地方。

伏羲子孙在大典朝拜完毕，歌舞之际，手擎鲜花进入“开天明道 与天地准”的伏羲庙内，摸摸天马，品品稻菽千重浪的气息，再仰望伏羲那蛇伏盘曲、带有几分喜兴色彩的面容，不由得对远古的时代充满了想象。传说伏羲取蟒蛇的身、鳄鱼的头、雄鹿的角、猛虎的眼、红鲤的鳞、巨蜥的腿、苍鹰的爪、白鲨的尾、长须鲸的须，创立了中华民族的图腾——龙。在天降甘露中，祭拜者在祭拜大典结束后，来到伏羲道旁拉面馆吃爽滑入口、鲜香筋道的拉面，不禁想起陆游“无端凿破乾坤秘，祸始羲皇一画时”的诗。这百草、这藜麦、这五谷、这结网捕鱼，繁衍一代代华夏儿女正是从此肇始，天地混沌，创世羲来。

祭拜先神是一种精神寄托，也是一种民族凝聚力的象征。我们这个民族，背负着重重苦难与神话传奇，在腥风血雨中历尽磨难，不屈不挠，也得益于这些远古的传说。玛雅文明、古希腊巴特农神庙凝聚着西方文明的精华。而中华文明涵盖四方，昭示世界，不只在天水，也在每一个华夏子孙的血脉中流淌。

窗外的清水

一直想到天水来，除了李白朦胧的身影在此隐现外，他那句“黄河之水天上来”的诗句似乎也带来了某种暗示：清水与天水，人间的河恋着天上的水。是的，天水藏着一个清水，来到这里，看到铅色的云低低地飘过山顶，顿有一种“水漫金山”的感觉。

清水县是甘肃天水市所辖的一个县。曾在此展现的轩辕黄帝的背影，让我有一种强烈的对远古的探寻感。因黄帝故里一直称在河南新郑，所以每年都有祭祖大典举行。黄帝陵又在陕西省延安市黄陵县内，也常举行海内外华人齐聚的纪念活动。而清水县与轩辕黄帝的关系似并未受到人们的关注。

其实，轩辕黄帝的踪迹究竟云飞何方，似乎并不重要，新郑有，清水也有。毕竟是远古的神话，是中华民族始祖的一个精神象征，就如李白的身影也在各个地方飘忽不定，哪里都可以遇到这个被称为“诗仙”的青莲居士。

我们来到甘肃清水县，立刻被环绕山道的葳蕤的树与衔山的云所缠绕。飘得很低的云不断在天空变化着形状，呈现出花鸟鱼虫的模样，浓郁的绿意铺天盖地而来。

清水县的山好水好，依托天水市藏宝纳秀。清水小曲、清水砖雕、清水造纸技艺、清水城隍庙会，早已声名远播。

清水人的干劲十足，正在进行物质脱贫和精神脱贫，精神脱贫的理念更让人感到振奋。往日曾见某农村虽物质脱贫了，又涌现出了很多不识字的正当年的青壮年，让人心存忧虑。而清水县精神脱贫的努力会水滴石穿。

站在清水县邽山生态园的坡顶，郁郁葱葱的植物从梯田间、灌木丛中向你打着招呼，翠绿的心绪立即涌现出来。生态园位于清水县北山，总面积六千五百亩，计划投入资金一点零一四亿元，重点打造“一馆二亭三场一道”的森林体验教育基地，完成造林绿化六千五百亩，建设管护用房、供水及交通等公用基础设施，计划用三年时间完成。这里的玫瑰园、牡丹园争芳斗艳。

邽山生态园是清水县的一个缩影，展现着人们对绿水青山的向往，令人心旷神怡、畅想无边。

然而，当清水县的美景尚未尽收眼底时，我突然被疾病击倒。热心的清水人急忙将我送进医院。待缓过来时，只能看见窗外一方的景致，树叶在摇动，蓝天在延伸。隔天，我又转到了天水市第一人民医院，窗外仍是仅见几平方米的景色。窗景中有杜甫行走过的南山和南山寺，真想破窗登上去看看。我的身体在逐渐好转，病毒在渐渐消失，窗外的天蓝得如清水洗涤过那般，格外清丽澄澈，此时，清水的水与天水的水交融在一起……

作者简介：王童，鲁迅文学院第二届高研班（主编班）学员。中国作家协会、北京作家协会会员，中国散文学会理事，北京东城区作家协会副主席，中国民主同盟北京西城新闻出版主委，洛阳师范学院客座教授。发表中短篇小说及散文诗歌等百万多字，作品多次获奖。

遥望清水

■ 王怀宇

2019年6月12日，受知名作家“写意清水，助力脱贫”文学笔会之邀，我平生首次从吉林长春飞赴甘肃清水。

由于大西北干旱少雨的顽固印象作祟，我对天水市和清水县地名中的“水”字并不以为然，认为那也许就像我们长春中的“春”字一样，不过是当地人的美好愿景罢了。向来以干旱著称的大西北哪会有这么多的“水”呢？就像在东北，哪会有一个永远是春天的城？我不禁心中暗忖：此行的目的无非是为大西北脱贫尽一点儿绵薄之力，能不能看见绿水青山就无所谓了。我心底期待更多的则是：能不能如约见到那些阔别多日的文学老友和鲁院同学呢？

尽管在机场百无聊赖地候机时我先后百度了天水市和清水县，但并没让我形成特别真实和特别具体的印象。在百度里，哪个城市不是历史文化名城？哪个地方不是民间风俗宝地？人们都习惯于把自己的家乡广告语一样推介得天花乱坠，许多地名以群山众水或历史传说堂而冠之，实则不然。什么山之阳、水之阴、天之南、地之北……很多地名民间标识也如出一辙，意蕴风骨也就难免大同小异了。

因为我对大西北的印象早已根深蒂固。早在十三年以前的2006年，那时我还当着一本通俗杂志的主编，好像也是6月，全国书刊订货会在新疆召开，我首次光临乌鲁木齐。来之前，我就下定了决心：一定要好好看看大西北。由于我乘坐的是飞机，一路上并没有领略到多少大西北的自然风光。于是，从新疆回返时，我决定改乘火车。我要一站一站地走、一点一点地看。目的有二：一来我想见见大西北沿途几座城市的几位鲁院同学，二来我想切身感受一下大西北浩瀚无边的荒漠戈壁。通过车窗，我终于知道了早就该知道的道理：水是万物之源。从乌鲁木齐出来以后，列车很快就进入了荒凉地带。有那么一大段路途，无水、无草、无树、无风、无生命迹象……困乏的人们东倒西歪，而我却双目通明。我被眼前真实的干旱惊呆了，直至深夜，我仍然毫无睡意。

就是在这漫漫长路上，我不仅充分地感受到了大西北的辽阔、高远和神秘，也充分地体验到了大西北的干旱、空旷和虚无……直到路过张掖时，我才由衷地体会到了一种从没有过的惊喜，对，那是久别重逢后的惊喜，是再次见到从前司空见惯、普普通通树木时的绿色惊喜！我从来没有像彼时这样，心中有一种最简单的想见到水的迫切，曾经最不经意的水在我心中好像一下子就演化成了张掖街头那无比可爱的绿树……

到了兰州，我也如愿以偿地见到了水，见到了绿色；更是如愿以偿地见到马青山、任真、任向春、张春燕等同学，晚上同学们还拉着我去兜风，去看夜色中的母亲河。那也是我第一次到兰州，就有了这样一个印象：在幅员辽阔的大西北，好像只有这几座大城市才有足够的水啊！那时的我又一次对大西北干旱少水有了更本质、更真实、更透彻的认识。

说实话，我对天水和清水的真正认识发生在天水通往清水的那条公路上，是货真价实的一路风景改变了我对天水和清水的原始印象——

六月的天水，天空湛蓝，薄云透亮。我惊讶地和在天水南站偶遇的施晓宇、张艳茜同学说：那百度中的天水市和清水县竟然真的不是广告语！我脑海深处关于大西北干旱和荒凉的印象一下就被荡除了。这太出乎我的意料了，从天水南站出来，一直到清水县城，我竟然没有看到一处干旱和荒凉！目之所及，到处都是山清水秀，我一度怀疑自己这是到了祖国南方！兴奋地问：路边那是什么河？司机礼貌地答：那就是牛头河。牛头河水虽不宽阔，但流得波涛滚滚。更吸引我的则是牛头河两岸那茂盛的花草，碧绿碧绿的浓密蒿草间开放着各色花朵，我认出了野马兰、

野杜鹃、油麻菜、老厂子、蒲公英等北方常见花草，那是我在东北大草原上也能见到的。

我的童年是在东北大草原上度过的，童年的草原生活让我一直酷爱着各种花草。直至今日，我都五十多岁了，每每看到原上自由生长的花花草草，我都会情不自禁地欣赏一番、辨认一番。

夕阳西下，就在这个六月的傍晚，在牛头河水的陪伴下，在天水通往清水的公路上，我绝对没想到，我会有这么一次专心致志的欣赏和辨认。我更没想到，第一次来清水，我就迷失在牛头河畔的茂盛花草中了。

晚饭后，我没有去找最想见的马青山、鲁顺民、王童、杨莹等老同学聊天，也没有去看望马步升、胡学文、葛水平等文学大家，而是在房间里拿着关于清水的材料“恶补”起来：清水县位于甘肃东南，天水东北，渭河上游。清水河发源于山门乡，流过县境，汇入渭河。相传因成吉思汗曾在牛头山安营扎寨，清水河又称牛头河。清水还是黄帝的故里，轩辕黄帝就出生在牛头河源头的轩辕谷。《史记》载：“轩辕谷隘，清水县东七十里，黄帝诞此。”清水之行，竟让我踏入了黄帝故里，不经意间，这好像又成了我的寻根之旅。清水县关于黄帝的印记甚多，不只是记载，也不只是穿越五千年历史和风雨的传说，那里确有轩辕谷、轩辕祠、轩辕湖、轩辕故里和轩辕广场……

当然，第二天晚上，又有清水县剧团的大型神话歌舞剧《轩辕大帝》继续作证。清水素称秦源之地，这里的剧目当然就是秦腔。由于我曾在吉林省艺术研究院抓了五年地方戏，所以对中国异彩纷呈的众多剧种略知一二。我最喜欢的还是京剧和吉剧，因为我是听着京剧样板戏和我家乡吉剧团的地方戏长大的。当然了，像评剧、昆曲、秦腔、沪剧、越剧、豫剧、吕剧、花鼓戏、黄梅戏等剧种也都不乏优秀的代表剧目，它们也都非常好听，也都非常好看。

一边欣赏着高亢而哀婉的秦腔作品，一边还在职业病般地找着作品的不足之处。歌舞剧演出时间差不多两小时，欣赏的同时我也一直在想，这出戏如何如何才能更加完美一些呢，那样才会更加配得上这风月无边的清水宝地啊！由年轻演员扮演的黄帝、风后、嫘祖、蚩尤出现在华丽的舞台上时，经常审戏的我就立刻习惯性地感觉他们无比亲切起来。多好的身段啊！多好的嗓子啊……这晚，我不是一个普通观众，我更像一个职业评委。我由衷地希望这台有着清水地域符号的古装大戏演出成功！看完这台大戏后，我还是不由自主地热泪盈眶了，尽管剧本尚需打磨提升，尽管众多青年演员尚显紧张稚嫩，但是我想，这已经非常成功了，这已经是清水留给我的最特别的文化记忆和最亲切的戏剧记忆了。

第三天，也就是6月14日下午，我有幸和《西安晚报》主编高

亚平先生、《文艺报》编辑路斐斐女士、天水大学教授雪潇先生、清水县作协主席温小牛先生分在同组，前往秦亭镇麦池村参观。一路上，我们怀着无比激动的心情顺着规划好的采风路线，在志愿者张春芳的引领下，一站接着一站地走。天空虽然一直飘着小雨，但车中的我们聊得热闹。来自天南地北、首次谋面的我们就像分别多年的老友，没有任何隔阂，相谈甚欢。我虽才疏学浅，孤陋寡闻，但也并不怕说错什么，一直畅所欲言。也许正是因为我们都是文学中人，话都能说到一块，艺术感觉和思想观念也都惊人的相似。

越野车沿着九曲十八弯的乡间公路向前飞驰着，朦胧的远山笼罩着一层轻纱在绿水青山中影影绰绰；几只雨燕在缥缈的云烟中忽远忽近，若即若离，就像是画家的几笔淡墨，泼洒在天边，我又一次在细雨中欣赏到了清水大地……

麦池村以前是一个地地道道的贫困村，后来在天津市河北区政府的帮助下，全村二十多户困难群众先后建起了价值 11 万元的青砖大瓦房，而每户自己只掏了 1 万元。我们来到麦池村村委会，听了年轻书记对精准扶贫工作所做出的艰辛努力和详细报告。我还详细询问了关于精准扶贫方面的相关问题。我边问边记，一直认真地观察年轻书记的一举一动。年轻书记就像大海一样平静，不为外因所动，不为杂音所扰，对村中每个老百姓的家境都了如指掌。我从年轻书记的笑容中也能隐约看到辛苦与无奈，但更多的还是坚毅和决心。

在长沟村外，那条小河就像一条缀满闪光宝石的飘带，深深扎在富饶而美丽的土地上。峡谷中的溪水真像长出了翅膀，飞上山头，变成千百个大喷壶，浇灌着周围的一片片庄稼。张华伟书记热情周到的服务让各位作家非常感动。晚餐都是一些当地特产，尤其是农家土鸡和清水土蜂蜜更是让各位作家大饱口福。晚上，长沟村还专门为大家演出了皮影戏《二进宫》，更加渲染了喜庆祥和的节日气氛。

伴着淅淅沥沥的雨丝，紧张有序的进村入户采风活动圆满结束，最后，我们就住在了长沟村的

农家乐。

6月15日上午，一行人又来到了黄门镇的黄湾村，在那里我们见到了来自县委组织部的第一书记王晓军。他是一个三十出头的帅小伙，在他的带领下，黄湾村老百姓的日子一天比一天好起来。我详细地询问了黄湾村近年来发生的巨大变化和基层工作中最大的困难是什么，王晓军说他最大的困难就是个别思想落后的群众不配合他们的工作，还有就是如何解决村里养殖户产品销售的问题。在一次次交心谈心的进村入户后，他们也慢慢改变了想法。多数时候他会和村支书去县里的大酒店和餐馆推销土鸡和土鸡蛋，因为口感好，客人很喜欢吃，所以就建立了长期稳定的合作关系。

我久久地回味着王晓军那朴实的话语，我不是也经常和别人说吗？文化工作越是基层越艰辛，没有什么轰轰烈烈的大事，但是平凡的人群中也会产生英雄，平静如水的生活中同样会绽放出快乐与忧伤。通过这次采风活动，我终于明白了文学创作就要接地气，为老百姓代言，才能创作出更多脍炙人口的好作品。我们这些作家到底能为乡村脱贫和乡村振兴做些什么呢？我好像也有了自己的答案。

从清水回来，我的心情一直没有平静下来。每天还要奔忙于日常工作的我，一直想为早已装在心中的天水和清水写点什么。盛夏的夜晚，伴着东北难得的一丝凉意，我望了望西北的浩瀚天空和辽远的稀疏群星，挂一漏万地回忆起一个月前的温暖往事。天水市、清水县、秦亭镇、轩辕谷、麦积山……满载深情的牛头河水一路奔腾，汇入黄河，流向大海……

作者简介：王怀宇，中国作家协会会员，吉林省作家协会副主席，吉林省作家协会创研部主任、编审。2003年就读于鲁迅文学院高研班。在《小说月报》《小说选刊》《新华文摘》《作家》《中国作家》《十月》《钟山》《青年文学》《中国文学选刊》《北京文学·中篇小说月报》《长江文艺·好小说选刊》等刊发表作品五百余万字。出版长篇小说《漂过都市》《心藏黑白》等五部，小说集《家族之疫》《我们到底能做些什么》等八部；另有《春去春又来》《松江河畔》《平安是福》等戏剧、电影、散文、报告文学作品若干。曾获梁斌小说奖、田汉戏剧奖、吉林省政府长白山文艺奖、吉林文学奖、长春市政府君子兰文艺奖等奖项。作品多次被国内选刊选载，多篇作品入选年度小说排行榜和精选本。

景彩彩的苹果(遇见)

■ 第广龙

再过两个月,景彩彩的苹果就该熟了。

往甘肃清水县的西南方行走,攀缘着上到一个大塬上,在塬顶上四下张望,谷底、沟畔、坡顶,勾连成片,衔接成林,满眼都是苹果树。这地方叫马庙梁,种了一万亩苹果,其中就有景彩彩的六亩苹果。正值6月间,已经套上袋的苹果,藏在里面看不见,悄悄地长着糖分和甜度,这也是果园主人的期待和盼望。在这个空当,果农们难得有了一点清闲。

景彩彩上心她的苹果,每天都到果园里来一趟,哪怕没有啥需要做的,也到这棵树跟前瞧一眼,到那棵树跟前停一下。似乎在和这些果树、这些苹果交流感情。可不是吗,吃的和用的,都是这些苹果树带来的,怎能不善待它们呢?

不过,即便只是到果园里来转悠,景彩彩也有事情干。她的胳肢窝里,夹着一沓椭圆形的硬纸片,纸片上写着人的名字。纸片挂到特定的树上,今年结的苹果,就全是这个人的。这叫认购,等于把苹果提前卖出去了。以这种方式,景彩彩的苹果树,被认购四十多棵了。

谁能想得到,十多年前,种苹果对于景彩彩来说,想都不敢想。

2009年,丈夫去世,因为看病家里欠了不少债,娃娃未成人,花钱不挣钱,前头的路是宽是窄,景彩彩不知道咋走。经过申请和评议,几经周折,2013年,景彩彩成了村里的建卡贫困户。虽然得到了帮扶,感受到温暖,但是景彩彩总觉得手脚不自在,像是缺了个啥。未来的日子长着呢,好强的景彩彩希望通过自己的努力,过上更好的光景。景彩彩相信,人勤快了,精神上畅快也振作。何况政府各方面的政策扶持就在眼前,也有实际的项目可挑可选。就在这一年,苹果苗送来了,化肥送来了,地膜送来了,送到景彩彩的地里来了。而且,全都是免费的。

就这样，景彩彩的苹果树种上了。如何管理，都得从头学起。政府请来专家，来到地头手把手指导，景彩彩问得多，记得也多。镇上的，村上的，只要有果园管理方面的培训，都能看到景彩彩在专注听讲。如何施肥，怎么剪枝，疏花疏果的间隔，套袋的时机，每一样，说起来都是学问；每一样，都得在果园里、在苹果树上实践。景彩彩不怕辛苦，就怕学得不到家，做得不规范。反反复复试验，来来回回比较，学会了，在行了，她的苹果树开始开花结果了。景彩彩的付出，终于得到了回报。

景彩彩的苹果，能卖钱了！

宋庄村的土地，已经全部果园化了，也就是说，全村的人，都是靠苹果吃饭。支部书记宋明清介绍说，宋庄村山地多，从土质、降雨量和温差上看，更适合发展果木种植业。如今水果行情好，一亩苹果园，能带来八千元的收入，这也是村民脱贫致富的保障。景彩彩种苹果翻了身，新房子盖起来了，新电器置办下了，日子过得苹果那样甜蜜。摘掉了穷帽子，就不能再伸手，2016年，景彩彩自愿脱贫。

和我走在果园里，景彩彩手机不离手，过一会儿看上一眼。难道五十四岁的景彩彩，也是一个低头族？就是。不过，景彩彩上网，主要是为了卖苹果。苹果种得好是第一步，要想卖得好，就得跟上社会的发展。网络平台打开了景彩彩和外面世界联系的窗口。

景彩彩只念过四年书，文化底子薄。看她打字用拼音，手指头动作快。原来，这都是她跟着上幼儿园的孙子学下的。一个字母一个字母，孙子咋念她咋念，硬是背下来了。但是咋用手机上网，景彩彩一直没掌握门道，急得上火。镇政府在村子里又办起了夜校，专门培训怎样在网络上直销苹果。景彩彩注册了自己的微信账号，还学会了最热门视频平台的拍摄和发布。苹果采摘时节，景彩彩通过视频连线和客户面对面，介绍苹果的品质和口感。镜头对着苹果树，看上哪个摘哪个，收到的和看到的是一样的。一个福建的客户，去年买了，今年又联系了，还要买。这样的回头客，在景彩彩的名单里，有二三十个。景彩彩说，快递公司在镇上有六家，要发货，一个电话就来了。去年，不到两个月，景彩彩在网上卖苹果，收入四万多元。

从马庙梁往下看，远远的一块平地上，整齐排列着六间长方形的巨大库房。郭川镇的镇长王小军说，那是果库，国家投资了四十五万元，一个果库存储一万吨苹果。他说，全镇三万亩果园，其中两万亩是这几年新建的，有了果库，在苹果集中上市的时候，能起到有效调节作用。全镇一千九百八十四户果农，果品收入占比达到百分之九十五。这容不得闪失，镇政府有责任让果农的苹果树变成摇钱树。去年，全镇四千万公斤苹果，通过网络、微信销售，全部卖完。王小军说，走在前头的人，能起到带动作用、示范效应，景彩彩学了技术，不保守，给大家传授，在网络销售方面，也影响着更多的人加入进来。他对身边的景彩彩说，你还要继续带头，让咱们苹果的品牌越来越亮。景彩彩说，吆喝卖苹果的人多了，吸引来的人就会更多。放心，这个我一定，一定！

清水诗篇(组诗)

■ 第广龙

进入清水界

山体陡峭
长一层青皮
间隔分布的团状绿色
扣子给扣紧一样
山下的铁路线
有过慢车的有过快车的
动车像是一截橡皮擦
擦掉的也许是人们出行的习惯
河道里不走大水
水流依旧散漫
有的石头特别大
河道变宽必有人家出现
门口一丛玫瑰花
在喷吐火焰

草

冯河草原的草
我认出来的有羽衣甘蓝
芪草、毛莨
吃草的马
比我更了解这些草
和它们的花朵
马的字典里
这些草另有其名

吃草的马

这里一匹,那里一匹
草地上吃草的马
怎么就不抬起头
看上我一眼呢
是真马,灵敏的马
像被某种力量凝固住了
一定是青草的力量!
天已薄暮,还在吃草?

汤浴河之晨

天没亮就有鸟在叫
五六种或者七八种声音
都不换气
不停叫,连着叫

此地气温低
树木如连襟大褂
穿在山体上
空气含氧量太高
似乎能点着
鸟的喉咙通上电了一样
我也气长气足
可以剧烈运动
只是缓步行走
遇见的鸟有的好看如清水的姑娘
喜鹊接连出现
身子大肚子也大
叫起来像在劈柴
我很久都没见过喜鹊了

初到关山村

天黑了就黑实了
村委会的灯还亮着
省上来的马青山、马步升
市里来的王若冰在写毛笔字
村委会围墙外的篮球场上
皮影戏唱得热闹
还真的需要这样的热闹
驻村扶贫的李振东博士
陪着我说话
他是研究哲学的
形而上和形而下

在这里找到了结合点
省社科院援建的大棚里
木耳从菌棒上长出来了
山里树多雨也多
下一阵停一阵
我站在台阶上伸手试了一下
这会儿又下起来了

村　夜

关山村的夜晚
除了零星几户人家的灯光
再没有多余的光
如果走出去多走一步
黑暗就把人吞了
总共两条狗
都不喜欢叫
叫了也被黑暗吸收了
深山里的关山村
天黑得早
天一黑就都黑了
黑得如此结实
似乎伸手敲一下
都能弹回来

6 月 15 日早在关山村

关山村的早晨
太冷清了
院子里进来了一只黑狗
来找吃的
落下来一只喜鹊
也来找吃的
雨点小声音也小
鸟鸣是和天亮同步的
刘晓一家还没起来
脸盆架在门外
我洗过脸
等一会儿就该出去了
省社科院援建的大棚里
菌棒上木耳一定又长出了一圈
四周的山上
树木多年未受惊扰
浓郁的绿色看上去有些发灰发黑
深山里的村庄
村前一定有河
关山村的河流我还没问名字
我来这里也许只来一次
省上下来扶贫的干部
有的已经住了一年

无论如何
我记住了关山村
在天水的清水
在清水的山门

木人摔跤

是两个人在摔跤
是两个木头人
木头的脑袋木头的胳膊
摔倒爬起来再摔
摔得难解难分
其实是一个人在摔跤
一个不认输的人
在和另一个自己摔跤
头摔烂腿摔瘸还不住手
啥时候才分得出输赢

浆水面

寻常的饭食
在喉咙间发出响声
即使记忆里
没有一口大缸
我也能习惯
酸苦的味道
在清水的白河村、韩坪村
端起大碗
连汤都喝光的
不光我一个
省上的所长马步升
本土诗人王若冰
身份再怎么变化
浆水面上来
有多大的事
吃了再说

雨中和马步升、王若冰走关陇古道

雨中的黑垆土
湿滑难行
我们喘着气还是走到了最高点
这里是秦亭
是牛头河和千河的分界岭
杜甫当年来天水
在此驻留歇息是一定的
这之后
在天水写下 100 多首诗歌
我读过大半
杜甫走过这条官道
走进了民间
饿着肚子顾不上脸面
该求人了也得求人
唯有不尽的诗情
发自内心能够遍及天下
当年的道路早就废弃了
我走走停停
我也想写诗了
要写得有分量
光是被雨水打湿
那还远远不够

走读清水

■第广龙

6月份，去了一趟清水。

之前，不知道这个地方。清水是天水一个县，天水我去了5次了，知道秦安，我路过过；知道甘谷，出辣子面，我没去过。按说应该知道清水，竟然不知道。我不知道清水，对清水没有什么印象，清水还是清水；我知道了，有一份感情，就能落到实处了。

清水有赵充国墓，有轩辕谷，都是有文化和历史价值的去处，我依然不知道。由此可见，有的人号称走动了多少地方，走出去有多远，对于大地上的事物，对于这个世界，了解也是有限的。即便去了清水，也可能只是看了一个局部，得到的印象，极可能是片面的。我这次在清水多天，去了多个乡镇，村一级接近10个，还在关山村的农户家住了一晚，可以说已经深入到肌理了，我也不敢夸口，对于清水，我已经非常熟悉。站在清水街头，分清南北我都得问人。

我这次居住在一个省一级的疗养院，60年代就有了。我之前，多少人来这里，来了又走，新的人还在继续来，只有这一次我来了，才加入这个循环中。我不来，这里的老房子还在，人隔上一些日月换一茬；院子里的土狗，继续繁殖；七八种鸟，早上叫最好听，我都是不知道的，这里像是另外一个世界。幸亏我来了，这是缘分，有偶发因素，也存在某种必然。

我还有目的地，往清水的多个方向行走，最远的是郭川村，上百公里的路程。这样的行走，对于我是难得又难忘的。去了停下看，看村子的面貌，看周遭的山体，也进入农家的院子，进门看到的就是大炕，都有孩子在炕上写作业、玩耍。

还吃了多种面食：浆水面、碎面、素面、扁食。扁食像水饺又像馄饨，一种核桃馅的，其实是馅料里加入了核桃碎。每一样面食，都好吃得要命。我爱吃面，吃过各地的各种各样的面食，也算有些见识了，清水的面食，普通、简单，汤汤水水的，却吃着舒服、舒坦。我觉得，这才是面食的最佳品味。

去了清水，看了清水，自然的，要写清水。在清水这些天，我每天都有写作的冲动，克制不住，按压不住，在一个地方，被触动，有新鲜感，我都会写点感受。在清水，我的感受异常强烈，我要写出我的清水诗篇。

作者简介：第广龙，现居西安。中国作家协会会员。参加《诗刊》第九届“青春诗会”，参加《诗刊》第九届“青春回眸诗会”。已结集出版9部诗集，10部散文集。甘肃诗歌八骏。获首届、第三届、第四届中华铁人文学奖，敦煌文学奖、黄河文学奖、全国冰心散文奖。中国石油作协副主席、西安作协副秘书长。

寻秦记

■耿翔

上邽之马

草地还在,吃草的马
大多不在了,跟着一群去干大事的
秦人,很早下了
陇东高原

留下来的,被放牧成
青山一样的马,绿水一样的马
那些神游的云朵,也被从青花瓷一样的
天上,放牧到遗失在上邽的蹄声里
让后来者看到,走不了的
陇东高原,人神共舞
成了我们,在秦岭的余脉里
朝觐的老家
那些走下,陇东高原
手里牵着马的人,也被黄土塑成了泥身
站在世界的惊奇里,还原牧马人
骨子里的血液,不会被时间
降下温度。那些留在
老家的人,还在寂静的草地上
种植秦,这种上等的牧草
等着那群,很有可能
回到上邽的马

我来的时候,被一匹
钢铁的马驮着,我很想它就是
那些下了高原的,上邽之马
千年后的化身

马车上的饰片

一片金箔,像一辆马车
在残剩下来的身体上,开出祭祀
自己的花朵

这不是穿越在
关陇大道上,包着一身生铁的
秦人的马车。农耕生活
让他们很迷恋一块,可以打制农具的铁
也想挣扎着,把多余在自己
身体里,那些带有韧性

也带有土腥的铁
冶炼出来
这是掠夺过，秦人的牛羊
粮食和女人，一身狼性的西戎
死后陪葬的马车。那些捶打金饰的声音
像在高原上，捶打落日
草地让他们，一生放开性子
也让他们，用镂空的
卷草纹，留下
风里的花草

牵着马，从陇东高原上
下来的秦人，在统一后的国土上
打了一辆：铜车马

我看到的清水

有大雪沉淀的水，才叫清水
有血液沉淀的水，才叫清水

我知道，冬天来了
关山，会把一场落得
秦岭站在余脉里，也会一身寂静的大雪
向西，给这个陇东高原上
一身温秀的县城，多飘洒一些
让它用寒冷，抚摩去大地的火焰
留在手上，是一掬晶亮的
提神的清水

我也知道，这里的水
不管从天地的，哪个方向流来
都在很久的年月里，痛饮过陇西之战的
那坛祭血。那是游牧者
农耕者，战死后混在一起的
祭血，被它反复洗涤后的
陇东高原，清风吹拂
清水怡人

我看到的清水，让陇东清亮
我看到的清水，让高原清爽

秦 亭

秦人牧马的，陇山谷地
为何奔出一条，牛头河

最早的封地，没有留下
一角残缺的庙宇。是牵马的秦人
走下陇东高原时，不想看见
身后的乡愁？还是借着
蹄声，掩埋了自己

没有了秦亭，我在哪里
插一炷朝拜，你的香火

秦子铺，这里的村名
叫得人心疼，让我坐在他们
新盖的楼上，看见佛家的麦积山
为了守护秦亭，也把自己
原样缩小在，遗址身边

我在草地上，看见了牛
我像看见了，马的替身

神禾：秦

秦，一种喂马的植物
秦，一个族群的官名

陇东高原上，谁能替我
一眼指认出它？为一种喂出天子之马的
神禾而来，我也想幻化成一匹
远古时的马，被喂马的秦人
赶进山水，丰美的深谷里
埋头，只吃一种
神禾：秦

我的嘴角，我的牙齿
还有我的肠胃，应该在神禾
隐秘而细嫩的歌声中，被一种天然色香
无限滋养。如果真能穿越
我想回到，那片最初的草地上
看牧马人和马，被秦
惊倒的表情

对着每一种草，我喊秦
对着每一个人，我喊秦

养马的秦人

养马的秦人，祭祀天地
会杀死一匹，活着的马
在他们的，生命崇拜里
高天在上，高天上的每一只飞鸟是神
大地在下，大地上的每一头走兽是神
敬仰和跪拜，在他们身体里
一再传唤，每一块肌肉
每一根骨节。谁也挡不住
他们用一匹马，祭祀
一棵草木

不是他们，不心疼这些
养在草地上的神驹。天地之间
那些草木，那些鸟兽
它们静止或者奔跑，哪个不代表一种
自然之神。它们的灵魂
才值得一匹马，以死陪伴

陇东高原，我能走近的地方
都有远古，牺牲的马

养马的秦人，杀死一匹马
其实是以自己，祭祀万物

使马闪闪发光的树

古希腊的，颂诗里
所有生命，都被神曲歌唱过
比如沙棘
因为斯巴达人，没有在战场上
杀掉受伤的战马，把它们集体赶进
长满沙棘的，一片树林

他们歌唱，这些活下来的战马
不忘用哲学和诗，也歌唱沙棘：
使马闪闪发光的树

他们不知道，远在东方
一群人用遍地沙棘，喂养马的时候
此为何物，他们不识

这些野生的，植物
就像这里的人，不怕干旱和贫瘠
也不怕，大自然的热冷

它们不仅使马，闪闪发光
在今天的清水，它们满山架岭
也使人，闪闪发光

清水麻

这些在《诗经》里，摇曳
久远的植物，依然在清水
在清水的，牛头河边
没有一块田边，不站立着麻
没有一棵站立着的麻，身上不落满麻雀
它们相依为命，它们歌唱对方
它们把《诗经》里
吹得高古的风，从每个修饰
边幅的文字里，啄出来
贴身，留在清水

我来的时候，清水麻
正贴着清水的身体，疯狂地
生长它怀里的韧性。我想接下来
一个人看见，手艺的光芒如何从中绽放
或许，有一双粗大的手
会递上精致的，清水麻鞋

让我把一段，很像雕刻出来的
时光，穿在脚上

清水麻，我把读你的目光
从《诗经》里，移动出来

乡下的鸟声

这么熟悉的，鸟声
该不是我，从关中的某个地方
顺路带来的

我在关中，听着它们
把世事的烦躁，直接从心头叫走
应该是很多年前了。那时我还在乡下
在一群鸟儿，可以懂得同情
我的乡下。而在城里
我像丢了，身上的魂一样
丢了鸟声

我在清水，居然听见
那些年我在乡下，全部听得到的鸟声
我想走下，陇东高原的秦人
带不走山水，可以带走
山水里的鸟声。从险绝的
关山上飞下来，一路
有渭水跟着
它们急切地，叫醒我
该不是认出了，我曾经的
乡下身份

秦风，吹过清水

吹过清水，是《诗经》里的秦风
摇曳清水，是《诗经》里的芦苇

我想在清水，看看这种
多年生长在水边的植物，它有多么普通
又有多么高贵？它在无风的时候
也能摇曳出，一身的风声
它让我们，在白霜
一样的露水里，想起
岸边的女子

此时的清水，我能看到
你纤细的身子，还芦苇一样地
在大地的明亮处，摇曳着山水里的青色
对于洁净的你，我无他求
只要等到秋天，你能用一头欲仙的
白絮，带我自由地
在这里飞落

吹过清水，是《诗经》里的秦风
留在清水，是《诗经》里的女子

作者简介：耿翔，陕西永寿人。中国作协第六次、第七次代表大会代表，参加诗刊社第九届“青春诗会”，2010 年随中国作家代表团出访塞尔维亚。作品多见于《诗刊》《人民文学》《花城》《十月》《星星》等刊物。已出版《长安书》《秦岭书》《马坊书》等诗歌、散文集 10 余部。作品获老舍散文奖、冰心散文奖、柳青文学奖、三毛散文奖及《诗刊》年度奖。

鸿蒙七章：致轩辕

■ 贺　颖

1

我虚妄的体内
悲欢苏醒，红尘遍布
在轩辕谷

我的每一步都看见前一步的你
于拂晓风雨大作
在子夜言归正传
自此我的所有六月
都将有十万种盛夏途经

庙堂的香火，合十的指尖
星群在屋檐合唱
你离我那么近

就像从五谷的精魂到酒
从你的目光到三千红尘
从一封信
到另一封

就像我是你鸿蒙初现时的一部分
隆重肉身

2

嗜酒如命的今生
唯有模仿你
我在轮回中行走，被晨露匿名
被大地鸟的歌声顿悟
神泉之下我看你看过的云
梦你梦过的梦
喊你喊过的风
说你说过的话
诵你诵过的经
饮你饮过的酒
疼你疼过的疼
我渴望

在一条大河的首尾，觅见万物的始终
六月是可以两全其美的
就像半山之上你为我预设的神泉水
一边为神话解渴
一边为烈酒禅修
一部分在山中无关世事
一部分在我体内
玄机重重
四大皆空

3

你一抬头
我就成了六月的通灵者——不虚妄
不辜负，不烟消云散
不一误再误

肉身重逢，香火专注
——供你热烈享用

4

炽烈和抱愧
是我荒寂的身体

在七色岩中
诞下的双生子
一个在夜晚的醉饮间虚荣
一个在白昼的诵经中
反复超度

群星不眠
日月绕行
醉眼荣枯
孰重孰轻

5

如果你的名字用来度命，大好的年华
就用来在骨骼中断肠
有限的微凉
六月在雨中徘徊，落花于美人舌尖儿哀伤

醉一遍众生抒情
醉两遍草木宁静
醉三遍小桥独享流水

谁的拂晓被轮回反省，谁的
梦境以烈酒喂养
一夜立地成佛并不荒唐

宿醉留给前生辟邪，你的指尖蔓延魂魄
六月在庙堂反复梦游
而你以鸿蒙
铺满我今生的十万腹地

浮世于黎明一寸寸销声匿迹
正如你在子夜
哀悼我前世的三处旧伤

6

把每一次回头，铺满你的来路和归途
树下醉饮

花间浅唱
都是为你而来的证悟

向疼问心，向醉问酒
邮差若兼做半神
为何不把我寄回你的鸿蒙梦境
在桥边偶遇，在林间听月光

月光危险
民风庄重
草木香艳
天亮之前闪闪佛光

7

群山穿过我的骨缝，我看见三千因果
在星群中怒放
却不能道破
唯有掩面合十，一双手相互参悟

你蓦然回首时
金子的光

——关于子时繁花开遍，关于你
这一贫如洗的世间
请做我虚构的父亲
小婴儿
众生为证
请做我虚构的宝剑、烈酒，锦瑟与琴弦
降温的黄昏
火热的腰身
在轩辕谷
我想你，像一个危险的魂灵
想念失散的肉身

作者简介：贺颖，中国作协会员，中国文艺评论家协会会员，中国少数民族作家学会评论家，鲁迅文学院第21届高研班学员，大连艺术学院特聘教授，辽宁作协签约评论家，诗人。曾获首届《十月》散文双年奖、第八届辽宁文学奖诗歌奖、首届“纳兰性德”诗歌奖等国家及地方奖项。主要从事文学评论、诗歌、散文、美学随笔等多种体裁的文学创作。20世纪70年代生于辽宁，现居北京，供职于中国少数民族作家学会。

八声清水

■ 曹有云

过秦亭

就是眼前这条泥泞小道
两千多年前
秦非子精心牧养,膘肥体壮的雄骏天马
嘶鸣而过
纵横驰骋,踏破六国桀骜不驯的大纛

还是这条古道
忧心忡忡的少陵野老西风瘦马
吟哦着顿挫的诗句嗒嗒走过
留下一个帝国莽苍如山的史诗
一代天骄成吉思汗挥鞭打马
亲率西征铁骑风一样呼啸而过
世界像浩大的羊群一样涌动不已

清水清晨

清晨
山中的鸟儿此起彼落,啼鸣不已
叫醒了我疲倦的梦魇
叫醒了沉睡的万物
叫醒大山里
世代早起的劳动者
走向生长黄金和梦想的风水宝地

拜谒赵充国陵园

他戎马一生赫赫战功不再赘述
他知道一条简单的道理
要有广袤的良田,要有丰足的粮食
将士们才能丰衣足食行军打仗,从胜利走向胜利
才能开疆拓土,建设一个幅员辽阔的强大帝国
于是他执拗地三奏屯田之策
难怪毛泽东说他很能坚持真理
李贽夸赞他的屯田是千古之策

行走轩辕谷

不是传说
更非神话
他原本就是出生在清水人家
行走在苍茫山谷中的
翩翩少年
他来自这赫赫黄土
文治武功,泽被四方
有土德之瑞,被尊为黄帝
黄就是我们皮肤的颜色
人种血脉的颜色
东方文明辉耀不朽的颜色

他们在挑战贫困

几天来,我分明看见
这些秦人的后裔,大山的子民
有着岩石一样坚硬的意志
滴水一样恒久的耐心
他们手挽着手毅然前行
欲推倒眼前这大山一样横亘千年的贫困之困
我分明看见
这大山已然被他们轰然推倒

赵那村史馆

这些古老的农具
依旧闪耀着文明最初的光芒
散发着泥土和麦香永不消退的芬芳
这些拙朴的字画儿
这些吹拉弹唱的小曲儿
他们在大山深处如涓涓细流
留住了一个村庄隐匿而坚韧的历史
汇成了华夏五千年文明滔滔大河
绵延不绝，奔腾不息

一棵苹果树

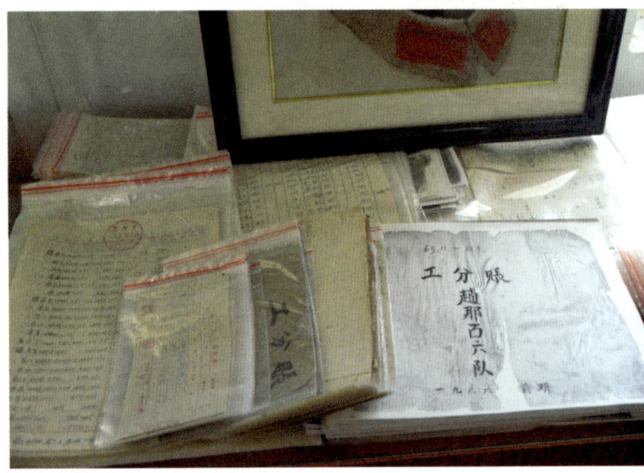

在蒙蒙细雨中
在欢声笑语间
我欣然决定
认购曹川村一棵健壮硕大的苹果树
凝视这些用纸袋包裹着的灯笼般挂满一树的果实
我似乎已经看到了那个红火盛大的秋天
于是，之后的日子便是等待，便是期盼
更是深深的牵挂与祈愿
清水大地风调雨顺，五谷丰登，人民喜乐安康

花石崖印象

花石崖
面对你令人吃惊的美丽
我只能如此蹩脚地比喻
悠悠渭水滨
茫茫云雾间
一块鲜润稀有的玉
一幅天成偶得的画
一首孤篇横绝的诗
一位遗世独立，风姿绰约的佳人
等待你前来目遇神会，千言万语

作者简介：曹有云，男，1972 年 12 月生。现居青海德令哈。作品在《诗刊》《十月》《北京文学》《星星》《绿风》《作家》《作品》《天涯》《飞天》《延河》《诗潮》《草堂》等报刊发表，入选多种权威诗歌选本。著有诗集《时间之花》《边缘的琴》《高地大风》等。诗集曾入选"二十一世纪文学之星"丛书。获第十届全国少数民族文学创作"骏马奖"、第二届中华文学基金会"茅盾文学新人奖"、第四届《芳草》"汉语诗歌双年十佳"、第七届青海文学艺术奖（省政府奖）、首届青海文学奖等奖项。中国作家协会会员、中国诗歌学会会员。鲁迅文学院第五届高研班学员。现任青海省作家协会副主席、海西州作家协会主席、《瀚海潮》副主编。

初恋清水似瑶池

■杨 莹

在2019年盛夏到来之际，我应邀到甘肃天水市清水县参加知名作家“写意清水·助力脱贫”采风活动，有幸来到这个气候宜人、至今我见过的最具自然美、极具发展特色的生态县。清水坐落于风景秀丽的山谷中，坐拥青山、河流、绿草，兼具南秀北雄之美，十分纯净的风光向世人展示着它的本真自然，让人一见倾心。第一次来到这里的我就被迷住了。

在独自去往那里的路上，我就领略了它的美。公路两旁绿树成荫，树荫后的山石若隐若现，清澈的蓝天里白云悠悠，迷人的景色很是上镜，随处一拍皆是好图。听不到大城市里的喧嚣，在夏日里更显得静谧、原始和美好，广袤无垠的绿色和数不清的山峦，勾勒出它绝美的风光，像一幅幅令人心醉的油画。

夏日里的人们，不管走到哪里，都喜欢水，海水、湖水、河水、泉水，不管是什么水。当日傍晚，住在这小县城里的汤浴河畔，自然会想到藏匿山谷中的清水温泉，想不到竟是全国名泉之一。山高谷深，满坡披绿，花香鸟语，溪水潺潺，在这十分幽静的环境里泡温泉，自然会有与众不同的感觉，是绝美的小众秘境。

我迷恋于四面环山的干净空气，那摇曳在夏风里的一棵棵樱桃树、花椒树、苹果树……果树本无心，遇树则有情。还有那飘着清香的麦浪和无名的花香，都让我着迷，渐渐地，我就深深迷恋上了这里。

第二天清晨，旭日初升，我从鸟语花香中醒来，从窗户望出去，晨光将整座山染上瑰丽之色，似上天打翻了放满绿色颜料的巨大调色盘，周围被点染上透亮的绿色。霞光映照，群峰熠熠生辉，晨曦中的花雀在葱茏树木间轻舞，云天流光溢彩，给人一种恍若隔世的感觉。

清水位于甘肃东南，天水东北、渭河上游，南接天水麦积区，北与甘肃天水张家川回族自治县相连，东临陕西宝鸡，清水的关山村与宝鸡陇县的关山牧场接壤。关山牧场是我所熟悉的，那是中国西北内陆地区唯一的以高山草甸为主体的具有欧式风情的风景名胜区，也是陕西人常去度假的一个地方。难怪清水这么美，难怪我忽而恍惚是在关山牧场，忽而又以为自己到了欧洲，难怪清水被称为“陇上江南”。这里优越的地理位置，这里属关陇要冲、陇坂屏障、丝路咽喉，山峦起伏，沟壑纵横，林林总总的林木形成独特的自然景观。以天水麦积山石窟、炳灵寺石窟、嘉峪关长城、敦煌莫高窟、悬泉置、锁阳城、玉门关等七处世界文化遗产为代表的众多不可移动文物，如繁星一样散布在从天水到甘新交界处雅丹魔鬼城的 1600 余公里丝绸之路沿线上，丝绸之路从天水进入甘肃，唐蕃古道也从天水进入甘肃，而且就是清水县所在的关山区域。清水自公元前 688 年秦武公置邽县至今，已有长达 2700 多年的建县史，是古丝绸之路陇山南路的一个商旅重镇。

身边蜿蜒曲折的牛头河，在这里成为大地母亲绝美的泪痕，唯有亲临这个地方，才能感受到大自然上万年的沉淀。这里不仅有壮丽奇幻的山峰和河岸、河谷，还有细腻的田园风光，仿佛隐藏在人间的神话世界。我忽地意识到，原来，清水离黄帝升天地陕西

是这样近，离古长安是这样近，离我是这样近呀！到这里不过一百分钟的动车距离！而心里的距离一下子被拉得更近，有梦境家园的感觉。这座拥有许多文化遗产和古迹的县城，历史如此悠久，灿烂的文化使其底蕴深厚。

我迷恋这里厚重的历史氛围，迷恋那被历史所收藏的远古文明的足迹，始祖文化、先秦文化、汉唐文化、宋（金）元文化，等等。这里的文化资源丰厚，是中国民间艺术之乡、轩辕文化之乡。

翌日傍晚，看过西秦腔歌舞传奇剧《轩辕大帝》后，不禁想起庄子所云："天地有大美而不言，四时有明法而不议，万物有成理而不说。"自然风光、田园风情和人文艺术，这三者如缺少一个，都算不上是这里独特的美；有了这三者，才有了风韵迷人的天地之大美，才有了景象勾魂的龙脉气象，虽不是大城市那么宏伟壮观，却有着自己平凡而独特的韵味。

丰厚的历史遗存证明了在远古时期，清水先民们创造了丰富的物质文化和非物质文化遗产。对弘扬轩辕文化具有重要作用的清水道教音乐、吸收了秦腔眉户戏剧精髓的清水小曲、富有生活情趣的清水跑驴舞蹈，以及轩辕鼓、木人摔跤等非物质文化遗产，与一批重点文物、文化资源一起，得到了有效发掘和保护，使五千多年的历史文明在这里世代传承。

真是"百闻不如一见"，这词就是西汉著名将军赵充国所说，当时汉宣帝问他该如何应对战事，他称自己要实地考察过后才能回答。这次采风在清水县城北一公里处的牛头河北岸一级台地李崖村西，拜谒了赵充国墓，他是清水人的骄傲，当时就是他说服了满朝文武接受他"以兵屯田"的主张。同时，我在这个墓园里见到了著名的北周书法佳作鲁恭姬造像碑，还有宋墓群。清水是宋金时期砖雕彩绘墓葬的集中出土地之一，所出土的四座宋（金）墓群，每一座墓室既是一处地下艺术宝库，又是研究宋（金）时期社会生活、经济文化、民俗宗教及建筑的珍贵史料，具有极高的历史、艺术、考古、研究价值。从我看上那彩绘的第一眼起，就迷恋上了，从砖雕彩绘内容可以看出宋（金）文化在此交汇所留下的痕迹，它们此时就被集中保护在清水县出土的这四个宋（金）墓群里。此时我想，与其说清水是一座有着 2700 年深厚历史的古城，不如说是一个被藏起 2700 年的秘境，是私藏在甘肃的"中国第一村"。

清水率先走出了一条具有清水特色的新路子，被交通运输部授予"四好农村路"全国示范县称号。清水县农村公路最近登上了央视中文国际频道，这

个隐藏在大山深处的县城惊艳了全国。

我走访了地理位置较为偏僻、道路交通条件差的山门镇旺兴村。村里的乡亲们几代人受够了没有路所带来的痛苦，村支书郭子孝患病的妻子因道路不通而未及时医治而离世，于是他就带着大家伙修路，他们自筹资金、寻找水源、愚公移山似的搬石碎石，从脚下一米一米铺起，他们硬是修出了两条20多公里的村级公路。很难想象，在那样的情形下，他和他们是如何坚持下来的？在我的想象中，典型的轩辕子孙就是他的样子吧。当我在清水县山门镇旺兴村村委会门口见到这位村支书郭子孝时，怎么也看不出他是1962年出生的人，不敢相信眼前这位头发花白、满脸皱纹、皮肤黝黑的清瘦老人今年才57岁。他不善言谈，只是望着我微笑、握手，质朴得不能再质朴，朴实得没有太多的话语来表达自己，但我从他身上能感受到轩辕故里人民的勤劳、勇敢和智慧，崇敬之情油然而生。

我们走进了一户人家，家中生活着两位70多岁的老人，地上有他们养的家犬，墙角有他们种的鲜花，窗台上有他们采摘来的野生金银花，他们平日有滋有味的日子可见一斑，幸福指数绝不亚于城里的健康老太太。拐弯看见一个院子里编制的篱笆墙真好，我和同行的女作家葛水平、向春都忍不住走过去与篱笆墙合影。主人迎了上来，他们是一对40岁左右的中年人。望着那打扫干净的院落、累积的干柴、挂着的包谷，可以看出主人是多么热爱生活，多么节俭，多么勤劳。我再次叹道：董永和七仙女的生活不过如此吧。人类无论走到哪里，幸福生活都可靠自己的双手获得，勤劳致富是永恒的真理。

我们一路寻访古村落、古民居等乡村文化资源，处处感受得到初祖农耕的气息。黄帝曾在这里开创了传说时代游牧文化与农耕文化的融合。我所闻到的果香、花香和酒香，就飘在这片古老的土地上。农耕是人类的立身之本，在轩辕故里的清水，我感觉得到农耕文化传承的温度和深邃的内涵。伴随我国现代化文明的飞速发展，传统农业的生产方式、生产工具和农民的生活方式、生活用品等，都已经或正在发生着革命性变革。不难感到，清水人在为时代进步感到高兴的同时，也对渐行渐远的传统农耕文化充满深深的怀念。

当下包围村庄的，不仅仅是浓厚的轩辕文化气息和秀丽的山色，还有现代时尚的思想和经营模式，比如沙棘果业之类的生态园，就是大自然中人造的杰作，使自然之美与现代之美完美地结合。在这里，传统和现代、现代工商业和文化、动感和宁静，都完美地融合在一起。城里人只要你有时间和心情，随时就可来这里体验农家生活，在菜园边拍照，在自己认购的果树下采摘。清水地处黄金定位纬度，四季分明，气候湿润，日照充足，昼夜温差高达15℃，远离污染，果树主要生长在野外，以沙质土壤为主，自然阳光照射，易于果实糖分积累，香气浓郁，饱满多汁，营养价值极高。这一带的花椒早在唐代就被列为贡品，如今更是以它芳香浓郁、麻味醇正、色泽艳丽而享誉中外。生活在青山绿水中依山傍水的清水人，给人类带来了大自然最简单、最本真的农产品。

那晚，我们就住在这个田园诗般的小村镇，村里的氛围宁静而美好，家家门前皆有核桃树和花椒树，

看到家养的羊、黑猪和土鸡。饭前，品尝了当地与众不同的薄壳核桃，核桃肉厚、醇香，此时才知，清水也是全国核桃主要产区之一呢！这当然取决于当地独特的气候条件和地势优势。

以为晚饭会是玉米糊糊和饼子之类，没想到在饭桌上吃到的是当地土鸡和炒土鸡蛋、土猪肉。记得在来时的火车站上，一位天水女人听说我要去清水，就告诉我碰到了那儿的黑猪肉一定尝一尝，特别好吃，真的，如她所说。这里的土鸡也得天独厚，养分积累周期长，在自然环境中生长，肉质紧实、蛋黄大，这个也是真的。

安静的村庄与在四季循环往复中已浅吟低唱了几万年的牛头河互相交织，十分优美；那牧童在日出日落的晨雾、炊烟中走过的美景，令人遐想。我联想到王维《鹿柴》诗句里的景色："空山不见人，但闻人语响。返景入深林，复照青苔上。"村里的人就这样在平静中享受生活，在平淡中品味生活，与山水共清欢。走访的几户农家生活，几乎都是我所羡慕的，他们浑然不觉地过着诗一般的生活。我甚至羡慕生长在这世外桃源里那棵看似孤独的树，你去或不去，它都站在那里，荡漾着山之静谧，装点着清水的四季，就像一直生活在这里的人们。当我说出了清水的好以后，当地人说，我们在这里生活，以为这里很平常，经你这么一说，才觉出自己是多么幸福！他们这样说时，露出一份自信。他们应该自信，自古以来，无论是帝王将相、文人武士、贩夫走卒，越陇山而至清水，无不高歌浅吟，留下许多逸闻趣事。

站在山顶往下面望去，令人心旷神怡。满山梯田和盘山公路，一条条公路在峻岭深处的山谷、半山腰、山顶上蜿蜒；沿途造林，林中的村庄被朝阳唤醒，缥缈的云雾浮在山间翠绿的田野上；如画的风景里，间或出现一些朴实的农舍，仿佛回到了最初的美好与亲切，宛如仙境。公路与自然景观融为一体的美丽画面，它们扭转交织着爬出山去，与外面的世界连接起来，与新丝绸之路连接起来，与世界握手。

古丝绸之路上的清水，深藏的美会被现代人不断发现吗？会的！当我要离开清水，最后从那条美丽的公路上经过，我这样想。再见，清水！我记住了你的模样，清水！你众多美的内容，已深深留在我的记忆里，无疑给我提供一段美好的创作历程，带给我写作的激情和灵感，你是写不尽的，清水！

作者简介：杨莹，陕西著名诗人，作家。中国作家协会会员、西安市作家协会副主席、诗歌委员会主任、第三届国际丝路艺术节长安诗歌节组委会副主任、三秦文化研究会长安雅集诗社社长、陕西女子诗社社长、陕西文学艺术创作百人计划人才、陕西三秦文化研究会常务理事、陕西省政协第十一届委员。著有《杨莹小诗》《风起雨飘》《少妇集》《秘密花园》《品茗》《纯真年代》《花儿日记》《奔向光明》《台历边语》等诗集、散文集、长篇小说等。作品入选海内外多种版本，散文作品多次获奖、进入全国散文排行榜，并被译成英文、日文、俄文、韩文等多种文字。

清水麻鞋

■ 秦　岭

一直想脚穿麻鞋，与时光一起走走。那脚印，该是另一番样子吧。

“千里之行，始于足下。”也许只有皮鞋、旅游鞋懂我所有旅程的山高水长，独缺麻鞋对岁月的丈量。儿时在老家天水，偶见两三伙伴脚穿玲珑轻巧的麻鞋去学堂、去田间、去赶集，那平地而起的开心在眉宇间荡漾。我曾问母亲：“您做的千层底用的也是麻线，为啥就不编麻鞋哩？”

母亲说：“你不晓得，人家那是清水麻鞋，多半是从清水那边捎来的。”

我这才明白，尽管天水处处有麻线，但不是所有的麻鞋都能像清水麻鞋那样出尽风头。清水那地儿像极了它的名字，清清如水，如水清清，应了句老话：“好水养好麻，好麻养麻鞋。”

在天水城求学时，我隔三岔五要蹭几趟新华书店。某天，突然发现书店一侧的土特产市场冒出了一家出售清水麻鞋的摊位。摆摊的少年不仅脚穿麻鞋，手里还捧着一部世界名著。一聊方知，少年来自清水，家中贫困，全靠母亲编麻鞋为生。为了卖个好价，他只好辍学到天水租房卖鞋。他告诉我，清水麻鞋自古有名，当年杜甫写过“麻鞋见天子，衣袖露两肘”的诗句，于右任途经清水时写过《清水麻鞋歌》，吉鸿昌在天水举办武术大赛时，奖品就是清水麻鞋……那一刻，我眼前的麻鞋似乎不是麻鞋了，而是蓄满远古哨音的鸽子，是写满文化符号的信笺，是充满五谷味道的炊烟。

蓬乱的头发，黝黑的皮肤，稚气未脱的脸。少年也就十三四岁。“大哥，您买一双吧！”少年的热切期待像透明的火焰。“买，一定买！”我说。

少年蹲下身子，不厌其烦地帮我试穿了至少五六双麻鞋。一问价钱，每双四元，我顿时窘红了脸。这价钱在当年至少可以买三部小说。为表示歉意，我主动把新买的一本书借给他。几天后，他还我的书多了一层用旧报纸折的书皮。“大哥，您是第一个借给我书的人。很想送您一双麻鞋，可我……送不起……”泪花在他的眼睛里打旋儿，但没有滴下来。我没见过这样的泪，清清如水、如水清清的那种，照得见麻鞋和大地。

终于走进清水，是我参加工作以后。古老、清澈的牛头河两岸荡漾着一层层碧波绿浪，那便是茂密、修长的麻汇成的无边海洋。县城的一家店铺里，几位正在编麻鞋的大姐配合默契，有的盘扎鞋底，有的穿扎鞋帮，有的缠扎鞋鼻，有的搓扎鞋带，有的钩扎鞋穗。那细柔的麻线、麻绳、麻辫在她们手中如白练飞舞。柜台上的一摞摞成品麻鞋，分明对我发出久违的呼唤。

可是，时过经年，我已习惯了用皮鞋迎合流行与时尚。麻鞋再好，似乎已成为过时的东西。我并没买麻鞋，但没忘打听当年那个少年。大姐说：“连个名字都没有，咋找哩？那一茬人，都外出打工了。”说话间，柜台上的麻鞋居然被游客抢购一空。

时光荏苒。我在几千里之外的天津落脚后，某天应邀赴四川参加一个甘肃老乡茶话会，主持活动的老乡居然脚穿一双麻鞋。“先生脚下，可是清水麻鞋？”我试探了一下。“大哥好眼力！我想告诉您的是，您是我特意安排邀请的嘉宾。”

他，正是当年那个卖麻鞋的少年。他告诉我，甘肃人下四川，真正的蜀道难，难于上青天啊！可穿上母亲编的清水麻鞋，他发现不管多难的路，都可以走一走。“那年去清水，我曾打听过您哩。”我感叹。“可归根到底，是我找到了大哥您啊。”

那天，他特意送我一双崭新的麻鞋。飞回天津的当天，我就穿上了清水麻鞋，一抬脚，却发现走进了岁月。

秦亭听雨

■秦　岭

走过秦亭那天，逢雨，“哗哗啦啦”的样子。假如这是两千八百年前的雨，会是老秦人高擎的一碗清水吗？那该是多大的一个碗啊！

清水作为老家天水属地，我二十年前并没少去，却未曾一睹秦亭的尊容。记忆中的清水荒山秃岭，闭塞无闻，既然连轩辕故里的始祖遗风和汉时清水儿郎赵充国的卓然英气都感受不到，秦亭又当如何？这次重返清水，是因了清水朋友的一句话：“一定来看看，不一样了。”到了清水，果见峰峦叠翠，草长莺飞，玉带一样的等级公路穿山绕峡，冷不丁就会与一处处、一幢幢红砖青瓦的亭台楼阁相遇。那种“柳暗花明又一村”的感觉，疑似错入江南。

与其说我要寻找秦亭，毋宁说要寻找秦亭的草。其实，不用我像当年那样苦苦寻觅，而一棵棵青草早已扑入眼帘。这是秦亭的草，它扎根大地，从容如碑。

“一岁一枯荣”，但这里的每一棵草，分明在指点江山。

人，不光靠天吃饭，还要仰仗马打天下。而马，仅仅靠草为生。那么，草呢？靠雨。我在听雨，却像在听天。

雨，忽大忽小，忽下忽停。我终于有机会注意到了秦亭的一棵棵青草在雨中生长的气质和姿态。草尖上的雨滴时而再生，时而滑落。所有的青草都在风中摆动，像是呼唤着饥饿的万千马匹，像是迎接久违的牧马人，像是当年挥汗如雨的老秦人挥舞着手中的连枷、木叉、长戈、刀剑……

恍惚间，一位古代青年男子从地平线上走来，他身材单薄但不失稳健，表情谦和但不失刚毅。他头戴草帽，身披蓑衣，衣着俭朴，一手牵着大白马，一手拎着锄头。而背景，就是秦亭一带无垠的草场和马群。雾霭中，有马的嘶鸣声、铃铛声和老秦人古老的歌谣。歌谣里，似闻当年陇右大地伏羲创世、女娲补天、轩辕诞生、尹喜东行的壮举，似闻《诗经》中呈现的“在水一方”……

这位普普通通的牧马人，会是秦非子吗？

中国人都知道千古一帝秦始皇，却很少有人追溯为他奠定了鸿基伟业的秦人先祖们魂游何方？古人云：“秦历九邑。”像极了九场大雨。王国维在《秦都邑考》中亦云：“曰西垂、曰犬丘、曰秦、曰汧渭之会、曰平阳、曰雍、曰泾阳、曰栎阳、曰咸阳。”这其中的西垂、犬丘、秦三邑，均在陇上天水一带。而秦，即秦亭之秦。“陇右山川尽姓嬴”。老话了，但入主咸阳的秦始皇一定不会想到，多年以后，人间以行政区划名义残存的秦人符号，只剩下了秦亭。秦始皇更不知道，我这个现代儒生正在雨中胡思乱想，当然，他最容不得儒生胡思乱想。

雨中有风，风中有雨。我不知道那是老秦人的浩歌，还是呜咽？

也许，这样的雨，是必须要用来听的。车窗外，秦亭一带的丘陵、沟壑、山坡上，绿色植被恢复到让我惊讶的地步。公元前897年，周孝王封秦非子为附庸并委其在这一带养马，而当年的离离原上草，一定也是今天这个样子吧。雨大时，漫山遍野的青草漠漠的一大片，如烟似雾，像生命的汪洋大海；雨小时，能看到青草的茎脉和叶片，如大地的羽衣，沐浴着来自上天的甘霖。

人间，很难找到如此古典而又现代的一棵棵青草了。当年，无论秦非子还是后来的秦公伯、秦仲、秦庄公、秦襄公等，在西戎、绵诸戎的重重包围之中，既要寄人篱下协助周天子牧马守疆，又要护佑一亩三分地中的黎民百姓。从君主到百姓，皆不分等级，布衣粗食，励精图治，终于在三百年后的秦襄公时代，一鼓作气冲出天水，跨越关山，入主关中。在后来长达二百多年的群雄逐鹿中，秦国不仅成为“战国七雄”中之一，并在后起之秀秦始皇时代一统天下。

可偏偏，大秦帝国鼎盛于秦始皇，也毁灭于秦始皇。水在天上为雨，雨在地下为水，周而复始，天道轮回。大秦一定是有梦的，“九邑”九梦，可到了咸阳，梦却被雨打风吹去。

贾谊在《过秦论》中曰：“仁义不施而攻守之势异也。”此论可谓振聋发聩，让当时的汉文帝乃至后世历代帝王心惊肉跳，视为箴言。也就是说，大秦经过变法治国，本来形势向好，可秦始皇却摈弃前代先王的“仁政”之策，逆行独断，一尊自大，焚书坑儒，以暴虐治天下，导致举国壅闭，百姓敢怒而不敢言。秦二世元年，一个小得不能再小的小人物在距秦亭三千里之外的蕲县大泽乡喊出了两句著名的话，一句是“天下苦秦久矣”，另一句是“王侯将相宁有种乎”。

那个小人物，叫陈胜。当时，陈胜和区区九百名贫苦农民青年被发配北上戍边，因连日暴雨而延误了时日，干脆在大泽乡揭竿而起，顿时举国呼应，大秦劫数难逃。我想，大泽乡的雨声一定很大，但那是丧钟的声音；秦亭的雨也一定小不到哪里去，却唤醒了这里的草、马和秦人。

老子曰：“道可道，非常道。”秦始皇显然懂的，否则他在大肆焚烧先祖典籍时，绝不会轻易放过老子的《道德经》。巧的是，恰恰是清水人尹喜促成了《道德经》的诞生。《史记·老子传》曰：“子将隐矣，强为我著书。”《庄子·天下》把老子、尹喜并称“古之博大真人”。所谓“老子天下第一”，那是因为老子只有一个，可一个当皇上的非要自诩“老子天下第一”，等来的必然是一场摧枯拉朽的暴风骤雨。那样的雨滴，像《过秦论》中结冰的文字，字字如刀，刀刀见血，一滴一滴的，那可不是雨。要说雨，那是血雨。

秦始皇作为秦人后裔，祖籍意义上也算是尹喜的晚辈兼老乡了。可他得了道，也同时失了道。几千年来，历代皇权总是上演着得道与失道的悲喜剧，否则就不会有那么多血雨腥风中的朝代更迭。秦亭的一位老者告诉我：“那是因为，打天下时学了秦先祖，守天下时学了秦始皇。”

距离秦亭不远，有个尹道寺，专为纪念尹喜而建。据说千百年来时毁时建，如今的尹道寺规模太小，寂然无声。我说：“山不在高，有仙则灵啊！”

想去尹道寺，却被大雨阻隔，终未能成行，只闻雨声随风传来，如老子、尹喜二位“古之博大真人”如切如磋。我蓦然想起一支古琴曲，竟是《高山流水》。雨，落高山；雨，也落流水。雨，落过去；雨，也落当下。

这样的雨，原来也是知音的，就看落在秦亭还是大泽。君王如若开明守道，人间处处便是秦亭；君王如若利令智昏，尘世处处便是大泽。

雨，终于小了些，淅淅沥沥的样子。“咴儿——”秦亭的一大片草原上突然出现了许多马，它们多像秦非子时代的马啊！俊朗，魁伟，自由徜徉。清水人告诉我：“这片草原，我们命名为冯河草原。”所谓冯河，只是秦亭的一个小村。

我长叹一声：“还是叫秦亭草原吧。”

秦亭草原

清水人在秦亭旧址建了一个亭子，名曰：秦亭。亭中安放北魏太和年间的残碑一块，曰：秦亭碑。残碑字体莫辨，像一簇从岁月里半开半合的花儿，一朵，一朵，又一朵；半朵，半朵，又半朵。清水人对此唏嘘不已。我说：“残碑也是碑，只是，您希望从中找到什么呢？”

秦亭碑

我和亭子合影时，亭里亭外俨然两个世界，唯有雨声如故，芳草青青。

“花石崖还没去哩，也算咱清水一景。”朋友催我。

我说：“咱还是听雨吧。”

2019 年 6 月 28 日于天津观海庐

作者简介：秦岭，籍甘居津，一级作家，著有长篇小说、小说集、散文集、影视剧本《皇粮钟》《透明的废墟》《幻想症》《借命时代的家乡》《不娶你娶谁》《宿命的行走》《在水一方》等 20 部。小说曾登上 2007 年、2011 年、2014 年、2016 年、2018 年度中国小说排行榜，3 次登上中国“好书榜”，3 部小说集纳入全国“农家书屋”。多篇小说、散文被编入《中国当代经典小说必读》《新中国散文典藏》。曾获小说月报第 13 届(原创)、16 届百花奖，梁斌文学奖、飞天十年奖等 10 余种，根据“皇粮”系列小说改编的剧目获中宣部“五个一”工程奖等。有 20 多篇小说、散文被纳入大学、中学试卷或范文读本。有作品被翻译到国外。

清水行记

杨森君

夜宿邽山下

楼前的白玉兰
我已经喜欢过了
我喜欢过它们
我自己证明
我喜欢这样的白
植物的气息
烘托着它——
一枝独秀
在一块草坪中央
它的白
胜过月光
胜过
我用过的
任何一张白纸

我要写进这首诗

我入住的这家酒店
在邽山脚下
每一棵树，都是
酒店的一部分
草坪也是
鸟鸣也是
山泉水也是
我要把它们写进这首诗

我还要把酒店的服务员
苹果种植大户景彩彩
陪同我们下乡的村镇干部
写进这首诗
还有为某村捐出一百只陶罐的马丑子
我也要写进这首诗

看过的山，我要写进这首诗
淌过的溪流、捡到的石头
砸开的核桃、吃过的樱桃
写进这首诗
我的心才安宁
风吹窗帘，月照果盘
我感谢命运之中的
任何一次相遇
在轩辕黄帝的故乡
我借一棵在韩坪村
认领的苹果树
向我遇到的人和物
致敬
——好物常念，好人平安

关山牧场

在马的眼里
这里没有人们认为的诗意
马看关山
关山可能与我们看到的不一样
它们不会像人们
去攀登一座山

也不会像鸟群
浩浩荡荡地飞过秦岭
把用旧的羽毛

丢一些在甘肃，丢一些在陕西
看见火烧云
它们也不会
这样想——
神在天空中
炼铁铸剑

在关山牧场，明处的事物以及
事物与事物之间，以及
一棵树与另一棵树之间
一片青草与一块轻轻
压住它们的云影之间
谷底的石子与流水之间
凝视与忽略之间，记忆与遗忘之间——

只有天然的构成
没有本来的诗意
——它们需要描述，不只是看见
诗意来自描述，来自神所默许的文字排序
这或许就是为什么
我这样记录了
关山的傍晚——

当我从关山牧场经过时
草地上静静的马群
除了受到惊吓，多半时间
它们都在低头吃草

草川铺

一个被当地人经常提起的名字
我却第一次听说，第一次——

在大雾缭绕的九龙山北侧
探访了两处
建于清代的房舍

这是草川铺
骄傲于世的一个明证
木头的年龄长于人寿
镂空的雕花木窗，一扇完好
一扇局部受损
时光宽待了它们
它们也迎合了时光的处置

通向堂屋的青石板
依然能看清槽痕
没人告诉我已故主人的确切身世；我只能
通过摆放在堂屋里的
八仙桌、官帽椅、翘头案
猜测——
这里住过一个大户人家

一棵百年的核桃树
枝干皲裂
身躯庞大
矗立在院子中央
任何人都可以在它的下面乘凉

当然，不一定持有一把弯刀
才能吃到草川铺的核桃
石头是神赐之物
谁都可以
投之以石，报之以桃
我用一块庞公石
敲开了去年的一堆核桃

轩辕谷

我对史学家的考证
并不质疑
我相信
他的描述
我也接受
当地人
把一棵长在山上的百年老松
看成是轩辕黄帝的化身

如果此时
有个放牛娃
指着另一条山谷说
轩辕黄帝
出生在那儿
——我同样相信

牛头河

我要为牛头河写一首诗
站在山顶上，我首先想到的是
一条河与一座县城的关系
这是白天
牛头河明晃晃的
从东向西
流过清水县县城
我只能想到
灌溉用水
饮用水
生态用水
这显然不是诗歌要表达的
到了晚上，河面上波光粼粼
河边散步的人
像赶集的群众
我加入观赏者的人流里
假山、人造水车、高入夜空的喷泉
以及悬挂在轩辕水上公园的月亮
构成了
清河县城
灿烂的夜景
我心生喜悦
但我还是不能为牛头河
写一首诗

会议记录

开会期间
窗子外面
飞过了一只鸟
它的肚腹是白色的
翅膀与羽毛是黑色的
它飞过时
身子不是在滑翔
而是以升降的方式
留下了几个弧度
透明的玻璃
差点儿让它
误入会场
它没有影响会议的进程
发言继续进行
参加会议的人
有的看见了那只鸟
有的没有看见

观历史歌舞剧《轩辕大帝》

轩辕大帝你好
允许你的后人把你当神
允许你的后人在你身上
实现开天辟地的梦想

景彩彩

这个名字
应该是
一个上山打柴回家的
小女孩的名字
它不应该属于眼前的景彩彩

景彩彩受过的苦
景彩彩受过的累
就是眼前的景彩彩

与其说
我认领了她的一棵红富士
还不如说
我认领了她的朴素与坚韧

交谈中
景彩彩染黑的头发下面
藏着一层白发
你们都没有发现

提起景彩彩过世的丈夫
看不出景彩彩悲伤
谈起她养大成人的四个孩子
景彩彩眼睛发亮

再找一个男人吧
我们中间有人这样建议
景彩彩略显羞涩
搓了搓手
装作若无其事地
对着我们露出了一脸
友好的苦笑

我不知道名字的鸟叫得很好听

我下榻的酒店
鸟的叫声分外响亮
它们有自己的语言

就像人类
有自己的口音

在林间小道上散步的时候
鸟的叫声会让我停下来
我盯住过一只
它的羽毛光滑
像一朵带条纹的花朵
但我叫不上它的名字
叫得这么好听
我在心中赞美过它
它知不知道
没关系

在清水县街头发现了一家古玩店

无目的行走,无一人认识
无意中走进一家古玩店
老板并不热情,他看出来
我是一个懂行的人,因为
我不看他的假货

我的眼睛
盯着几件马厂时期的红陶
但我没有买下的意思

拿起一把后仿的青铜剑
我试探他,问是哪个朝代
他让我自己看

我要感谢他
他把买卖的主动权
交给了我,说明
他还有职业操守

邽山行记

站在邽山上
就能感觉到
与邽山临近的虚空
也是邽山的一部分

天空的蓝
大地的绿
光束中的每一株植物
都异常好看
少了人间的俗

我有折花悦己的习惯
但是今天,我告诫自己
不能以摘下花朵的方式
爱邽山上的花草

我要替自己珍惜这一念——
从露在地面的石头上
找到属于邽山的花纹
从一束束高挑的花茎上
寻找神的设计

花石崖

在感叹大自然鬼斧神工的同时
一行人中总有人保持沉默
从三个小女孩的眼睛里
我看到了平常
我也能理解
三个成人眼里
流露出的对与世隔绝的神奇的无限夸张?

作者简介:杨森君,宁夏灵武人,中国作家协会会员。著有诗集《梦是唯一的行李》《上色的草图》《砂之塔》(中英文对照)、《午后的镜子》《名不虚传》《零件》《西域诗篇》等多部。

秦亭一夜

■阿舍

一

离开天水火车南站，不到一刻钟，汽车已经行驶在草木葱翠丘山夹道的公路上了。一问得知，这是省道305，我们将直接前往天水市东北方向的清水县。来之前我略微做了点功课，晓得这里是陇山的西南山麓。而陇山，有一种广义的认识，它在宁夏境内是六盘山，往南绵延至甘肃东南，就称陇山了。六盘山我当然熟悉，它山势峻美，林木繁茂，水土湿润，是宁夏境内唯一和真正的“江南”。然而，当山麓景观渐次打开，当车窗两旁顺次田居的人家、庭院以及被果实压弯枝头的果树映入眼际，我还是忍不住发出了惊讶与赞叹之声，这不就是杜甫所说的“清江一曲抱村流，长夏江村事事幽”的情景吗？而要将此情此景，与此行所谓“写意清水·助力脱贫”的“脱贫”二字相联系，实在需要我将脑路拉扯成眼前的山道，弯绕出一条盘转的曲线了。汽车继续向前，未待平息的惊讶已经迅速转变成欢快的喜悦。车窗外，大树成荫村舍栉比，路两旁零星出现了摆摊的农家，他们把刚从枝头摘下的樱桃与杏儿，堆成一个又一个满满当当殷殷实实的摊子停在路边，于是，那些红润润黄澄澄水嫩嫩的果实，就在田畴碧水和熏风之间无边无际地诱惑着过往来客了。我垂涎三尺地望着摊子上的鲜果，终于还是开了口，央求司机师傅停车熄火。水果都是自产的，樱桃有紫红和橙黄两色，橙黄的更甜；杏子的味道极其醇正，尝过之后，我拿起一个闻了又闻，一时间，仿如回到童年时光。这是只有小时候才能嗅到的味道啊，贴心贴肺的熟悉，却难以用语言形容。时光不息，而伴随其间的，却常常是人、物、事以及记忆的消散与失散。这样一想，恍惚之际又觉得珍贵。这样醇正的味道，也许正意味

着这片土地的洁净，意味着这里的山水与草木还保存着未被全然污染的本原生态，而这本原的生态也不知会在或近或远的某一天，就被现代化的肥料与农药篡改了面目与滋味。思念及此，就觉得这熟悉醇正的杏子味是那么的脆弱，仿佛一转念，它就跑进了时光的黑洞，再不回头似的。由惊叹而欢喜，再由欢喜而生担忧，种种感触，如此这般，留在了往清水而去的山路上。

下榻的宾馆要经过清水县城，事先做过的功课这时转化为好奇与打量。自然哺育了最初的人类，而艰难壮大起来的人类，又以人的向往创造了反哺于自然的文明，时光汤汤，人与自然共同进入漫长的变迁，共同进入自身的，以及对方的变迁史，它们互相依存，又互相给予，最终，变为一个浑然不可分割的共同体，自然中含带着文明的气息，文明里洋溢着自然的风貌。所以，当踏入清水地界，当置身于这片华夏文明的发源地，这处轩辕黄帝的性命生发之地，即使隔着数千上万年的时光，我还是期待此刻的我，能在这片天空与大地之间，感受到上古文明留存在时空里的蛛丝马迹。清水县城四面为苍山环抱，盆地内流经牛头河、汤浴河、樊河、后川河四大水系，这一日天际清蓝，只需站在县城任何一个制高点，就能看出，为山峦环绕的清水县，真的很像一只静谧安详的摇篮，而仰息于它的子民，此时此刻，正为它所承保与呵护。自古文明发轫之始，皆会向着一个水草茂美、土地丰腴、气候温润之处而去，这样一想，不管从清水的这只摇篮里走出任何一支人类的文明，从生态与地理的因素来看，都是合于情理的。而我们不久抵达的停驻之地，就是依凭汤浴河的温泉资源而建立起来的一座温泉度假村。入住之后，我即刻推窗而望，一抬头，满眼皆是幽林深木，满耳都是啁啾鸟鸣。

二

入夜将寝，我翻开笔会活动指南，按照分组名单找到了自己的名字。我被分在第十组，第一天的采风路线是麦池村、站沟村和长沟村。这些陌生又咀嚼不出意义的村名似乎驱走了白日盘绕在我心中对上古大神的揣度，抹除了我对这片华夏文明发祥地的想象，那种遥远、苍劲又阔大的古意仿佛就要离我而去。像是要抓住什么，我下意识拿起手机，百度搜索“清水县麦池村”。网页显示，麦池村属于秦亭镇。

《水经注》载：“（秦）川有故秦亭，秦仲所封也，秦之为号，始自是矣。”

接着再读《史记·秦本纪》，“非子居犬丘，好马及畜，善养息之。犬丘人言之周孝王，孝王召使主马于汧渭之间……于是孝王曰：‘昔伯翳为舜主畜，畜多息，故有土，赐姓嬴。今其后世亦为朕息马，朕其分土为附庸。’邑之秦，使复续嬴氏祀，号曰秦嬴。”

这样，我就先于我的脚步，提前抵达了“秦亭”。

花了一番功夫，我才弄明白，秦亭不是非子牧马的地方。《秦本纪》写得十分清楚，当年非子在汧河（今千河）渭河之间为周王室养马，此地位于陇山以东。因为非子养马有功，祖先历代又为周王室抗击西戎，所以，周孝王就将非子牧马的这块土地赐他作“邑”，也就是“秦邑”，同时赐姓秦嬴，是年公元前897年。这以后，才有了“秦”的姓氏。

秦亭呢？乃非子之孙秦仲的封地，在陇山西南，也就是翌日我将前往的秦亭镇。这是在说六十年之后，秦仲做了大夫，大夫的官阶更高，秦地的疆域也就由东而西更加广大，自此，秦人有了名号，是年约公元前828年。

秦人先祖为颛顼之后，颛顼为轩辕之后；从禹舜开始，秦人先祖便因为辅佐帝王养畜并治理水土而被重用，他们最早姓嬴，这个姓是舜帝赐给他们的；

夏商之代，秦人先祖又因协助王室抗御西戎而被封侯；周朝时期，因为安定西垂，周王室更加倚重他们的忠勇。这以后，也就是从公元前 897 年的秦非子，到公元前 221 年的秦始皇，秦人又走过六百多年的血雨征途，终于兼并诸侯方国，建立起华夏历史上第一个统一的集权制国家。

秦邑，秦亭，秦人；轩辕，颛顼，秦非子；周王室，战国七雄，秦始皇。一时间，上古文明的初始脉络，就在这天晚上，随“秦亭”二字的引领，比之以往的任何时候，都更加清晰地镂刻在我脑间。

这就想起那首传诸于世的秦地民歌《蒹葭》：“蒹葭苍苍 / 白露为霜 / 所谓伊人 / 在水一方。”倏然间，那苍劲阔大的古意，就变得更有生命的体温与脉动了。《诗经》里的秦地民歌有十首，在我看来，这些文学作品，该是对粗线条的历史记述的补余，是对壮大又模糊的社会面目的充盈与复活，多亏这些诗句中出现的人物、植物、器物、场景、乐律以及情感，后世的人们才能更真切地靠近与理解那段社会历史中的人物，理解生命里那些超越时空的人类共有的艰难与欢欣。《车邻》里的士大夫说“今者不乐，逝者其亡”；《终南》里有山楸、红梅花、杞树、海棠，更有锦衣彩裳佩戴着美玉的翩翩公子；《黄鸟》是秦人对良臣的惋惜与怀念，这些良臣生前为秦穆公出生入死，秦穆公死时却将他们生生活埋以陪葬，侍君如伴虎，但人不如虎，动物大概是不吃有恩于他的人吧；《晨风》里的女子思念爱人，她一遍遍地说着“如何如何，忘我实多”，实在就是天下所有为情思所困的女子的情态；《无衣》描写男人的友谊，“岂曰无衣，与子同袍”，同上战场的男儿，流血的身躯里深藏着以命换命的赤胆真情……正是这些栩栩如生的文学表达，为历史干硬又消瘦的框架填入了活生生的人间烟火与男欢女爱。

是的，文明与文化，就是这般将两个对象之间的陌生化为熟悉，将两件物事之间的疏远融为亲切，那些隔山隔水隔着时空的距离与生疏，都会因为被抒写与传续下来的文明与文化的浸润，悄然深入彼此两个存在的内在。这一次，从上古文明到秦地，从轩辕黄帝到《诗经》，即使提前做了功课，我还是觉得，自己是在半知半解的莽撞里来到了这里；但我似乎又愿意感谢这种莽撞与无知，因为这般恍然醒悟的了解，真的另有一番意趣。

梳理了这段秦地往昔，我似乎才能够放心去睡，为什么呢？理解一个地区或者城市，大概很像去理解一个人吧，如果对这个人的过去和遭际一无所知，他人多半会难以真正理解这个人的性格、行为以及命运。当然，探寻社会与时代本质的路途不止一条，但历史有如社会与时代这具生物肌体里的动脉，始终在文明与文化的精神层面，供养着这具肌体的当下与现实。那么，今日之秦亭，会是什么样的呢？发给我的材料上写着：秦亭镇麦池村，2013 年贫困发生率高达 53.52%，属于林缘区深度贫困村。

三

阴天，乌云似乎就顶在汽车的挡风玻璃上。下午四时左右，风霎时猛烈起来，夹杂着细碎坚硬的雨

粒，马路两旁的灌木与野草被风吹得几乎仆倒在地，纷乱的飒飒声穿透了车窗玻璃。这颇具威严的天象似乎很有镜头感。我们走在绿苍苍的丘陵之间，所经之处植被皆葱翠茂盛，然而一路上车少人稀，想来这里是偏僻的山岭深处了。风更大了，一道浓绿的树墙突然挡在前方的三岔路口后，大风一把接着一把，将树木的枝条薅在半空中，再放手甩向一边。我伸长脖子往外瞧，这就赫然看见“秦亭镇”三个鲜红的大字立在路边，精神不免一振。

汽车驶入秦亭镇，秦亭镇的马副镇长在镇里的一条街道边等候我们。马副镇长是位年轻的80后，祖辈世居清水，相貌端庄清爽，气质文雅又朴素，基层的乡村工作并未脱去他身上的书卷气。挨个问候我们时，他的眼睛里始终闪露着一缕殷切的信任感。我们此行的目的是“写意清水·助力脱贫”，也许是作家的身份让他对我们寄予了另一种希望。但是我们能为“脱贫”这件事做什么呢？当我从他的目光中捕捉到那缕殷切与敬意时，我在心里问自己。不说别人，连我自己也希望此行既能充实人生所见，也能够为他人做些什么有益的事情。

因为时间关系，马副镇长带我们直接来到另一个贫困村长沟村。长沟村因发源于渭河的长沟河而得名，站在新建成的小广场上瞭望，四际尽为林木茂密坡度和缓的山岭，幽深的山坳间，雾霭若有似无地飘来荡去，似乎从未介意过这里发生过或者正在发生着什么。山脚下，一座新修建的村舍已经升起炊烟；房前，有一块围着褐色栅栏的菜地，地里绿油油的，不知种着什么菜蔬；屋后，则是一面碧绿的山坡，那淡淡的炊烟，就不疾不徐地斜向而上了。忽然，房舍里走出两位身穿蓝色校服的孩子，他们沿着屋门前的泥土小路，一前一后往我们这边走来。他们是姐弟两人，边走边朝我们这边张望，大概我们这边的喧哗打破了村子原有的宁静。

无论怎么看，长沟村都是清新静谧的。负责讲解的人是临时找来的乡村中学老师，她显然没有应付过什么作家，神情里露出令人怜惜的紧张与羞怯。她给我们讲了一个有关“堡子山——小麦积山”的传奇故事，又告诉我们，虽然长沟村景色秀美，但是单凭耕种，这方水土已经养不起这片土地上的人，所以，从2017年起，县上将旅游农家乐项目确立为农户脱贫的一条途径，将愿意从事农家乐项目的农户搬迁到交通便利的公路两旁，配套建起雅致自然的木结构用房，以便农户更快脱贫。介绍结束前，她脸上的羞怯仍未完全褪去，但她还是一口气说出了她的心愿：“希望各位老师把我们这里的风土人情写进你们的文字里，提高我们的知名度。”一方水土养不起一方人，秀美山川的土地上，生活却捉襟见肘，人们改变生活与命运的诉求，从古至今，以至未来，大概都是如此的吧。

长沟村的小广场中央，立着一块两三米高的黄褐色石块，上书“秦源”二字；广场周围，建了一个貌似远古又朴素的走廊，一堵品味不出设计意图的文化墙。看得出，这是秦亭镇乃至清水县的发展意愿——打造一个传播秦文化的地标，让更多人认识和了解秦地文化的发源与流传。建造文化地标，推广地域文化，是这些年国内为发展地方旅游经济盛行的一种做法，从边疆与沿海，从东南到西北，各地都争先恐后你追我赶，生怕被甩出这股社会风潮之外。这些做法与心思都在情理之中，但效果却有好坏之别优劣之分。长沟村虽然地处偏僻，但历史与文化的积存厚度，却令一些繁华都市望尘莫及，因此，如何利用这项历史文化资源，如何使其产生持久和足够分量的影响力，找到一个既符合历史真实，又具备现代审美的艺术形式，才是这个意愿最终能否圆满实现的关键所在。在长沟村小广场走了一圈，深感它的设计还需要完善，因为仅“秦源”二字，就蕴含了太多的历史、文化与时间的承载，其间未能表达的内涵和更须表现力的样式，都还有更多更大的探索及改善空间。但这件事，并不只是长沟村的一村之计，而应该由清水县做整体统筹，参照国内成功范例，或请来具备真才实学的专业人士，为秦亭镇各村确立各具特色的“秦源文化地标”，为此建成一个系统的、分历

史阶段的、各有侧重的秦源文化村落群，以此将清水县及秦亭镇作为秦文化发祥地的美誉传播得更远，更名副其实。

晚饭后，雨彻底来了，沙沙沙，沙沙沙，雨滴纷密而柔和，整个村落，即刻陷入更加幽寒的静谧中去了。四野的山岭也比夜幕更加漆黑，更比白日里显得高大沉默、距离更近，仿佛要凑在人的身前，透露出什么关于时空的秘密。马副镇长安排我们在长沟村的一户农家住下。这户农家正是由镇里帮扶建起农家乐设施的长沟村村民，一家五口人，老少三代，奶奶带着大孙子住在老庄子的房子里，因为那里距离大孙子上学的学校近；夫妻二人带着小儿子住在新房里，为即将开张的农家乐生意做准备。房子为两层，楼下是主家住房、客房兼厨房和卫生间，大小八九间，煤气灶、太阳能热水器、上下水设施、网络各项生活设施一应俱全。楼上是木结构的宽敞阁楼，观景、休憩、餐食、喝茶……尽随客意。院子是抹得光滑平整的水泥路面，留着种花种草的泥土地面。院门是黄色的木制双开门，雕花刻字，皆取福乐吉祥之意。主人家与我攀谈更多的是女主人，她带我看了看她的主屋与卧室。才搬来不久，客厅还没有收拾停当；卧室里，女主人大概四五岁的小儿子正在炕上自娱自乐地翻滚着，看见我这个陌生人探头进来，就停下身，又好奇又羞涩地看着我。要不了多久，这户人家就会因为农家乐生意而接待更多的陌生人，这个小男孩也会因此看到更多的陌生人，陌生人的到来意味着还有一个更广大的陌生世界在自己的生活之外，那么，这个在此环境下成长起来的小男孩，还会记得自己最早见到陌生人时的心情吗？或者，对于这个由陌生人构成的世界，他会一年年地生出什么不同的想法呢？那一刻，小男孩看着我，我也看着他，他不知道我是谁，我也不知道他将来会是谁，但是我知道在这一刻，在他心中装满的好奇，是他也是每个幼小的孩子最为天真和纯净的心灵世界。因为下雨，夜晚寒凉，女主人再三嘱咐床上有电热毯，因此，这一夜，除了睡前朦朦胧胧地听到一些细雨的沙沙声，我竟然一觉到天明，睡得安妥又踏实。

清晨是被鸟鸣唤醒的，洗漱之后，我站在院门之外，朝山岭远望。白茫茫的云雾遮天蔽日，每座山岭几乎都被吞没了大半。雨还在下，不远的山涧里，一位打着伞的农家坐在野地里放牛，瞧身形该是位老人。我回屋拿了伞，独自一人往放牛人走去。见我走来，那放牛的人竟然起身往远处走了。我看了看并未移动的四头黄牛，心里揣测，难道这里的村民不喜欢陌生人吗？路两旁都是田地，我只猜得那些青翠的植物里有麻。雨水汇成小溪，从坡上流过我的脚下，我继续朝农家走去，他先是走开一段，见我固执地跟随，而牛还在原处啃着沾满雨水的青草，也就只好停下，回头呆望着我。是位老人，面目和善，目光里几乎露着胆怯。难道我吓住他了吗？待端详清楚老人的脸，我突然来了另一种兴致，就问他是不是姓马。老人不姓马。我又问家里是不是祖居这里，老人点头，说几十辈子都在这山里头。那么，我为什么要问老人姓不姓马呢？因为我发现，这位老人和昨天的马副镇长长着同样的眼睛、眉毛、鼻梁和颧骨，而同样的眼睛、眉毛、鼻梁和颧骨，同样也长在那些秦皇陵兵马俑的脸上。大眼、双眼皮、眼梢微挑、鼻梁秀挺、颧骨微突，几乎是模子般刻在这两位秦地后人的脸上，一方水土养一方人的另一重意义，就在这些秦人后代的脸上显现着。不只是马副镇长和这位老人，在秦亭镇发给我们的材料上，也有一位有着相似容貌的老年人。而我，并不觉得这是我个人的敏感或者主观感受，反而更觉这是对长沟村小广场上“秦源”二字的印证。于是想，这一带秦地的文化，如不妥善细致地加以梳理设计，真的是可惜了。

作者简介：阿舍，银川市作家协会副主席、《黄河文学》编辑。主要作品有《乌孙》《核桃里的歌声》《流水与月亮》《白蝴蝶，黑蝴蝶》《托尔斯泰的胡子》等。曾获《民族文学》年度散文奖、年度小说奖；获《十月》文学奖、宁夏第九届文艺奖散文一等奖等。

印象清水

■王 韵

云海开始翻涌，浪涛开始澎湃，昆虫的小触须挠着全世界的痒。你无须开口，我和天地万物便统统奔向你。

——题记

青山如黛，秋水微波。人们都说，一见钟情会有一种胸口被撞击的冲击感，与甘肃清水的相见，就有这种感觉。

正是初夏时节，离开天水机场向东北一路驶来，视野豁然开朗，满目的绿色温润了干涩的眼睛；泥土的芬芳沉寂了躁动的灵魂。思绪随着大自然的辽阔而灵动起来。天宇廓清，水波澄澈。天地间一片空蒙，远山如黛，和天空近在咫尺之间。秦岭山系大开大合，陡峭处山崖直插云霄，崖壁之上，或如牛首，或如佛面，千姿百态，惟妙惟肖。一侧是屏障似的挽手耸立的群山，一侧是深深凹陷如巨锅的涧谷，盛着羊肠似的沟渠，绿的树，红的石，柔软与坚硬狭路遭逢，却又相依相偎。

人杰地灵的轩辕故里清水，以它独有的气韵和骄人的身姿，倚靠在五千年历史的母亲河上游，静静地任浩荡时光淘洗她的面容。蹉跎岁月没有带走她的隽美，反而增添了她的大气与厚重；丝绸之路没有让她沉迷往事，却成就了她的浩大与盛名。

走进清水秦亭，便与历史和文明撞个满怀。清水以“清泉四注”而得名，素有陇上要冲、关中屏障之称。相传秦人先祖非子牧马有功封邑于“秦亭”，故得名为“秦亭”，并立“秦亭碑”。秦亭碑刻于北魏孝文帝元宏太和二十年，公元496年，迄今已有1500多年的历史，是清水县迄今为止发现最早的碑刻。碑文既有鲜明的魏碑特色，同时又有商周秦汉金石之精髓，具有极高的艺术价值。解读碑文，为清水县东部的历史沿革留下了弥足珍贵的历史依据，是研究清水文化的重要历史遗存。岁月更迭。它听涛观日，栉风沐雨，树立起秦亭镇的雄威和传奇。证日月之变幻，察人世之沧桑。

我们来的这天，天空飘洒着小雨，雨滴均匀地洒落在每一处房顶、每一处花草树木、每一处仰合有致的石台。历史的印痕隐含在每一滴水里，每一粒土中。然而，这不过古镇的一点点缀。雨后的秦亭，展示出它更加美妙的韵律，天空碧蓝如洗，山中林木葳蕤，“通幽听鸟鸣，山路踧徜徉。云里飘双履，惊闻浮暗香”。所有的景物都披上了一层薄薄的雾霭，如梦似幻，宛如一首诗，一首淡淡水墨的田园画卷。周边是葳蕤草木，纷繁的鸟鸣此起彼伏，天空湛蓝如大海，流云逃匿，一派清净与幽雅。翠环碧绕，一怀逍遥，心便寄托于这闲致陶然的物外了。那静谧幽雅的唯美，波澜不惊，“明月松间照，清泉石上流”的意境悠然自心头划过。

小镇是纯净的诗、淳朴的画，更是可以触摸的乡愁。动与静、刚与柔在这里达成无痕的融合，一任时光如水，洗漂尘埃。一草一木、一室一亭中透出幽雅的气息。沉浸在这古镇，城市里的烦躁都会被忘于身后。“天地有大美而不言”，世间一切万物，自有造化顺其自然的安排。

此刻的秦亭古镇，轻风微雨，枝叶婆娑。带着历史痕迹的碎石堆砌在草丛里，虽显孤单，却有一份不能被漠视的坚守。几处断垣残壁，在夕阳的余晖中闪烁着旧日的辉煌与壮烈。俯身捡起一块瓦片，只有手心大小，在赭色尘土上有一面深沉老厚的绿色，从中映出历史的光阴与日月，让我与之有了一种共同的文化记忆。历史遗存与山野自然，集南北之气韵，会东西之精英。她把刚健质朴、清丽婉约灵动地不可思议地和谐起来。沿着秦亭古镇漫步，让人感觉不仅是一种地理的探寻，也是人文的探寻。

这里地势相对低洼并有群山环绕，映入眼帘的一切都那么郁郁葱葱，一派生机勃勃的景象。山水田园，岁月静好。这就是秦亭此刻给人的第一印象。跟着联络员安老师走进附近的几户村居，家家户户几乎都是老人留守，年轻人外出打工忙于生计，孩子都在学校学习。走进一户人家，一位老妈妈端坐在东间大炕上，手里还拿着针线活，看到我们进去，欠起身子打招呼，表情恬静而又安然。门口大树下，几位大爷在树下乘凉聊天，偶尔与我们微笑对视。

这样的地理环境像果核里剥出果仁似的捧出了清水。她是养在深闺的山妮，她的素面朝天，她的羞涩与芬芳，她的本真与健康，甚至她的野性与朴拙都阳光般光芒四射，令人难忘。如果说万里长城与黄河构成中华版图上大写的"人"字，那么花石崖与牛头河，就是清水壮美的一撇一捺、一防一疏。一河柔情留下一河见证，一道石崖筑起一怀慈悲。把多少文化的密码，和历史演变的哲理，泼墨书写成厚重的史诗。

作家梭罗说：湖泊是大地的眼睛，是自然风景中最美丽、最富于表情的姿容。而西流之水东流河的牛头河，无疑是大地的一只明亮的眼睛，凝聚着清水独特的山水意境，与湛蓝的天空作着含情脉脉的对视，淡定宁静。

轩辕故里，清水古城，这是一片翰墨飞扬、丰沛深厚的土地。这儿，每一片砖瓦下，都可能掩藏着一段轩辕大帝的历史传说；每一面石墙，都可能有一段泛黄书页里的文字历史；每一滴河水，都可能有皓首穷经的鸿儒，在这儿涉足而过；每一条石桥，都可能有秦的先人策马驶过。在这里，你会感受这数千年积淀的人文情怀和大自然的恩赐，陶醉于这一片一尘不染的世界。

历史的车轮在前进，或许，我们应当在过去与现在和未来之间，找到一个恰当的衔接点。每一处风景，都有悠久的历史和独特的文化元素，以独有的魅力坚守着自有的风采。进度的时间表在疾走，在推进。我们读出了她的点点滴滴，过去与现在，以及她必将愈发璀璨的未来。

这是古城清水先声夺人的气势、厚积待发的潜力以及她承载着的未来发展的使命，让她具备了我们对她美好期许的全部。所谓未来，并不在想象里，它近在咫尺，就在脚下这片沧桑而又丰厚的土地。

作者简介：王韵，中国作家协会会员，山东作协签约作家，山东作协散文创作委员会委员。作品散见《人民文学》《文艺报》《美文》《莽原》等多家报刊。多篇作品被《散文选刊》《散文·海外版》转载，或入选中国作协创研部等编选的《中国随笔精选》《中国散文排行榜》等年度精选。长篇纪实文学《低飞》入选 2017 年山东作协重点扶持项目，长篇非虚构作品《吾乡是海》入选 2018 年中国作协定点深入生活项目。获奖多项，出版散文集《尘埃里的花》《低飞的诗意》。

清水散叶

■ 高亚平

一进入清水县地面，我一下子便惊呆了。扑入眼帘的，是满山遍野的绿，山是绿的，水是绿的，就连机关单位的楼房和人家的青堂瓦舍，也掩映在绿树丛中。喜鹊在喳喳地叫，黄鹂在婉转地叫，不知名的鸟儿躲在绿荫里清丽地叫，叫得人心情愉悦，心花怒放。阳光暖暖地照着，明净的天空上，飘动着大朵大朵的白云。这是我印象中的那个甘肃吗？在我的印象中，甘肃可是干旱少雨、尘土飞扬的。但这里确实是甘肃，是陇东南一个叫清水的县。单听这名字，就让人神清气爽，喜悦无尽。清水——水木清华、清水洗尘，走遍全国，试问哪个地方还有这么干净、诗意的名字呢？

长沟村和秦非子

长沟村深藏在大山的皱褶里，是一个仅有二十多户人家的小山村。我们是下午五点赶到长沟村，住进一户农家的。这是一座新建的平房，平房顶做成了一个大露台，露台的顶上撒上了乡间常见的好看的小青瓦。坐在露台上，沏一杯茶，边饮茶边闲谈，心亦放松下来。放眼望去，房前是一条幽静的乡间公路，路如飘

带，顺着夹峙的青山，蜿蜒着，通往沟的深处。路的下面则是缓缓流动的清凌凌的长沟河，水面上光影明灭，泛出一种幽蓝的光；长沟河过去，就是青翠的连绵不断的山了。天阴着，有浓厚的积雨云，在山顶上涌动。而屋后呢，则是麦田，是青山，虽然时令已入六月中旬，关中地区早已收割过麦子，种上秋庄稼了。可此地因为海拔高和偏西的缘故，麦子尚绿着，看不出一丝的黄意。

喝茶闲谈间，饭就端上了桌，烙饼和疙瘩汤。给黄灿灿的烙饼抹上新鲜的土蜂蜜，卷好了吃，甜而不腻，别有一种风味。还有刚采摘下来的野菜刺椿，形状似毛笔头，用开水焯过，加上盐、醋、生姜、辣椒、蒜，凉拌了，就着疙瘩汤吃，好吃得让人无语。我连喝两碗疙瘩汤，连吃两张烙饼，才放下碗筷。饭罢，主人劝我们去村中的广场转转，说那里晚上有皮影戏演出呢。

我们步行了大约一公里，就到达了村里的广场。广场不大，也就半个足球场的样子。广场的南端，果然搭起了一个简易戏台，小极，仅有一间房子那么大，戏台的中央绷起了一块长方形的白色幕布。因天色尚明，戏还没有开演。但已有三五成群的孩子，或在广场上，或围了戏台，追逐、嬉闹。我们随意在四周闲转，不意，竟在广场边上发现了一块立石，上刻“秦源”二字，不由满腹狐疑。一问之下，这里竟然是秦人的发祥地。原来，秦人祖先秦非子，“居犬丘，好马及畜，善养息之。犬丘人言之周孝王，孝王召使主马于汧渭之间，马大蕃息。”这是《史记》上的记载。而古代的犬丘呢，正是今天的清水县一带地区。不过，秦非子最初的封邑并不大，方圆不过五十里。但秦人以此为起点，一路向东，开疆拓土，走出天水，走向关中，最终统一六国，完成了霸业。因好马，善养马，而得到封赏，秦非子也算是靠智慧和勤劳致富吧。我是秦人，秦人的祖先竟发源于这里，这让我很激动。我的此次清水之行，就有了寻秦问祖的意味。我和立石合影，并抚摸着“秦源”二字，久久不愿离去。

是一阵锣鼓梆子声，把我从痴想中惊醒的，原来，天已黑下来了，皮影戏已开演了。我这才依依不舍地离开了立石，向

戏台走去。今晚演的是秦腔《二进宫》,我看了一会儿,禁不住好奇心的驱使,离开戏场,也像老乡一样,凑到戏台边,透过戏台侧面的缝隙,向里面观望。但见小小的戏台内,灯火通明,四五个人,边拉边唱,边移动皮影,人人都是身兼数职,个个都是一副忘我的陶醉的模样。广场上看戏的人并不多,算上孩子,也就四五十人。这不难理解,二十多户人家的小山村,青壮年外出打工,留在村里的大多是一些老人、孩子。他们平日难得有什么娱乐,能看上这么一场皮影戏,已经喜出望外了。因此,他们看得很投入,艺人们演得也很卖力。无论是村民,还是乡间艺人,他们都将此看成了一场欢乐的盛宴。

下起了雨,起初很小,是星星点点,不久就是万箭齐发,但戏还在演,村民们还在有滋有味地看。我又坚持看了二十多分钟,因雨实在太大,便提前离开。回到住处,我草草洗漱一下,便上床休息。在不息的豪雨声中,我依稀还能听到艺人们高亢、苍凉、哀婉、悠长的演唱声和他们敲击出的锣鼓梆子声。

夜深沉如瓮,静极,亦黑极。

埋在绿荫中的村庄

如果一定要形容的话,我觉得黄湾村的人就是住在锅底,大山的锅底。我们都到了村边,站在了锅沿上,我还没有发现,下面竟然是一个村庄。放眼望去,四周群山逶迤,虽不甚高峻,亦起伏蜿蜒,如龙盘虎踞。而被群山环绕的中心地带,则窅然下陷,凹作一个巨大的深坑,坑底自下而上,则汪洋着一片绿,绿的古槐,绿的杨树,绿的核桃树、柿树……密密匝匝,如彻天彻地的绿幔,把人的眼目都映绿了。风起处,万木沙沙,似众蚕嚼叶,好听极了。而在绿树的缝隙中,偶尔就会露出农人的房屋,瓦是青瓦,院是四合院,朴素而自然。适逢中午,村民们开始做饭,有一缕一缕的青烟,从人家的院落中升起,从绿树丛中升起,升着升着,就与山间的云气氤氲到一起,分不清哪是云气、哪是烟气了。

这么好的地方,焉有不下去看看之理。我们就顺着慢坡,往村中走。还未走几步,就碰到了村支书和驻村扶贫干部。向他们说明了情况,他们很高兴,并乐意做向导。一拨人就有一搭没一搭地聊着,向村中走去。村中的自然风光真是好得没法说。周围有青山,沟底有清水,有数不清的各种树木,还有小块的菜地、麦田,有打麦场,场上堆积着去年的麦秸垛,麦秸垛的顶上经过一年的风吹雨淋,已变成黑褐色,上面还生出了细细的青草。鸡就在麦秸垛边觅食,见人来了,歪着小小的脑袋,望着人看,一副没见过世面好奇的模样,让人看了想发笑。人家就顺着地势,高高低低、错落有致地散落在村路的两旁,或者树木的更深处。见此,我不由在心中默诵起陶渊明的诗:“榆柳荫后檐,桃李罗堂前。”默诵罢又不免失笑,这里虽然自然条件很好,

民风很淳朴，但距清水县城有三十多公里，且极为偏僻，人们的生活并不富裕，根本不是什么世外桃源。事实上，村民的日子还相当的艰难、苦焦。

我们随便走进了一户村民家中，主人五十多岁，住着三间大瓦房和两间厦房。我们被让进了大瓦房里。房中顺墙堆积着去年打下的麦子，有数十麻袋，摞起来足有两人高，问了一下，说有三千多斤。看来，他家的温饱问题是彻底解决了。落座，主人很热情，又是让烟又是让水，还拿出了自产的土蜂蜜让我们品尝。土蜂蜜黄亮中透出一种暗红，尝了一下，果然清甜，还带着几分花香。聊天中得知，他家有八口人，两个儿子和一个儿媳在外打工，其余人都在家里务农。他家有二十多亩地，种了八亩核桃，其中一亩已挂果；还种了四亩大蒜，七亩土豆，四亩麦子；养了十箱中华蜜蜂……七七八八的，一年下来，总有三四万元收入吧。看得出，日子还是有奔头的。

“这里特产很多，比如薄皮核桃，比如土蜂蜜。但村民们观念落后，不知道如何推介、销售。”驻村扶贫干部王晓军说。他自 2017 年秋天来此扶贫，一周回家一天，至今已快两年了。这是一位个儿不高的年轻人，从我们见面起，就一直戴着一顶草帽，若不经人介绍，根本看不出他是一位机关干部。他的衣着、谈吐，以及晒得黧黑的面庞，几乎和村民无异。他已完全融入了脚下这片土地。

我说：“扶贫关键是扶志和扶智，村民有了脱贫的志气和智慧，日子自然就会过好。”

他颔首。

告别之后，我们顺着绿色的村道，继续在村中溜达。空气异常的清新，不惟心肺感到舒服，似乎连身上的每个毛孔，都灌满了负氧离子。有不知名的鸟儿在叫，叫得人心悦。我在心中默默地想，随着时光的流逝，这个深埋在绿荫中的村庄终究会富裕起来的。我也一定还会再来，只是待我下次再来时，这些古朴的民居，还会不会安然素朴地蹲踞在绿树间呢？一阵清风吹过，虽是夏日，却蓄满凉意。我浑身不由紧了紧。

作者简介：高亚平，陕西长安人，现为西安晚报文化部主任，中国作家协会会员，西安市文艺评论家协会副主席。1984 年开始发表作品，已发表散文、小说、诗歌 200 余万字，作品散见于《散文》《美文》《延河》《散文选刊》《散文百家》《当代小说》《红豆》《解放军文艺》《文学家》《诗选刊》《扬子江诗刊》《人民日报》《光明日报》《文艺报》等 50 余家报刊，并入选多种选集，著有散文集《长安物语》《草木之间》《爱的四季》《静对落花》《岁月深处》《谁识无弦琴》《时光背影》和长篇纪实文学《鹰眼》、长篇小说《南山》。曾获首届中国报人散文奖、第二届汪曾祺散文奖、第八届冰心散文奖、第二届丝路散文奖等。

景彩彩的精彩

■ 马步升

今年的春夏之交，清水地界的雨水格外多。雨水好像在天空一直处于整装待发状态，说来立即就来了。5月中旬，我在为6月份作家采访团的到来踩点时，五天时间，只有半天晴天。在这五天中，我几乎走遍了清水境内的所有乡镇，目睹了清水人在脱贫攻坚战役中的精神风貌。雨水带来了行动不便，可是，单纯从游赏的角度看去，雨中的清水真是太美了，雨打清水，清水洗尘，天上地下都是清水，茂密的草木枝叶上垂挂着清水，山坡田园中，各种农作物在清水的滋润下竞相成长。

6月中旬，天南地北的作家朋友乍到清水，说出的第一句话几乎都是：这是清水吗？没想到甘肃还有这样美丽的地方！是的，这是清水，甘肃的清水县。清水的美，既是天造地设，也是清水人经过几代人艰苦卓绝的奋斗得来的。而采访团在清水的五天里，一半时间在下雨，一半时间阳光普照。雨水与阳光的反复晕染，让清水举目是景，天地流彩，因景，因彩，我想起了一个清水女性的名字：景彩彩。

一夜都在下雨，早上天晴了，阳光羞涩而迷人。我赶到了郭川镇宋川村，那个名叫景彩彩的女人，正在自家的果园边伫立远望。她身穿一件浅蓝色的外套，在明媚的阳光下，在苹果园汹涌的绿意中，自成一方风景。看不出，她今年已经五十四岁了，四个孩子的母亲，也是有了孙儿孙女的奶奶。她的丈夫去世十几年了，她一手将四个孩子拉扯大，并且都在外地有了工作。如今，她独自一人在家，带着一个上幼儿园的孙女，经管着自家六亩多地的苹果园。说起景彩彩，她可算得上一方名人。她只读过小学四年级，早年学到的些许文化，大多都还给漫长而艰辛的生活了。但她却学会了拼音打字，她利用网络手段销售自己的苹果。去年，她仅从网上就卖出去七百多箱苹果。她在自家的苹果树下视频直播，消费者看上哪些苹果，她当即采摘，装箱，呼叫镇上的快递公司。如果一次发货多，就由快递公司上门接货；一箱两箱的，她开着自己的电动助力车，直接送到几公里外的镇上去。

在生存面前，任何人都不敢夸口自己有多大能耐，而哪怕是多么细小的成功，背后都是难描难述的艰辛付出。景彩彩家的苹果以个大、品相好、甘甜，信誉良好，为远近消费者所青睐；而每一颗苹果，正是她用一粒粒汗水浇灌出来的。要种出一颗好苹果，也就意味着，一个果农一年四季都得在果园中劳作。请允许我简单描述一下一颗苹果的诞生过程吧。冬季剪枝，需要仔细甄别哪个树枝的存留，还要储备农家肥，春季疏花，在千千万万的苹果花中，决定哪朵花该留下，哪朵花要清除，然后便是施肥、除草、灌溉。挂果后，要给苹果套袋，站在木凳上，给一只只苹果套上防护袋，那可是千千万万只苹果啊。接着又是除草，等到苹果再长大些，将原来的套袋一一取下来，再一一地套上新袋。到采摘期，那更是惊人的劳动量。为防止苹果互相磕碰，像护理婴儿一样，真是小心翼翼。装箱时，又怕苹果把儿互相刺伤，还得一一剪去苹果把儿。这都是正常工作，还不算自然灾害发生时的各项应对措施。

六亩多地的果园，所有工序，大多都是景彩彩独立完成的，她还得照顾四岁多的小孙女。提起身边的这个小孙女，景彩彩满脸都盛开着苹果花儿，她的汉语拼音也是这个孙女教的。郭川镇在山区，农田大多都是山地，种粮食容易受自然灾害侵袭，这些年，政府大力扶持苹果产业，绝大多数农田都变成了果园，景彩彩是积极响应政府号召的人。一个人独立撑起一个家，独自承担繁重的劳动任务，其中的艰难困苦是不用说的。可是，生活给了她一条坎坷的路，她便以自己的双脚踏平眼前的坎坷，她把所有苦涩留给夜深人静的自己，甘愿以笑脸面对生活。她始终保持着乐观的笑容，按说，一个挑着人生的重担，在风雨中不懈奔跑了几十年的农村女性，仅从外表，便会传递着人们能够想象得到的全部沧桑，一位文友说，看上去你像三四十岁的人，景彩彩羞涩一笑，眼立即有了湿意。我知道她的压在心里的苦楚不会比任何人少，但她羞涩一笑后，只是仰脸向天，强压住那即将喷涌而出的泪水，清澈的目光与明媚的天色两两相照。在生活的洪流中打拼的人，谁能没有跌过跤湿过鞋呢，区别只在于，以什么样的姿态对待人生。饱尝酸甜苦辣的景彩彩心头始终悬着一颗太阳，她的内心是敞亮的，她随时都能够感知世界的温暖。以前，苹果成熟后，外地客商来到地头收购，往往压价很低，在外地工作的子女，教会了她如何利用网络平台直销，再加上当地政府组织的合作社销售渠道，景彩彩家的苹果，连续几年，待她采摘完，大体也销售完了。

经历过苦难和奋斗的景彩彩，一直都在相对偏远的乡村生活，景彩彩却是一个眼界宽阔的农村女性，她能够及时响应时代的召唤，修正自己的生存方略，同时，又是一个识大体的农村女性。政府为果农免费提供技术服务和装运苹果的纸箱，景彩彩把这份情义都记在心里，她反复表示，这都是国家政策好，个人的本事再大，也大不过一个好政策。正应了一句古语：衣食足而知荣辱。脱离贫困的宋川村，在政府的资助下，在村头修建了一片广场，花草树木、健身器材，一应俱全；各家各户，内外整洁，已经废弃的农具挂在廊檐下，时时在提醒人们，不要忘记艰苦岁月，珍惜当下的幸福生活。在山坡果园告别时，我主动与景彩彩加上微信，我笑说，苹果成熟时，我在朋友圈给你发广告。她一脸灿烂。她刚给苹果套完防护袋，她说她都清闲几天了，要给我擀手工面吃，我婉拒说，下次来一定要尝尝你的厨艺。

离开村庄时，我回望那一片名叫马庙坡的山地，景彩彩家的果园就在那里。阳光渐趋浓烈，整个山地一片华彩，景彩彩挥手作别，她的明媚笑脸，她的浅蓝色外套，与天地景色融为一体。许久，我的脑海中蹦出一句话来：景彩彩是一个有志气把灰暗生活过得精彩的农村女性。

四十二年村官路

马步升

大雪中，我提前来到关山村。这是我供职的甘肃省社科院的帮扶村，一会儿，单位将来人慰问村民。大山深处，丝绸古道，正如其村名一样，关山村位于古代从关中平原进入大西北腹地的一条支线上，属甘肃省天水市清水县管辖，距兰州400多公里，再往东走几公里，就进入陕西地界了。从县城到关山村，几十公里路程，车辆或在峡谷中穿行，或在山顶上颠簸，而关山村与所在的山门乡还隔着一座高山。刚才翻山的时候，乡村公路窄而陡，站在山顶张望，林海茫茫，风雪凄迷，不由得生出“关山难越，谁悲失路之人”的感慨。

雪还在下，村支书雷得有正在组织村民清扫院落，准备迎接慰问队。对他的事迹早有耳闻，与他面对面交流的愿望日甚一日：一个连续任职42年的村干部，每次到了卸任期，全体村民都要深情挽留。这究竟是怎样的一个人？其实，他是一个再普通不过的山区农民，而正是这样一个普通农民，让这一片山区燃烧着希望，延

续着走向未来的梦。

生于1960年的雷得有已年届花甲。1977年，他17岁，出任生产大队文书，因为全大队只有他一个高中生。那时候，现在的关山村所辖的8个自然村，分别属于3个生产大队。雷得有担任罗垣大队文书。1983年，他入党，担任罗垣村党支部书记。当时村支书的工资报酬是什么呢？多给一亩承包地而已。熟悉山区情况的人都知道，山区不缺地，缺的是种地人，缺的是土地带来的收获。而他擅长做生意，即便风调雨顺，一亩地的收入也抵不上他跑外一趟。他要面对的工作任务是什么呢？全村没有一个富裕户，都缺吃少穿；没有一个读中学的学生，男孩最多读完小学，家长就不让上学了，大多数家庭压根就不让女孩上学。

既然组织信任，村民信任，个人利益就得无条件退居其次。雷得有跑生意时，去过一些地方，他深知，之所以敢出去闯，也闯出了一些名堂，就在于他读过书，有见识。眼下，发展家乡的根本在于两条：一是办学，要致富，先治愚；二是修路，要治愚，先让大家睁眼看世界。罗垣村是有一所小学的，但已经名存实亡，他组织村民去几十里外，依靠人挑驴驮，花了半个月时间，运回一万多块砖瓦，建起了校舍，这也是当时全村唯一的一栋砖瓦房。村民不愿让孩子上学怎么办？好办。土办法虽然土，却是管用的办法。先是一家一户动员，苦口婆心不管用，就强迫命令，甚至恐吓威胁，谁家不让适龄孩子入学，就会影响到享受国家福利和土地承包等方面的权益。还有另一种办法，谁家孩子入了学，学习好，考上中学、大学，村里还给相应奖励。山区农民看到实实在在的好处，有一个人站出来做某件事，并且有所收获，大家都会群起效仿。雷得有带头把自己的孩子送进学校，而那些先前读书较多的村民，日子也率先有了起色。罗垣村的小学一时红红火火。在邻近几个村没有一个中学生的时候，罗垣村出了一个大学生、三个中专生。过来人都知道，在二十世纪八九十年代，考上大学或中专是多么重大的事情，尤其在教育落后的山区。

要致富，先修路，这是那个时代强劲的口号。对于大山深处的村民来说，修路不仅与致富有关，还便于闭目塞听的村民接受外来信息，让他们敢于走出去，改变落后愚昧的思维方式和生活方式。

进入新世纪，原来的八个自然村合并为关山行政村，上级让他担任村支书。此时，雷得有真的不想再干了，孩子长大了，一个考入大学，一个学会了做生意，他也人到中年了。想想自己辛苦多年，也该专心过自己的日子了。贫困山区的村支书实在不好当，出不完的力，受不尽的烦恼，几乎等于义务劳动，没有个人利益可言。村支书当时的工资，一年仅有1200元，还真不够他跑一趟小生意，而他又是一个擅长做生意的人。关山村国土面积几十平方公里，全部走一趟需要3天，他平均每半个月就都得走一趟。时代在发展，所有人的生活半径都在扩大。村里出外的年轻人多了，长了见识，他们看见雷得有不愿担任村支书，觉得他要是卸任了，这个村子就失去了最合适的当家人，这可是大家祖祖辈辈赖以生存的地方啊。一波波，一趟趟，在大家的反复挽留下，雷得有想着自己是老党员，应该有最起码的组织观念和群众观念；再说了，乡亲们的日子过不好，自己的日子过得再好，也没有什么意思。他又接过了支部书记的重任。关山村距离最近的乡镇十几里路程，隔着一座高山，而那个乡镇，仍然在大山深处。这条山路在天气晴好时，勉强可以通过架子车；遇到雨雪天气，要不被洪水冲毁，要不大雪封山，完全与外界隔绝。外面的农资产品进不来，村里的土特产运不出去。仅靠村民的力量是完成不了一条硬化公路的。正好国家也有打通乡村公路的计划，雷得有拿到了项目，政府出资出技术，村民出力，很快地，关山村与广阔的外部世界连为一体。

合并后的关山村，摆在雷得有面前的境况仍然不容半点乐观。最大的短板还是教育落后，适龄儿童入学率低。村里只有一所三年制小学，男孩勉强毕业，家长就让他们回家参加劳动了，大多数则没有机会上学。男孩长大成人后，因为文化程度太低，出门打工只能干苦力。女孩长大后，家长狠捞一笔彩礼，随便嫁人了事。对此，雷得有既痛心，又颇感无奈。长此以往，谈何乡村振兴。文明的办法就是登门劝说，大道理小道理，反复说；土办法就是强迫命令。好在，雷得有是大家选出来的支书，是大家深情留任的支书，在村

民中拥有很高的威望和号召力。

他的工作有了成效，适龄儿童全部入学。后来，人们看到了受教育带来的好处，为了让孩子上学，年轻的父母大都选择一边在城镇打工，一边陪孩子上学。近几年，从关山村走出的大学生多达十几名，仅去年，考出去的大学生就有四名。正好是寒假，我见到了这四名大一学生。这些受过良好教育、见过世面的年轻人，与待在村里或出外做苦工的站在一起，不用说，精神面貌判然有别。这就是榜样，不言自明的榜样，现代教育的根系已经扎在关山大地深处。

我与雷得有相谈正欢，甘肃省社科院慰问队冒着风雪赶来了，整个关山村喜气洋洋。慰问结束，社科院领导专门留下四名大一学生，与他们交流学习生活情况，谈未来，谈理想，主动提出为他们联系勤工俭学岗位。

关山村自然环境优良，满山都是青冈树，关山河清流淙淙，绿水青山就是金山银山，社科院扶持的养殖大棚已经建成，春天就可以生产了。而雷得有主导成立的合作社已经运行几年，山区的木耳、土蜂蜜，种种农副土特产，通过电商，行销四方。看到一个个农户宣告脱贫，整体脱贫很快就要实现，雷得有沧桑的脸上露出了欣慰的笑容。42 年，风华少年渐入老境，种种辛劳，归结为欣慰一笑，也算是壮志得酬了。

洋洋大雪，此时恰好停了，太阳从云层中露出头来，关山大地一派明丽。整体脱贫只是近期目标，雷得有还有长远打算，他指着风光秀丽的山川对我说，到了春天，我们这里山花烂漫，风景非常好，请你带几个作家朋友来看看，我们这里最适合开展乡村旅游了，真是天堂一样美丽。我说，咱们春天见！

夜宿关山村

■马步升

关山村是我们单位帮扶点，几年来，我多次来过，或在艳阳下，或在大雪中，或在冷雨中，这次前来，正赶上一场冷雨。

每次都想在关山村住一个晚上，每次都不能够，我的几位同事，还有别的单位的帮扶干部，都还挤在一间阴暗潮湿的平房里。这次有了住宿条件，村里兴办了农家乐，吃住都可以。清水县要办一场全国知名作家采风团，我任团长，也参与了整个具体采风活动。按照采风团的规划，每个成员都可在采访点所在的村庄留宿，以便贴近采访对象。

虽然是六月中旬，雨后的关山村仍是很冷的。两面青山绿树，覆盖了每一寸土地，中间一条两步宽的关山河，从青山绿树中来，向青山绿树中去。雨中的关山村，像是装进了一块巨大的绿色翡翠，关山河，田园屋舍，雨滴，像是翡翠体中的絮状物，两相比衬，各生各色。对这里的一切，我都非常熟悉了，我以主人的身份给采风团的朋友们一一介绍了这里的主人。关山村雷得有支书，就是我写的《四十二年村官路》的主人公，这篇小文自从在《人民日报·海外版》发表以来，年届花甲的雷支书精神焕发，整日奔波在为村民脱贫致富的道路上。已经驻村一年多的省社科院驻村帮扶干部、关山村第一书记任浩，春天到任的省社科院驻村队员李振东和冯乐安两位博士，他们三人都是我的同事，在单位相遇时倒也寻常，在这里见面，便格外亲切。

许多人都知道采风团的作家队伍中有人兼修书法，远远近近赶来求墨宝。外面有雨，出不去，马青山和王若冰挥毫泼墨，两个小时笔不停歇。诗人第广龙坐在一边，低头在手机上写诗，这几天，他诗情迸发，已完成十五首诗的草稿，总标题据说要定为《清水诗篇》。有几首拿给我看，着实不错。应大家要求，我也刷了几幅毛笔字，助兴而已。村头广场上正在上演秦腔皮影戏，喇叭声高亢，与风声雨声林涛声和鸣，正好应了“鸟鸣山更幽”之意。巨大的幽静让关山村回到了最初的幽静中。“相公啊，人常说，救人出水火，胜似那烧香念弥陀。”这是戏文，声音可以穿透夜幕雨幕，可以穿透幽静，传达那种古老而永不过时的信息。

夜已深了，雨还在下，我被安排在一家民居中。主人不在，房屋是政府资助建造的乡村别墅，此夜，我是这栋别墅的主人。六月下旬天气，屋子很冷，穿上羽绒服背心，仍感凉意。李振东和冯乐安生怕冻着他们这个同事老大哥，帮我插上电褥，又搬来自己用的电暖气，烧好开水，锁好院门，告别而去。一会儿，有人敲门吆喝我去喝酒，我说在帮扶点不能喝酒。尽管酒是自带的，但我认为，慎独精神是纪律的真正保障。

皮影戏散场了，一切都静了，只有淅沥雨声，敲打着关山的夜晚。村中有好几只狗，白天没有听见它们叫声，晚上也不叫，没有生人或意外发生的村庄，狗也学会了沉默如金。我们几个生人进入村庄，它们也很自然地与我们成了熟人。它们知道，来到关山村的人，无论谁，都是要当成主人接待的。毕竟，任何生灵都是不喜欢寂寞的。

其实，为热闹所伤的人需要用寂寞疗伤，而常处寂寞的人则迫切需要用热闹克服生活的无助感。人们一般都是这样想的，可是，实际情况并不尽然。热闹与寂寞从来都是伴生的，大热闹往往是大寂寞的同义语，当然，大寂寞偶遇大热闹，何尝不是对大寂寞的一种稀释呢。当都市的聒噪让人不堪其扰时，乍然来到无语空山，短暂的安静过后，竟是无来由的恐慌。一切都是遥远，一切都是虚空，一切都是无来由。我来到了哪儿，我为什么要来这儿，我何时离开这儿？一切平时不存在的问题，初到任何一个新地方，都会不经意从脑海中蹦出来。也许，人都有作为“别人”的体验，我来到了别人的地方，我只是一个别人，如同进了别人的家门，主人再热情，你也得牢记，自己只是一个别人。不把自己当外人，这是讥讽那些不懂得主客区别者的精确用语。

我原以为自己是关山村的主人，至少是半个主人。当然，我是做了半天主人的，对采风团的其他文友而言。当与真正的主人接洽完毕后，我也变身为客人，享受主人的客气，接受主人的服务。现在，主人以主人的姿态安享夜晚了，而我这个客人却操上了主人的心。大山深处的关山村到底何去何从？百里方圆只有零落的一些村庄，原本居民就不多，现在绝大多数年轻人出门打工了，许多已定居城市，政府为村民援建的乡村别墅十室九空，只有几个老人还在留守。平日里，外来的帮扶干部，以及各种检查团参观团，远远多于本村的居民。帮扶单位筹措资金建造的便民桥、整修的道路，平时并无多少人使用；帮扶单位耗费几十万元建起八座木耳大棚，如果不走特殊销售渠道，完全以市场原则运行，真的能有经济效益吗？昨晚的皮影戏唱得空前热闹，直至零时，但偌大的空地上，却始终只有三两个无心听戏的观众。

人类在进入移动时代以后，人的移动方向便是财富汇聚之所，原本拥挤的地区会越来越拥挤，原本清冷的地区会愈加清凉，直至人去地空。关山村是人口出移之地，而非人口归宿之所，把自己的家人都留不住的地方，能否对外来人口产生吸引力，这一切都是未知数。而以关山村所处的地理环境，以及当下的情况来看，村庄遭到废弃，只是早晚的结局。

在细雨中，一夜无眠，我以为乡村的公鸡会把我叫醒，然而，我醒了许久，公鸡却没有叫。出了院门，只见几只狗在小河边无情无绪地溜达，外来援建的工人已经开始工作了，本村的村民却在毫无目标地闲逛。直到日上三竿时，一家院落前的公鸡叫了一声，那毫无嘹亮感的嘶哑叫声，也只带有礼节性地叫了那么一声。

夜宿关山村，我一夜无眠。

作者简介：马步升，甘肃合水人，毕业于鲁迅文学院和北京师范大学，主修文学创作和文艺学。甘肃省作家协会主席，中国作家协会会员、散文委员会委员，甘肃省社科院文化研究所所长、研究员，兰州交通大学、兰州城市学院等多家大学兼职教授。发表小说、散文和学术论著约600万字，获国际国内文学奖20多项。散文集主要有：《一个人的边界》《天干地支》《陇上行》《故乡的反方向是故乡》《纸上苍生》（甲乙两种）《叨叨令》等；中短篇小说集主要有：《老碗会》《马步升的小说》等；长篇小说主要有：《女人狱》《青白盐》《一九五〇年的婚事》《小收煞》《刀客遁》《野鬼部落》等7部；学术论著主要有：《走西口》《河边说文》《兵戎战事》《西北男嫁女现象调查》《刀尖上的道德》等。曾多次担任国家四大文学奖，即茅盾文学奖、鲁迅文学奖、骏马奖、儿童文学奖评委，以及施耐庵文学奖等国内重要文学奖评委。

土寨村夜话

■ 任 真

从花石崖沟底的补天石一路攀爬，到山顶已是傍晚时分，淅淅沥沥的小雨暂时停歇，或浓或淡的雾从或大或小的山沟涌起，不断向四处弥漫，坐落在高处的土寨村就笼罩在缭绕的云雾中。

县委李副书记说，晚上就住在土寨村吧，感受一下刚建起来的农家乐。土寨村是谢沟村的一个自然村，共 34 户人家，已有 11 户建了农家乐。房子统一设计，一层自己住，二层客人住。房间用具包括桌子、椅子、床、床上用品，甚至服务人员的服装都是县上免费配发的。一家家看过去，整齐干净，和普通宾馆没什么区别。

他把我安排在村支书邱世刚家，自己则住到了另一家。后来才知道，只有这个农家乐有抽水马桶，而其余的上厕所要下到一楼。

他的这个贴心安排，成了我了解土寨村的切入点。晚上和邱世刚聊天，话题就是从这个“独一无二”的马桶说起的。

邱世刚说，当初修房的时候，他就曾建议大家在二楼把厕所建上，客人不用跑到一楼来上厕所，有独立空间，更舒适更方便。

他有这样的远见卓识，缘于多年的外出务工经历，先是在清水县城，后来到陕西西安；开始当水暖工，之后承包水暖工程。生意越做越大，生活条件不断改善，在县城买了房，又在西安抵扣工程款得了一套房。

他在总结这段经历时说，他收获最大的并不是挣了多少钱，而是开阔了眼界，改变了许多传统观念，自己的想法也多了起来。但他的这些新想法，并不能让人一下子接受，所以只有他在二楼建了厕所，而且一步到位，没有采用蹲坑式，直接装上了城里人用的坐式马桶。现在大家反应过来了，觉得还是带上厕所好，于是又在陆陆续续改建，但花的钱和工就多了。

和邱世刚聊土寨村的变迁，感觉类似的新老思想一直都在碰撞着。譬如搬迁。土寨村是从十多里外整村搬过来的。这个想法很早就有了，但因为思想不一致，加上经济不宽裕，争论了很多年。

42 岁的邱世刚说起土寨村过去住的地方，语速明显慢了下来。他说那地方好不好，当然好，自己出生的地方怎能不好呢，不是有句话叫金窝银窝不如自己的狗窝吗？但是那地方也确实苦，可以说苦不堪言。

孩子上小学就在村里，可到了初中，要去陇东镇中学，七八里路每天要来来回回跑，遇到下雨天，经常垮路，绕道就要多走好几里，哪个家长都不放心；吃水要到沟里去挑，一个来回又是七八里，年轻人还好说，老年人却吃不消，所以天一下雨，就接房檐水，刚开始下雨的时候不能接，等雨水把房上的尘土冲干净了再接；收割庄稼、盖房运料那就更费劲了，不是人扛，就是畜驮，那时候几乎每个人脊背都是弯的，累弯的。这些都还不是最重要的，重要的是安全问题，房子后面是一个土崖，五六层楼高，经常出现溜土、滑坡，万一哪天塌下来，不得了。

邱世刚说，他虽然经常在外

面，但父母和弟弟都在村里。每次回来能见到亲人心里那个高兴，可是看到破败的村落，心里就不是滋味。

就在那时候，他决定动员大家搬迁。当然，那时候他还在西安挣钱，还不是村支书。但有一点大家看得清楚，人家邱世刚的老婆已住进县城了，孩子也在县城上学，他并不是为了自己，而是为了大家。

他走东家串西家，一户户和大家交流，最后发现两头工作都好做，中间最难办。所谓“两头”，就是经济状况好的和住房条件差的。好的有经济实力，不愁钱；房屋老旧的想着要盖新房，直接盖到好一点的地方自然愿意。所谓“中间”，就是房子半新不旧，感觉住着也不错，不想折腾。当然，老年人的工作更难做，最主要的就是这地方再不好，也是老祖宗选的，必然有他的道理。祖祖辈辈住了这么多年，感情上也不舍。

邱世刚找到了四叔邱天虎，这些年邱天虎在外承揽工程铺路修桥，也为村里做了不少好事，威望很高，他们一起给大家做工作，很快和大多数村民达成共识。于是他们又去和当时的村支书豆三保商量，豆三保虽然是另一个自然村的，但是对土寨村的情况也很了解，听了他们的想法觉得可行，就把这事给陇东镇领导做了汇报，镇上领导也很支持。

有两级领导的支持，全村人的工作很快就做通了。接下来是选址。有两个地方可供选择，一个从地理条件来说更好些，另一个就是现在这个地方。最终选这里，只有一条理由，它是花石崖风景区的必经之路。那时还没有想到农家乐，只是觉得游客来来往往，

哪怕卖瓶水，也是收入。

但这里有一座荒山，必须削平之后才能建房。他们每户凑了1.5万元，几台推土机断断续续推了小半年。

邱世刚说，也算运气好，地基刚刚平整好，就遇上了移民搬迁。县上领导过来一看，很快列入了第一批计划，还给每人补助了8000元。

2017年，经过两年施工，一个新的土寨村拔地而起……

我们正说着话，驻队干部南红卫走了进来，他说群众在广场举办晚会，让去看看。我们来到广场，已有很多人在那里。录音机播放着进行曲，一群小朋友正在跳舞。接下来有唱歌的、表演秦腔的、朗诵诗歌的，一个个节目上演，让人感慨高手在民间。

最后邱世刚说了一段快板，内容是有关精准扶贫的。其中讲到了一位天津老人到清水扶贫的故事。

这位老人叫周振明，今年78岁，我在来土寨村之前已见过。他不仅自己到清水县扶贫，还带着女儿周进和孙子周钰城扶贫。23年来，他到过清水52次，周钰城来过15次，祖孙三代先后为清水捐款42万多元。他们组建的爱心助学团队进行过150余场次捐赠活动，资助特困生1412名，累计捐款捐物731万余元。他被清水人誉为“扶智扶志爱心人士”，孙子周钰城被天津市评为“助人为乐模范”。他们祖孙三代的扶贫故事在清水可谓家喻户晓。

邱世刚说，他对这位老人非常敬佩，所以编了这个快板……

第二天早晨，我和李副书记绕着村子散步，有个小姑娘走过来，把手里的一把野草莓递给我们，说是刚刚采来的。

姑娘叫邱亚丽，在陇东镇中学上初二。我们吃着她采来的草莓，聊土寨村的未来，感慨万千。

我们要走了，车子徐徐启动，晨雾漫山缭绕，土寨村若隐若现。

作者简介：任真，甘肃文县人，中国作家协会会员，甘肃省作家协会副主席。1980年入伍，历任步兵排长，团、师宣传干事，《西北军事文学》杂志主编，原兰州军区政治部文艺创作室主任等。出版小说集《天黄有雨》，散文集《依然认真》《穿越河西》，长篇随笔《品读历史》，长篇报告文学《边关》《亲历国家行动》和《任真获奖报告文学选》等十多部。作品多次在全军全国获奖，多篇散文入选《当代散文精品》《我最喜爱的中国散文百篇》等各种选集和年度选本。近年开始国画创作，已有数十幅作品发表和参展。

清水吟(组诗)

■ 高　凯

在黄帝故里扶贫的内心感受

这几天
我深入轩辕故里清水县
扶贫来了

黄帝的子民
怎么把光景过成了这个样子
还要别人帮扶

国家的力度那么大
连我这个诗人也派上了用场
让我特别幸福

黄帝早已魂归故里了
盖着厚厚的植被
但日子清苦

半轮明月养殖
半泓清水种植
寒门寒户

黄帝当初真是把首领白当了
此行我跪求几首小诗
也动了五脏六腑

在黄帝故里扶贫心里是很难受的
我心里想的都是黄帝
和我们黄皮肤

清水县的清晨太清脆了

清晨竟然有几只鸟儿在窗外叫我起床
清水县的清晨太清脆了

先是一只没有名字的鸟儿
没到我起床的时间就把我叫醒
让我睡不成懒觉
爬起来写诗
想情人

然后是第二只第三只甚至七八只
在窗外叽叽喳喳一起叫
鸟儿们叫得很自然
叫得一个懒人
很不自然

听着几只鸟儿叫我起床
我知道窗外的山山水水是绿的
头顶的天空是蓝的

太阳是红的
人民很勤

清水县的清晨太清脆了
一群鸟儿把我下榻的客栈当成了鸟笼

清水的树都是倒倒着长的

清水的树
都是倒倒着长的
那是因为我看见的清水
都是清水里的清水
是清水的倒影

清水的人
也是倒倒着长的
清水县就是一泓清水
不抬头也能看见
清水的蓝天
和白云

清水自清
清水的水都是真水
但如果脑子不会急转弯
清水的倒影就会来个以假乱真
让倒影爱上倒影

这次我来清水县就是沐浴的

清泉四注
能浇注出一个水灵灵的县名
就能流淌成真水百姓
蓄成清水衙门

源远流长
跟着泉水的叮咚
拜谒吾祖轩辕黄帝
拜谒一泓清水
拜谒水魂

天地在上
请受我一拜
先人在上
请受我一拜
百姓在上
请受我一拜

流水不腐
清水里的清纯
还沉浸在从前的梦里
世事虽然有那么一些浑浊不清
但一个源头活水
还在涌动

时光似水
我像回到了故里
传说里给我留着仙境
凡境里也留着传说
村村都有美景
户户都是亲人
人人心中
清水自清

水清才有倒影
第一滴清水叫初心
最大的执念是扶贫济困
民以食为天
清水县在天水也是天水
我要在贫困的泪水
和扶贫的汗水浇注的温泉里
透彻地重温一次清水
感受人世氤氲

寻根之旅
就是寻找生命之本
这次我来清水县就是沐浴的
我要用清水县的清水
沐浴五脏六腑
净身净心

这一趟
我要从清水这个地方
带走一个洗干净的身子和灵魂
然后将一把活着的硬骨头
养在清水之中

致天河酒

有个诗人说
水醉了就是酒

我今天说
酒不醉就是水

喝多不醉
你就是清水

喝多醉了
你就是天水

而如果藏着不喝
你就是真水

访贫黄帝故里

高凯

微凉的初夏，因为受邀参加一个文学笔会，我有幸走进了黄帝故里清水县。

真没有想到，清水竟然是国家六盘山特困片区扶贫开发重点县，一直接受国家能源局、天津市河北区和甘肃省发改委等单位的帮扶，贫困的程度曾经超出人们的想象。以前，几次路过清水县境，走马观花，总觉得山清水秀的，但当真正深入到清水县的五脏六腑，才发现那些青山绿水青得窘迫绿得寒碜，真正是徒有虚名。

清水县的清晨是很清脆的。到清水县的第一天，我在下榻的宾馆遇到了一群可爱的小鸟儿——天还没亮就把我从睡梦里叫醒了。因为前一天长途奔波疲惫不堪，我早早地睡下也早早醒来了，但我不是自然醒，而是被一群鸟儿轮番叫醒来的。最先，我听到的是一只熟悉的布谷叫，然后是两只叫不上名字的鸟儿叫，最后是两只喜鹊。似乎还有一只啄木鸟，不过它不是在叫我，而是敲击着树木提醒我呢。没有到起床时间，我当然赖在床上没有起来，但我再也没有睡着，而是兴奋不已地为它们写了一首诗。最后两句我最得意："清水县的清晨太清脆了，一群鸟儿把我下榻的客栈当成了鸟笼。"这些幸福的鸟儿，是青山绿水的主人，当然也是清水县的主人，它们早早叫醒我肯定是有原因的——让我起床看看外面的世界。

清水县是一个人文圣地。因肇启文明、惜物爱民而被后人尊为中华人文始祖的黄帝，就出生于清水县山门镇白河村。也就是说，黄帝长大成人后从这里起步，开疆拓土，鼎定中原，最后奠定了华夏民族逶迤五千多年的宏伟江山。所以，清水县是一个有历史深度的地方。

这次笔会，并不是让我们来游山玩水的，而是让我们来关注清水县的“国家大事”。为此，笔会主办方对采访做了精心细致的安排，让我们把清水县的旮旮旯旯基本都看了一个遍。所到之处，景色的确养眼迷人，但掩藏在其中的贫困却让人唏嘘不已。

采访中，我问的第一个问题也是我自己思考的一个问题：轩辕黄帝功绩煌煌，彪炳青史，其故里为何却在身后陷入巨大的贫困而需要别人帮扶呢？

第一个回答我这个问题的是陪我采访的县人大副主任毕德祥。他说，黄帝离开这里时把有文化的能人都带走了。清水县之所以这样穷，那是因为轩辕黄帝伟大，他胸怀天下，考虑的是华夏百姓的福祉，而不是自己家乡的一方私利。

这是历史原因，可能都是史实。毕德祥说得朴素，流露出对先祖的爱戴之情，当然也有一些埋怨。作为清水县的文化通，毕德祥有资格这样说。但是，轩辕黄帝故里今天的贫困恐怕不能怪五千多年前的黄帝吧？若要怪，只能怪黄帝在位时未给清水徇私而已。而这正是黄帝的伟大之处。

在清水几天，关于清水县贫困的重要原因，最多的说法还是——群众普遍没有文化和缺少有文化的人。

采访中，我问的第二个问题也是我自己思考的一个问题：作为黄帝故里的人，即一个黄帝的子民，你有文化自信、自觉和自豪吗？没有人能回答这个问题，仅有的几个人的回答也只是支支吾吾之后在旁边的乡镇干部启发之下一个吞吞吐吐的“有”字。这样的回答其实就是答案——啥都没有。

我继续追问，为什么没有文化？没有上学；为什么不上学？不愿意上学； 为什么不愿意上学？至此，就没有人回答了。我不想再问下去，因为大家都不知道“文化”是个什么东西，我可能问到了石头上，再问的话彼此都是一脸挂不住的尴尬。其实，一切都明摆着呢，不用明知故问了。

走过几个村之后，我在山门镇似乎找到了答案。镇党委书记韩勇和副镇长桑鑫蕊接受了我的采访。他们无意中回答了我的第一个问题。山门镇，一直以来最大的贫困是精神贫困，而不是物质贫困，物质扶贫好扶，精神扶贫难扶甚至扶不了。她举的因婚致贫的例子，就让人听后心酸不已。在白河村，男婚女嫁对于男方至今可以说都是一场灾难。十年前，男方要给女方 37 万元的天价彩礼才能娶到一个媳妇，如今情况虽然比十年前有所改变，但也有以前一半的数额，这还不算婚礼的花费。这样的一次婚娶，不制造一个几辈子翻不过身的贫困户才怪呢。在白河村，只要谁家娶媳妇，谁家就会山崩式地致贫。而且一家看一家，养了女孩的总觉得不能白养，村里的女孩子都飞走了，外面的女孩子飞不进来，恶性循

环下来，就是一茬子贫困户。一些买不起媳妇的年轻人只好远走他乡。没有文化，就会愚昧无知。买卖婚姻，和买卖人口有什么区别？在城里，“没文化”可是一句最疼的骂人话，今天在这里我这样骂人肯定骂不疼。来白河村之前，在秦亭村我们就遇见一个因婚致贫而被救助的贫困户。户主叫罗存生，两口子不生不育，膝下无子嗣，年轻时领养了一个男孩，但孩子长大后却给孩子娶不起媳妇，为了不耽搁孩子的婚姻大事，于是又把养大防老的孩子入赘给别人当了女婿。而今，两位老人虽然得到了救助，住进了新房子，但家里却没有一点儿人气。听村干部背着两位老人悄悄介绍这一情况，我心如刀割差点泪奔。罗存生的贫困可以扶起来，但罗存生的尊严恐怕谁也给扶不起来了。而且，他的精神恐怕也早已崩溃而无法重建。像这样的贫困户，政府打算养起来，每一户都有一个汇聚了多个职能部门的《精准扶贫到户政策落实清单》，户户照单落实，可谓无微不至。这点点滴滴都是国家的温暖。

没有文化，有精神也可以。以往，在我看来，文化与精神是一对孪生兄弟。但是，令人欣慰的是在清水县却不一定都是这样的，没有文化的人照样有一股子穷精神。在冯河草原风景区，一个微名叫高寒川老王的人给了我一些精神，甚至让我精神抖擞，看到了一些希望。那天下午，到了一个乡村游蒙古包。我们刚一下车，见过镇上的书记、镇长之后，一个五十岁左右的汉子和一个与自己年龄相仿的女人就各牵着一匹黑褐色的骏马从草地上走过来，热情地请我们骑马。见没有人理会，那个汉子竟然吆喝道：“骑一下嘛，给点面子吧！”因为我走在最前面，碍于面子，也看他真诚相邀，我就带头走了过去，先给马儿喂了一把草，又拍了拍马脖子，然后让他把我扶上了马背。他不敢让我独自骑，而是给我牵着马走。尽管不是第一次骑马，但我还是兴奋不已。远离人群后，他问过我的工作单位之后，突然对我说：“领导，你能不能给镇长说说，让我把这个蒙古包承包下来？”我突然感觉自己被算计了，原来他请人骑马是有目的的，真会来事呀！尽管心里觉得不舒服，但我还是答应了他，一则对于我这也是一种责任，二则乃举手之劳、成人之美呀，三则我还佩服他的勇气。而且，我看他脑子灵，又那么懂马儿，承包经营风景区一个蒙古包没有啥问题。回到平地上，我主动和副镇长马慧成搭讪。其实，马慧成早就想给他承包的，我一说很痛快地答应了。我立即给远处的他招手，示意他赶紧过来，我想当着马慧成的面给他落实下来。听了他的设想和马慧成的要求，我才放下心来。说话前，我还给他递了一支烟呢。直到他加了我的微信，我才知道他的微名。虽不知他姓甚名谁，但我为他高兴不已。

回到兰州的第二天，我接到高寒川老王的一个语音微信：“老哥，你和我说话，要发语音，我不识字！”这话让我心里凉了半截，一个目不识丁的人怎么经营一个风景区呢？第三天，我又接到他的一个语音微信：“老哥老哥，你这次到这里考察给我帮了忙了，今天我拿到合同签了。谢谢你的帮助，这样你就带你的朋友和亲戚到这里浪来，给我打电话我接应，我请你吃烤全羊。我这个风景区的大门永远给你敞开无阻！”我只

说了一句话而已，竟然让人家如此感激，内心很不是滋味。不过，我也很有成就感，一句话就扶持了一个贫困户。当然，我更感谢马慧成说话算话办事利索。

事情还没有完呢，让我哭笑不得的是，在高寒川老王签订合同的当天晚上，一个微名叫“强势来袭”的人请求加上了我的微信，问他尊姓大名之后，一会儿他发来一个千余字的个人介绍和诉求。原来，这是一个80后贫困户，名叫周强强，就住在离高寒川老王所在的蒙古包不远的草原上，也想请我给他帮忙承包风景区一个蒙古包旅游项目。显然，这个周强强是高寒川老王通风报信之后才“强势来袭”我的。看来，我被他们想象成了一个大官儿。我当然没有答应帮忙。不过，我将他的微信转发给了毕德祥，并把毕德祥的名片发给了他。这个“强势来袭”的周强强显然念过书，有一些文化，微信文字基本通顺，而且他加上我的微信后还在朋友圈给我发的一些诗歌链接点赞呢！

从“高寒川老王”和“强势来袭”二人身上，我既看到了一种脱贫的强烈愿望和智慧，又发现了一种谋求富裕的勇气和精神，真是精神可嘉！人就活了一个心，心生精神。人有了精神，是不会扶不起来的。

有精神的清水人还有三个身处逆境而顽强不屈的孩子。在秦亭中学，我见到了因为双亲病故而致贫的高三学生赵秀红以及初中生王文艳和王文斌姐弟。在具有“爱心大使”张金霞的帮扶下，三个人正在走出人生的困境。赵秀红通过复读冲刺一本已经成功，对未来很有信心。她说拿到入学通知书后就去打工，为自己挣学费，有条件后要回报所有帮助过自己的人。赵秀红还有一个奶奶，而王文艳和王文斌姐弟已经举目无亲，家庭情况比赵秀红更难说。姐姐王文艳已经很懂事，作文写得不错，我美美地表扬了她一番。只有弟弟王文斌让人心忧，因为患有严重的自闭症，遇见陌生人就不说话了，我问了几次话，只见他嘴皮子动，没有吐一句话。看他的老师赵俊丽是个颇有耐心的人，我就主动加了她的微信，将我的诗歌《村小：生字课》发给了她，叮咛她教孩子读一读。我希望让诗歌里那群快乐的孩子带给他快乐，能让他开口说话。

这些清水人的精神，要么是自己身上本来就有的，要么就是被扶贫扶起来的。

清水人致贫的原因，还有一个重要的客观因素，那就是十万大山制约下的交通条件。重峦叠嶂，山重水复，非常好看但不实用，对诗人画家是胜景，但对清水人是苦难呀。山大沟深，阻隔重重，外面的人走不进来，里面的人走不出去，一块美丽的先王故地成了一个被世人遗忘的死角，哪怕是一个世外桃源，也没有人向往或者留恋。如此来看，当初的轩辕黄帝为什么要舍此而远行、今天那么多的年轻人为什么要逃离就不难理解了。不是夸张，清水县的青山绿水里是空的，一些村子留下来的人恐怕还没有树林子里的动物数量多。穿梭在清水县乡镇，除了在放学时候碰见的一群群嬉闹的孩子是真的，我在田间地头看见的人都是稀稀拉拉失魂落魄的稻草人。唯独在田湾村那一夜，因为遇上了一个村口露天舞会，才让我们看到不少生动活泼的人。不过，跳舞的都是一些未成年人和一些留守妇女。看着连小孩子都在跳鬼步舞、街舞，我们也一时兴起参与其中，作家鲁顺民和秦岭唱了歌又写了字，而我只朗诵了新作《这次我来清水县就是沐浴的》。那一会儿，看上去我们是在自己高兴，但从内心我们是在给一个小山村长精神。从这个近乎狂欢的夜晚，我发现清水人在改变自己。

那天黄昏，我听到了一阵阵归宿的鸟叫，好像就是每天早上叫我起床的那种鸟儿。虽然不是客栈里的那些鸟儿，但却让我像见到了老朋友一样愉悦不已。而且，我还让当地作家安永红打听到了那两只我不知道名字的鸟儿是谁。他说，一个是鹩哥，一个是画眉。

多好听的名字，听上去，一个是鸟中的哥哥，一个是鸟中的妹妹。不过，鸟儿不知道自己的名字，鸟儿的名字都是人起的，每一只鸟儿的名字都寄托着人的心思。鸟儿只识青山绿水，焉知人间疾苦？我忽然觉得，清水县就是一个巨大的自然生态盆景，有山有水有树有鸟儿，对于外人只愿欣赏不愿生存；而因自然环境挤压沉睡已久的清水人，则成了盆景缝隙中的生灵，身上盖着一层厚厚的植被不愿醒来。那么，我们该怎样融入这个大盆景之中呢，或者说怎么把这个大盆景变为我们赖以生存的家园呢？

当下的清水县，与许许多多的地方一样，正在进行着一场炽热的国家级脱贫攻坚战，而扶贫开发是国之利器。但是，因为贫困面积大，脱贫难度大，清水县在甘肃是一根难啃的硬骨头。尽管如此，清水县的扶贫还是很有成效，种植、养殖、旅游、产业、住房、教育、健康、生态、外出务工和基础设施建设等一起上，遍地开花结果。据资料显示，2014 年至 2018 年，全县累计减贫 16491 户76287 人，目前虽然还有 70 个贫困村，但只有 18800 人尚未脱贫。而在我最后一天到达的山门镇，尚未脱贫的只有 320 户 1392 人。越往下走脱贫的情况越来越清晰，关山村目前有贫困户 36 户 157 人，今年 9 月就能实现整村脱贫；黄帝出生的村子白河村目前有贫困户 25 户 119 人，到 2020 年整村将甩掉贫困的帽子。在山门镇这两个紧挨着的白河村和关山村，我分别采访了省委政策研究室和甘肃省社科院常驻的扶贫干部赵斌、李振华和任浩。两个单位的扶贫项目，一个经营农家乐乡村游食宿，一个是大棚木耳培植；一个已落地生根成为脱贫实体，一个正在精心呵护效益可期。清水县目前的扶贫成效，当然有着这些每天被“钉钉打卡”从早到晚钉在这里的扶贫攻坚战士的一份苦劳和功劳。这里，我们必须向这些具有“钉子精神”的人致敬。在当下的中国，如果要说“谁是最可爱的人”，无疑就是这些扶贫干部。

说实话，在黄帝故里采访扶贫心里是很难受的。黄帝的子民怎么把日子过成了这个样子，需要国家下这样大的力气来帮扶？当初，黄帝怎么把自己的家乡都没有照顾好。而且，黄帝可能真的把清水给忘了。

黄帝故里也是我的故里。黄帝纪元元年，轩辕大帝登基后续用的四都城池被后世称之为黄帝四都，其中的有熊佐都，就是今天庆阳境内的南佐遗址。黄帝幸亏离开了清水，否则他就不会创下那么大的业绩。黄帝离开故里，一路东进，功德可称得上卓越。仅在陇东，黄帝的传说就一大串：崆峒山问道广成子，与岐伯论医而成《黄帝内经》，在地球上黄土最深厚的地方董志塬播下农耕文明的种子……所以，黄帝的故里很大，幅员辽阔，我这个庆阳人也是黄帝故里的人。

大老远来到了黄帝的村子，黄帝绝对是不能不去拜的。况且，“轩辕故里”不仅是清水县的主要文化名片，其旅游产业还寄托着山门镇脱贫致富的期望。

我深信，具有“土德之瑞”的黄帝已经魂归故里。这一点，我在白河村新建的轩辕黄帝大殿上香跪拜时就感应到了，心儿当时突然一软，像融化掉了一样，暖暖的。在殿外，阅读殿前石碑上的铭文时，见有一句“山环水抱，岗峦挺不老之松，气聚神凝，天地孕人祖之灵”之后，加上毕德祥一番鼓动，我们便在几位驻村干部的带领下走向半山腰那棵千年古松。其直线距离似乎只有一公里多的路程，但没有想到绿树丛中还给我们隐藏着一些折叠起来的弯曲，实际走下来有三公里多。因为山路陡峭，路上我歇了三四次呢。下山之后，我深有感悟——如今登山，以及类似于登山一样的事情，并不是像古人说的那样“上山容易下山难”，而应该是“下山容易上山难”了。不知以为然否？

远看近看，那棵傲立的古松都很神奇，一种旷世的沧桑感让人肃然起敬，年代久远矣；而且四周就它那么一棵高大的松树，金黄色的小松塔挂满树枝，很是不同凡响。登高拜谒古松，犹如拜谒了先祖。不论这棵古松是否黄帝亲手所植，它都是人们缅怀黄帝的一个标识和念想。听村支书说，还有一个黄帝用过的捣米石臼，已被县博物馆要走了，还是他亲自推车送去的呢。

有乡必有井，有井就是乡，否则黄帝背井离乡之说就无从谈起。在黄帝大殿近旁，我看到了我希望看到的一口幽深的老井。龙根在此，当然谓之龙井；清澈照人，自然就是清水之魂。

如斯，一口龙井，一口清水，就是古老的黄帝故里。

此次黄帝故里访贫之行，我一到清水就写出了一首题为《这次我来清水县就是沐浴的》的诗，因为县上的领导带头转发，已经在清水县传开了。我的本义都在这首诗中，现将其赘于文后，以求给拙作留下一个悠远的尾声：

清泉四注
能浇注出一个水灵灵的县名
就能流淌成真水百姓
蓄成清水衙门

源远流长
跟着泉水的叮咚
拜谒吾祖轩辕黄帝
拜谒一泓清水
拜谒水魂

天地在上
请受我一拜
先人在上
请受我一拜
百姓在上
请受我一拜

流水不腐
清水里的清纯
还沉浸在从前的梦里
世事虽然有那么一些浑浊不清
但一个源头活水
还在涌动

时光似水
我像回到了故里
传说里给我留着仙境
凡境里也留着传说
村村都有美景
户户都是亲人
人人心中
清水自清

水清才有倒影
第一滴清水叫初心
最大的执念是扶贫济困
民以食为天
清水县在天水也是天水
我要在贫困的泪水
和扶贫的汗水浇注的温泉里
透彻地重温一次清水
感受人世氤氲

寻根之旅
就是寻找生命之本
这次我来清水县就是沐浴的
我要用清水县的清水
沐浴五脏六腑
净身净心

这一趟
我要从清水这个地方
带走一个洗干净的身子和灵魂
然后将一把活着的硬骨头
养在清水之中

作者简介：高凯，1963年生于合水，当代诗人。现任政协甘肃省委文史委员、甘肃省文学院院长、甘肃省作家协会副主席、甘肃省八骏文艺人才研究会常务副会长、甘肃省中华文化促进会副主席和甘肃省诗歌研究会副会长等职，享受国务院特殊津贴专家、甘肃省领军人才、甘肃省优秀专家和国家一级作家。出版诗集8部，编著40余部。曾获全国优秀儿童文学奖、甘肃省文艺突出贡献奖、首届闻一多诗歌大奖、《芳草》汉语诗歌双年十佳、《作品》杂志第十二届“作品奖”等奖项和荣誉。曾为《光明日报》“新闻人物”专栏新闻人物。

修路的哥哥(外二首)

■向　春

修路的哥哥啊
我不要彩礼
我只要你
我要你白羊肚肚的手巾
用三道道蓝许配你
我要你烧酒盅盅里的黍子
旱烟锅锅里的米
修路的哥哥啊
我什么都不要
我只要你

修路的哥哥啊
我不要彩礼
我只要你
你修一条路
铺到我的村子里
你到我家提亲时
行走在你修的路上
你要记着带着扁担
一头挑着日子
一头挑着清水

修路的哥哥啊
你爱修路我爱你
你修你的路
我抚养我们的儿女
我给你送棉衣
送干粮
或者我提一桶清水
只为看一眼你
你修到城里的路
是娃们上学的路
是致富的路
是把城里的人搬到村里
村里人搬到城里
的路

是你送我的彩礼
是你对我说的话
一直铺进我的心坎里

修路的哥哥啊
我爱你弯曲的腰身
爱你额头的皱纹
爱你咬紧牙关的嘴角
爱你的胸襟
装着村子明天的胸襟
我走之后啊
路陪着你
村子陪着你
修路的哥哥啊
我从来没有后悔
同时嫁给路和你

修路的哥哥啊
猪娃刚喂过食
蒸好的馍放在锅里
绣花鞋垫衬进鞋子
汗褡儿搭在门上
门没有关
灯没有熄
我得走了
多么疼也得走了
走得再慢
也比时光快
我在天的尽头等着你
修路的哥哥啊
你来的时候
不要忘记带着扁担
我会远远看到你
一头挑着路
一头挑着清水
修路的哥哥啊

牛头河

牛头河
也是被风吹皱的
风
如此坚定
八千年了
依然没有吹散
我一身的尘埃
天上之水
如此淡定
粼粼波光
昼夜不息
芦子滩？社棠镇
你从西向东流
对我一步一回头
我手里握着一张弓
阳光做成
月光做成
水做成
一直没有把你射中
而我紧握弓箭的姿势
从未改变
一如我对你
一见倾心的初衷

轩辕黄帝

一河床的帝王将相
一河床热爱他的
芦苇
嫘祖为他长出长发
蚕为他抽出丝
丝为他织出彩虹
雨师为他生养沙棘
锻造一个开山的男人
需要丰满的胸脯
也需要淬火的
冷兵器
友人与敌人
均来自右岸
白驼河
稠泥河
同出一脉
都有芦根一般
洁白的骨殖

作者简介：向春，小说作家。在《当代》《十月》等刊物发表作品100多万字，作品多次被《小说月报》《小说选刊》《新华文摘》《长篇小说选刊》选载。著有长篇小说《妖娆》《河套平原》等4部，小说集《时间漏洞》《向春的小说》《西口外》《被切除》等4种。获第16届小说月报百花奖，多次获敦煌文艺奖、黄河文学奖、《作品》金小说奖等奖项。鲁迅文学院第二期高研班学员，中国作协会员，居兰州。

入　村

——“助力脱贫”采访记

■ 习　习

2019年6月12日，来自全国各地多位作家会集甘肃省天水市清水县。清水县是国家六盘山特困片区扶贫开发重点县，自2015年以来，清水县扎实推进脱贫攻坚工作，取得良好成效。6月13日，作家开始了为期一周以“助力脱贫”为主题的分组采访活动，我们小组按计划走进了村子。

宋川村

我们去的第一个村是宋川村，在清水县郭川镇。半道上，镇书记李赟在路边迎候。天变了，一行人进到半山上的果园，阴灰的天底下，是一望无际深绿的苹果地，高个子打霜机站在地里，很醒目。

年轻斯文的李书记健谈，风大，声音被吹得深深浅浅的。我听得细致，我就希望人们说那些太大的数字时，能让人有个概念。

“郭川镇全镇有58000亩耕地，其中有48000亩苹果和花椒地，苹果占了38000亩，处于盛果期的果园有21000多亩。21000亩苹果地能产多少斤苹果？粗略算算，大致有1亿斤。1亿斤苹果又是个啥概念？用20吨10米长的康明斯大货车来拉，能拉2500辆。”李书记对这一疙瘩一疙瘩大数字谙熟于心，神情显得很富足。

“哎呀！”我们惊叹。我在想，2500辆康明斯连接起来，并排在清水县长长的牛头河边，是个怎样的情景！

村干部说，镇上的苹果绝大部分产在宋川村，村里一共3700多亩耕地，苹果就占了3400亩。其实，不光在郭川镇，在全县，宋川也是苹果种植规模最大的一个村。

宋川村真是个名副其实的苹果村。

可以想见，苹果是农民最大的念想，睁眼是果树，睡着了是果树；走个远处，心里牵绊的还是果树。开春前，农人已经在地里做足了准备，果树醒了，枝条鼓起芽苞了，农民一年的期待开始了。最盼的就是风调雨顺，李赟说，前年和大前年，果园遭了霜冻，苹果产量打了折扣。去年春天，果花儿开得正稠的时候，一天夜里，低温突袭，最低降到了零下8度，这酷冷，花儿怎么受得住？经了那一夜打击，去年的苹果产量依旧没按期往上去，好在价格没跌下来。

“不管怎么说，现在的光景要

比种庄稼的时候好得多得多！”果地里，一个农民说，“今年，到现在，啥都好着呢，应该是个丰收年。”果农身后，一棵棵苹果树上，套在纸袋子里的小苹果正偷偷往大长呢。

我想起去年深秋在甘肃静宁县，去过的村子，苹果在树下堆成一座座小山，农民从容喜悦地忙碌着。但在将近二十年前，我去静宁采访一位女乡长时，连着好几天，她回到住处天都快亮了，深更半夜的，村干部守在田间地头，苦口婆心地劝导农民改种苹果，播种的那几天，村里的气氛很是紧张严肃。那时候，农民都觉得苹果是零嘴儿，当不了粮食，换不来钱。现在呢，苹果已经彻底改变了静宁的贫困。

李书记说，清水和静宁在地球同一个纬度带上。

奇妙得很，这个纬度带，世界上味道最为甘醇的苹果把地球缠了整整一圈。宋川村像一枚香甜的纽扣，稳稳地镶嵌在这个“带子”上。

不过，说起苹果产业的发展，特别是对农民传统种植观念的改变和疏导，乡干部说，和静宁的情况差不多。

现在，苹果就要帮着宋川乡整体脱贫了。

景彩彩

景彩彩是从几里外的景家坡嫁到宋川村的。十几年前，丈夫过世，景彩彩一个人拉扯大大小小的四个孩子。如今，大女儿二女儿嫁到了南方，三女儿嫁到了西安；唯一一个儿子，八九年前，讨的老婆过了门，生下娃没几天就跑没影了，那一年，儿子也恓惶地外出，留下了襁褓里的女儿，兴许是伤了心，之后，一年也不回来一两次。景彩彩拉扯大儿女，又拉扯孙女，孙女现在八岁，小学二年级了。

一老一小，多少年的贫困户，乡镇对她们很关爱。这些年，自打政府花大力气扶持农民种植苹果，不怕吃苦的景彩彩硬是靠苹果、靠自个儿的努力，熬出了个像样的日子。

诗人杨森君认购了景彩彩的一棵苹果树，取名“枝枝”，希望景彩彩家的果园枝繁叶茂，果实累累。

杨森君说：“一个女人这么多年苦过来，真不易啊。”

景彩彩说：“前十年要是听人这样说，我早哭着不行了。”

当年，丈夫去世，自家的果园里，政府免费提供的树苗还没开始大量挂果，地里的活计景彩彩不很懂。好在村里持续对果农进行培训，景彩彩学得认真，边学边务弄果园，技术提高很快。

现在的景彩彩已经不是十年前的景彩彩了，54 岁的她看上去很精神。她一个人务劳 6 亩苹果地 300 多棵苹果树。孙女很乖，周末假期，跟着景彩彩跑前跑后，给奶奶做伴儿的同时，还能搭一把小手儿。

“你们不知道啊，这果树真的和娃儿一样。”景彩彩捂着嘴笑。

她说，从正月十五到现在，只闲过三天。剩下的日子剪树、疏花、疏果、套袋、除草、营养树，还要摘套、摘果、剪果把把儿……操不完的心，一年 360 多天，就围着这些“娃儿们”忙乱。

眼下，正是给苹果套袋的时候，景彩彩干活麻利，套完自家园里的苹果，还给别人家帮工。她说，这几天给别人套袋，一天还能挣十几元钱呢。这几年，收入一年比一年好，去年卖苹果挣了 5 万多。

景彩彩的家，新砌的砖瓦房围成一个敞亮的四合院，院门门框上方写着“耕读第”三个大字。堂屋桌上有个醒目的铜质奖牌，“授予景彩彩同志为清水县十佳电商先锋”，奖牌是县委、县政府去年颁发的。原来，景彩彩在地里忙的时候，她的女儿们也没闲着，几个女儿通过网店销售母亲种植的苹果，接了单，把信息发给景彩彩，景彩彩第一时间把苹果快递出去。去年，中央电视台一个记者和她的朋友网购了不少景彩彩的苹果，景彩彩出了小名，村里人都说，景彩彩把苹果卖到中央电视台去了。

景彩彩说，没有国家给农民的政策，哪个农民都没有今天的好日子。

孙女很争气，去年在全镇小学统考中考了第一。奶奶勤劳，孙儿聪明，平日里，家里虽然就一老一少，但日子过得很欢乐。景彩彩说，每天吃过晚饭她都去跳广场舞。这些年，家家有果树，很多外出打工的人都回来了，村子里也越来越热闹了。

“就住我们家嘛，地方多得是，你看，天要下雨呢。”景彩彩再三挽留我们，说着，果然，有二三星雨点子落在干净的水泥台阶上。

道别了景彩彩，李赟带我们去村里的农耕园转了一圈，里面有景彩彩和村民傍晚跳舞的小广

场,园里有戏台,还展示了一墙老农具——锛、斧、筐箩、连枷、石磨、辘轳……好多农具现在都用不上了,李赟说,对农人来说,那些农具上有很深的记忆。

园外的凉亭,坐满拉闲话的老人,看见我们,都喜气地招呼着。李赟说,别看他们岁数大了,可都是果园里的老把式,都才从地里忙完,趁晚饭前的这会儿工夫,坐一起喧喧话。“现在日子咋样啊?”他们笑呵呵地说,啥都好啥都好啊。对几十年乡村的变化,这些老农人感受最深。

韩坪村

韩坪村是郭川镇的一个村。

韩坪村最有特色的是周末农场。村子离天水市区不到半小时车程,乡政府在这里开出一大片地种植菜蔬水果:茄子、辣椒、西红柿、黄瓜,还有葡萄,等等。周末,城里人可以到这里休闲,还可以认购这里的蔬果。李赟说,这种形式是跟着南方一些农村的做法学的。韩坪村周末农场宣传出去后,果然,有不少城里人带着孩子到农场来,大人很愿意让孩子亲近土地和自然,让孩子了解农村,认识蔬菜和植物,好多人家都认购了菜地。

同行的汪彤认购了一块辣椒地,她说,今后,韩坪村就有一个她的念想了。

现在,来周末农场的人不断增加,扩征的地也已经平整好了。地里,菜蔬水嫩,藏在枝叶间的葡萄粒挤挤挨挨,翠绿得如小珍珠一样。

对农民来说,城里人这种有意义的休闲和认购,也是一种扶贫,还可以带动周边的农家乐,给种植户带来额外的收入。

葡萄地旁,是农民韩小兵的家。

四十多岁的韩小兵,先前是村里的一个菜贩子,从城里拉菜到村里卖,贩了近二十年菜。现在,他的想法彻底变了,自己种菜,让城里人来买。此外,他还包了五亩旱地,全部种上了苹果。他对苹果期望很大,期盼今年是个好年景。

韩小兵小二楼的阳台上,四把椅子围着一个小圆桌,忙完一天,倒杯热茶,看看远处,他说,舒坦得很。“我们这里的天,夜晚都是红亮红亮的,你们知道为啥?”他说,“是叫天水城的灯照的。”

那一边是城,这一边是农田,仿佛一墙之隔。城市和村子这样近,周末农场把两处的人都亲近成亲人了。

天色麻儿黑了,小广场人越来越多,村民自编自演的晚会要开始了,帅气的村干部小策划在台下忙碌着。女人盛装上台了,鼓锣敲了起来。台上表演得认真,台下看得开心,碎娃娃在人缝里窜来窜去。

有那么些年,地留不住人了,大批农民外出务工,村里就剩了老人孩子。现在,政府引导农民大力发展种植,家家户户有了可观的收益,农民和土地又紧紧地牵系在一起了。

火石村

前一天酝酿的雨,这一天下在了清水县东南的草川铺镇。

草川铺夹在山脊之间,地处低平的草滩,是丝绸古道的必经之路,天水和陕西陇县之间的一个驿站，故而得名“铺”字。现在，几个村子还完好地留存着古风盎然的精美雕花木头宅邸，悠久的历史文化也为草川铺平添了很多人文特色。

草川铺森林覆盖率达65%，雨淅淅沥沥，山乡被染得更绿了，满眼都是风景。进村的道边，我们先被一棵大核桃树吸引了，90多年的核桃树，枝盖蓬勃如云，仿佛一个醒目的标牌。草川铺镇镇书记魏天军站在雨地里说，核桃产业正是草川铺镇的一个重要支柱产业，栽植核桃的历史很悠久，像这样的百年核桃树全镇有9000多株。

到了草川铺镇的火石村，扑面而来的先是好闻的花椒香。雨还在下，村里硬化的干净小坡道上，怕人湿了鞋，雨水乖乖地在小道正中间往下流着。

去的是农民李会平乔迁的新家。堂屋正面的墙上挂满红底金字亲朋好友贺喜新居的彩旗，上面都是“新居焕彩”“祥光临福地”这样的喜气洋洋的好句子。

进门上炕，炕桌上摆的一应核桃美食，蜂蜜核桃仁、烤核桃仁、炒核桃仁、核桃汁。

四十多岁的李会平一家靠核桃脱贫，又靠核桃致富。他现在有十亩核桃地，一亩地大约二十株核桃树，也就是说，他是二百多棵核桃树的总司令。

和苹果种植相比，核桃的种植和管理要粗放得多。而且核桃易贮存，保质期长，加工种类丰富。除了做成干果美食，核桃还可以入饭，做成清水历史上著名的核桃扁食。

尝一口臊子汤里的扁食，满口核桃浓香。

说起脱贫，李会平说：“贫困户大多就是身懒。现在，村民主要面临的问题是缺技术、缺学历。好在乡政府一直在搞技术培训，去年又帮农民搞出了核桃和蔬菜套种的模式，大家的日子越来越好了。”

李会平身边，隔壁家一个村民说：“村干部是活雷锋啊，村里最辛苦最操心的是他们，每天跑烂鞋。”

凡事凡物，中国人历来讲究喜庆吉祥，苹果和核桃，有着“平安”“和美”的好意头。所以，除了味美，人们还愿意赠送亲朋。我想起在县农产品展销中心品尝的新鲜好吃的“枣想核你在一起”的枣夹核桃干果，农户说，配用的核桃，大量就出自草川铺镇。

魏天军说，全镇有干鲜果园42500亩，核桃园面积就占了39000亩，草川铺是名副其实的百年核桃之乡。从农户家出来，魏书记送我们到路口，车临行时，说：“对了，加个微信。”扫了码，问他的微信名，他有点儿不好意思地说：“成吉思汗。”一车人笑了。当年，成吉思汗病殁于清水的牛头河畔，来时是马背上的大汗，去时是灵柩里的大汗，来去都必经草川铺。但不管怎样，在一代天骄驻留过的地方工作，这大约也是魏天军引以为傲地称为“成吉思汗”的缘由吧。

作者简介：习习，甘肃兰州人，著有《浮现》《表达》等多部文集，获多个文学奖项。现为《金城》杂志主编。

清　水

——五县杂记之四

王若冰

清水，一个极形义的地名。

无疑，汉元鼎二年（公元前117年），汉武帝置清水县，就取了这一带山清水秀之意。两千多年后，清水仍是天水境内山川最为清秀，流水最清澈，最容易让人回味到陶渊明笔下那种田园诗意的地方。

十六年前第一次到清水，我就深深暗恋上了清水溢漫着的那种古朴、平和、幽静的韵致了。

清水谷地四面环山，像静静泊在一汪绿水中的一叶扁舟。她的西面和北面是平缓沃饶的山地，春夏两季，绵延绿野遥对蓝天白云，使你忽然觉得古代的天空应该就是这样平静得一尘不染。县城南缘背靠的苍岭群山，已经有了些南方山水高矗险峻的味道了。在红堡一带，这山岭乍然被奔涌急湍的牛头河撕开一道峡谷，幽深且极尽艰险，是古代清水通往州城天水最便捷的险途。平缓的北部山地和南部山岭并肩东行，到了白沙、陇东一带的关山脚下，清水谷地宣告结束。如果再涉足东行，翻过关山陇坂，就是陕西境内渭北黄土高原最西的陇县了。

秦人先祖自秦非子犬丘受封，建都“秦亭”，为周王室牧马，至秦襄公称霸春秋，前后在天水境内繁衍了十五代。秦非子都邑“秦亭”旧址，现在已划归张家川。但牛头河两岸至今山清水绿，气候湿润，又紧邻秦国早期都城秦亭，秦非子当年为他那数以万计的神驹骏马选择牧场，无疑应该首推水草肥美的清水一带。牛头河谷北部山地极高处，据讲就是古邽山。汉武帝以前上邽县治，就在清水县境内。据史地学家徐日辉先生回忆，1982年他考察古邽山时，曾在县城北两华里牛头河北岸第二台地上，发现过秦汉上邽古城遗址。

然而，在此后更久远的岁月中，清水始终都是以静如这片蓝天绿野铺陈开来的山川一样的心态，对待她所经历的历史的。自西汉“屯田将军”赵充国和死后二十九年才被隋炀帝追封为持节骠骑大将军并葬于白沙乡的李虎以后，清水好像没有出现过多少彪炳史册的人物。但在翻遍所谓“正史”和“野史”有关清水的过去，对于与清水有些瓜葛的两桩事件，我是宁肯信其有，不肯信其无的：一是轩辕黄帝出生于清水县山门乡的轩辕谷；二是一代天骄成吉思汗死于清水红堡。

黄帝降生轩辕谷，据说《水经注》是有记载的。山门乡在清水县东，关山脚下，与陕西陇县接壤毗邻，而且山门乡有一个叫“三皇村”的村庄，村名也不知延续多少代了。在东西长不足百华里的清水，山门是很僻远的乡，我一直没有机会去看那儿的山川形势究竟是如何孕育了黄帝的。但凭想象

可以知道，那儿必然是出入关山陇坂的咽喉。否则，怎么会有一个“山门”——意即进出关山之门的地名呢?

黄帝生活的时代，距现在有五千年左右，正是与清水一水相连的大地湾文明由盛而衰，伏羲率大地湾万千之众，高举龙旗挥戈东进之时。与黄帝同属“伏羲轩辕”部落的大地湾伏羲氏龙部落，在挺进关中，东拓中原时，会不会有一部分就是逆牛头河谷地东进，从清水境内的山门出陇入陕呢?这可能是有的。据考古资料证实，轩辕谷被认为是轩辕黄帝与其母栖身过的“轩辕窑”一带的峡谷，至今还有新石器时代的红色陶片。

如果当年司马迁在他的《史记·五帝本纪》中着笔轻写上“轩辕黄帝，生于上邽山门”几个字，清水恐怕是足以热热闹闹地风光数千年的了。

一代天骄成吉思汗撒手人世的终极之地，有人认为在宁夏六盘山下的清凉峡，也有人认为在清水县西、牛头河峡口的红堡。

成吉思汗殁于征讨西夏的营帐中。

清水和张家川都在关山之右。宋代，关山一带就是宋王朝抵御西夏的前沿阵地。公元1226年，成吉思汗率兵南下进攻西夏时，西夏军威正盛。据有关专家考证，在元军与西夏相持将近一年的战事尚未结束之际，染病在身的成吉思汗就驻扎在清水红堡的军营中，并于次年病殁。据说成吉思汗死前就吩咐封锁他去世的消息，以保持对西夏的威慑。所以自元以来，关于成吉思汗死地和葬地的历史真相，一直被深锁在茫茫迷雾中。最近，雷达先生在他的散文《西夏行》中，也再一次提出成吉思汗死于清水红堡和六盘山下的两种说法。

中国历史，自古至今都是一部伟人史、名人史和英雄史。于是，地以人名，物以人荣，便成了我们评价历史的唯一尺度。在这一点上，我本人和一直以平朴、安静的状态存在着的清水也自然不能免俗。

牛头河峡谷里千百年浪冲水洗，出产一种温润如玉、五彩斑斓的辉绿岩，被誉为“中国一绝”，人称庞公石。这种宋代就被《云林石谱》列为天下奇石的石头，当地人也在据传曾在这里修行过的湖广居士庞蕴之间演绎出了一段神奇故事。

然而更多的时候，那些平平庸庸生活的人们对一个地方，乃至一个民族和国家的发展、变革所起的作用，我们只有用心去体会才能发现。

游赵充国陵园时，被介绍说近年清水连续在县城以东及以北河谷地带发现了六处宋墓。当我被引领进幽深似十三陵地宫的墓葬深处时，我惊讶于搬迁到赵充国陵园内的这三座古墓所呈现的那种豪华与繁荣。

三处墓葬都是依发掘时的结构复原的。墓室并不宽敞，但每座墓壁四周都以色彩绚丽的壁画、结构复杂却惟妙惟肖的砖刻呈现出当年市井、庭院的繁华和墓主生前的富有。我心存疑问的是，到现在还很贫穷的清水，宋代怎么会有如此富裕的大户人家呢?据县文化馆同志介绍，这三处和尚未复原的另外三处宋墓的墓主人，生前没有功名，都是有钱的富商。而清水地处关陇大道要塞，这里温暖的气候，山清水秀的自然环境，正是奔波于丝绸之路上的有钱人安享天年的好去处。而这些曾在清水一带的绿水青山下沉睡千年的宋代古墓所讲述的，也许正是宋代通商大道上清水这座安谧小县曾经拥有过的辉煌吧!

在历史的烟尘扬起，又于薄暮或黎明之际静静落下的那一刻，最珍贵的历史事件及其遗迹也许早已经永远与我们诀别而去。对于后来的凭吊者、寻访者，以及如我这样一般的好奇者来说，曾经在清水河谷一带有过的如今天一样灿烂的阳光、碧澈的水流，以及纯朴、善良的人们，还在继续着他们自信、自足的生活，这难道不是最真实、最美好的历史吗?

牛头河还在如此清澈地奔流。清水河谷两岸依然是春天一山花树，夏天满川麦浪，金秋谷物遍野，冬日漫天皆白。

这种幽雅宁静的生活场景能够延续两千多年，才是清水最大的幸福!

铸剑为犁

■ 王若冰

汉武帝时代，天水一先一后出了两位威镇边关的将军，一位是“飞将军”李广，另一位就是“戍边将军”营平侯赵充国。李广和赵充国同是天水土地上走出去的大英雄。然而，崇尚戎马疆场、弓剑为生信条的李广，虽一生历百余战，功高盖世，却自尽沙场，引得盛唐以来那么多诗人为他鸣冤不已。而赵充国在青海一带击败羌人叛乱之后，索性铸剑为犁，战马为耕，在广袤富饶的湟水谷地种起了谷黍青稞，在青海高原养起了牛羊，活着时被封营平侯，死后又被汉宣帝感功谥曰“壮侯”。

导致李广悲剧命运的，是他的性格。

同样，把赵充国一生推向辉煌顶峰的原初动因，仍然是出身农民的赵充国对土地刻骨铭心的热恋与钟爱。

赵充国的家乡清水县（古称上邽）我去过多次。那儿山丘平缓，谷地开阔，至今都是宜稼宜穑的好地方。两千多年前的西汉时代，这地方自然是一处插杨成黍、植柳为谷的丰饶沃野了！在这样一种环境中出生并长大的赵充国内心深处，肯定一生都奔涌着泥土的芳香。我想象少年赵充国别父从军，正是一个谷黍成熟的秋天。在不得不与生他养他的这片土地忍泪作别的那一刻，赵充国最难割舍的，除了父母，就是这一望无际、果黍溢香的土地了。于是，他滚鞍下马，把一捧湿润的泥土或一枝金灿灿的谷穗揣进怀里，深深地藏在了心里。

传统中国农民对土地的感情，在当代正愈来愈淡化。但在两千多年前，甚至两千多年以来，浩荡黄土不但是农民一生最初和最后的归宿，甚至连高高在上的历代帝王，也视开疆拓土为一生最大的荣耀。因此，对于农民出身的营平侯赵充国来说，对土地的热爱和渴望纵横疆场、建功立业的滚滚激情，同样奔涌于他生命的每时每刻，以至于在以 77 岁之高龄远征湟水、平息羌人叛乱后，赵充国不顾群臣反对，连连上疏，慷慨陈说屯边种田的益处：“寓兵于农，耕战两利。”

赵充国那著名的《不出兵留田便宜十二事》奏折我没有读过。但有一点是可以肯定的，即赵充国据理力争，主张创建一支既能打仗，也可种田的新型戍边队伍，除了他具有超越同时代众多军事家的远见卓识和宏才大略外，我相信伏案上疏之际，赵充国仅有的想象中肯定浮现出千里之外的故乡，他所熟悉的五谷丰登、牛羊成群的田园美景。

鼓角连天、马革裹尸的惨烈战斗，应该结束于西北高原一个迟迟来临的春天。

这天，一场急骤的春雨冲洗了淤积于荒原上的血污，刚刚从漫长的冬季返青的荒草嫩绿欲滴，清澈的湟水从绿野中央蜿蜒而去，把从无尽厮杀中苏醒过来的将士对故乡的思念带向远方。赵充国放眼灿烂阳光照耀下孕育着无限生机的原野，内心奔涌的

激情喷薄而出。他在想，这如故乡清水河谷地一样开阔、平坦、肥沃的土地，如果种上高粱、小麦、谷黍和青稞，该能养活多少人，让多少因战乱背井离乡的百姓重返家园啊！

在漫长的人类历史上，最初的伟大创举往往缘于一时间奔涌而出的情感，并非深思熟虑的理智。当时的赵充国绝对不曾预想到，在那个战事刚刚平息的春天，他带领戍边士卒脱去盔甲，在刚刚被鲜血浸泡过的土地上撒下的第一把种子，会对此后的中国边防史产生何种影响。然而作为戎马一生的将军，当看着那一件件寒光闪烁，曾经使敌人血流成河的刀、枪、剑、戟被投入熊熊燃烧的炉火之际，赵充国内心肯定也有过如当年与故乡的土地依依惜别的痛彻与伤感。

数十万大军的兵器堆积在阳光普照的高原上，转瞬之间，堆积如山的兵刃被锻打成了锃亮照人的犁铧。铿锵的锻造声，浑厚的号子声，与耕作田头的戍卒悠长的吆喝声在蓝天白云、绿草清流之间久久回荡……

两千多年以前那个湟水谷地上仅仅属于赵充国和他所带领的在田头耕作的戍边将士的春天，是多么温暖、多么激情、多么抒情的春天啊！

铁器的出现，曾经给茹毛饮血的人类带来播种的惊喜、收获的狂欢。然而当犁铧被锻造为刀、为剑、为戟戈之后，残忍的杀戮和绵延不绝的争战便开始了。曾经孕育过丰收与希望的原野，被闪射着阴森寒光的利刃下汩汩流淌的鲜血所覆盖。土地离开了犁铧的耕种，恢复了沉闷、恐怖、冰冷的死寂。兵戈在人类头颅上空狂啸纵横，人类曾经拥有的幸福被血刃无情地砍杀、剥夺、葬送！

剑以残杀生命的方式制造血腥历史，犁以创造生命的方式创造美好家园。

作为一生都拼杀于万里疆场的战将，赵充国在其烈士暮年降临之际，那珍藏于心灵深处的对泥土的激情，蓦然被湟水上空那轮温暖、温情的太阳唤醒。于是，他铸剑为犁，使自己手中那浸透了鲜血与孽债的利刃，又回到了创造富足、幸福与希望的犁铧时代！

铸剑为犁的过程也许十分简单,但对于农民将军赵充国来说,让曾经被锻造为兵器的铁重回它沉默、温暖的本质,或许也包含了他在生命的最后一程对自己曾经有过的无尽杀戮与征战的回眸、反观与忏悔吧?

然而从更真实的情感意义理解,暗含在赵充国由征战沙场、开疆拓土到转向农本,转向以一种以守为攻的方式戍边安邦的卫国方略后面的真实情感,我宁愿认为是赵充国对浩荡黄土的由衷感恩和礼赞。

一代骁将赵充国在其戎马生涯抵达辉煌峰巅之际,突然转身农耕,围垦种田。这种急转而下的人生态度不仅与他的乡党“飞将军”李广“匈奴一日不灭,李广一日不离鞍马”的人生追求形成强大反差,而且与传统军人人生态度似乎也相去甚远。然而,当面对赵充国殊死战斗过的战场上那一派五谷丰登、马壮膘肥、粮草如山的丰收景象之际,当看到那些曾经兵刃相待、生死相持的守边戍卒与羌人在同一块蓝天下并肩扶犁耕作,把酒话桑麻的田园乐景之际,谁又能否认,这在赵充国和他带领的守边将士汗水浇灌下蓬勃生长的一片又一片庄稼,就不是赵充国麾下威震边关的百万雄师呢?

人生的抉择,就是这么扑朔迷离。有的人付出终生代价朝一条路走去,到了尽头,才发觉自己苦苦追求的,只不过是一个并不存在的幻觉。而有些时候,一次偶然的回眸,则有可能使你与一条阳光普照的通天大道不期而遇。

几天前,当我再一次来到位于清水县城南的赵充国陵园时,不知怎么回事,我又想起了李广。李广在他抵达生命极境之际,为保全人格刎颈沙场,在中华民族精神史上留下千古浩叹。赵充国却以另一种忠诚成功地实现了理想和人生的双重超越——享受85岁高龄去世后,汉宣帝又追赠营平侯赵充国“壮侯”的谥号,画其像于未央宫麒麟阁。后世文学家扬雄也作词咏赞赵充国:“在汉中兴,充国作武,赳赳桓桓,亦绍其后。”

浓重的寒雾紧锁着清水河两岸。位于清水河台地上的赵充国墓冢高高隆起,墓冢两侧分别矗立着两座建于清嘉庆、道光年间的碑亭,碑身上书有“汉后将军营平侯公讳赵充国之墓”和“汉故将军营平侯之墓”的文字。

古风四题咏清水历史人物

■ 郭三省

其一　黄　帝

黄土瑞应天，圣地诞轩辕。敦敏显异禀，仁惠集大贤。
百谷养兆民，一智启万端。文肇千秋史，武定九州安。
五行度阴阳，三才通地天。巡游东海滨，问道崆峒山。
治功侔造化，摄生终登仙。华夏国泱泱，炎黄世绵绵。

注一：《史记·五帝本纪》载，黄帝者，少典之子，姓公孙，名曰轩辕，生而神灵，弱而能言，幼而徇齐，长而敦敏，成而聪明。时播百谷草木，淳化鸟兽虫蛾，旁罗日月星辰水波土石金玉，劳勤心力耳目，节用水火材物。以其有土德之瑞，土色黄，故称黄帝。

注二：皇甫谧云，黄帝居轩辕之丘，因以为名，又以为号。

其二　嫘　祖

西陵山水碧，有女慧且丽。智堪辅轩辕，德为天下仪。
心悯生民苦，蛮荒不知礼。为遮寒与羞，抽丝始制衣。
桑林绿映天，云锦散成绮。忠言谏夫君，礼仪奠国基。
一身秉正气，二子皆为帝。懿德垂华夏，万世承福祉。

注一：《史记·五帝本纪》载，黄帝居轩辕之丘，而娶于西陵之女，是为嫘祖。嫘祖为黄帝正妃，生二子，其后皆有天下。其一为玄嚣（青阳，是为少昊），其二曰昌意（昌意之子高阳，是为帝颛顼也）。

注二：唐赵蕤云，嫘祖首创种桑养蚕之法、抽丝编绢之术，是以尊为先蚕圣母。谏诤黄帝，旨定农桑，制衣裳，兴嫁娶，尚礼仪，架宫室，奠国基，母仪天下，福祉万民，与黄帝同为人文始祖。

其三　秦非子

黄帝苗裔亲，先祖源秦亭。非子首封地，清水草青青。
善养顺天性，大爱及牲禽。牧民如牧马，爱马亦爱民。
耕战赖马力，强盛靠百姓。虎视羌戎狄，西域善经营。
礼乐敦教化，基业定嬴秦。挥剑荡浮尘，华夏疆域定。

注一:《史记·秦本纪第五》载，秦之先，帝颛顼之苗裔孙曰女修。女修生大业。大业娶少典之子曰女华。女华生大费。佐舜调驯鸟兽，是为伯翳，舜赐姓嬴。累传至大骆，大骆生非子，非子居犬丘，好马及畜善养息之。故孝王曰，昔伯翳为舜主畜，畜多息，故有土，赐姓嬴。今其后世亦为朕息马，朕其分土为附庸。邑之秦(徐广曰，今天水秦亭也)使复续嬴氏祀，号曰秦嬴。

注二:秦亭，今天水市清水县秦亭乡，为秦人发祥地。秦统一六国，实行郡县制，分天下为三十六郡，奠定华夏之疆域。

其四　赵充国

年少即知兵，壮随将军征。身被二十创，神勇破敌阵。
汉武亲视伤，将军竟全功。武功平四夷，德威镇九郡。
风霜御西垂，忠贞不顾身。策陈十二便，屯守七八旬。
功盖屯田令，福泽清水民。军民得安居，国家赖中兴。

注一:《汉书·赵充国辛庆忌传第三十九》载，赵充国，字翁孙，陇西上邽人也。为人沉勇有大略，少好将帅之节，而学兵法，通知四夷事。以假司马从贰师将军击匈奴，大为虏所围，充国乃与壮士百余人溃围陷阵，贰师引兵随之，遂得解。身被二十余创，武帝亲视其创，嗟叹之拜为中郎，迁车骑将军长史。忠而忘身，陈十二便，力主屯田，历代效法，泽被后世。

注二:上邽，即今天水市清水县，古称上邽。

作者简介:郭三省，笔名柏夫，1964 年生于甘肃省静宁县。中国作家协会会员，中国西部散文协会会员、理事，甘肃省书法家协会会员。小说集《乡韵》获第二届黄河文学奖，入选甘肃省首批“农家书屋”;散文集《山庄记忆》获第四届黄河文学奖、第十三届北方十三省市文艺图书奖二等奖、甘肃省第七届敦煌文艺奖二等奖，入选中国“农家书屋”;短篇小说《远村》获第五届黄河文学奖、第二届《飞天》十年文学奖;中篇小说集《非常混搭》获第七届黄河文学奖。作品入选《作品与争鸣》《飞天六十年典藏》及《甘肃小说选》等多个选本。现任平凉市文化广电和旅游局副调研员。

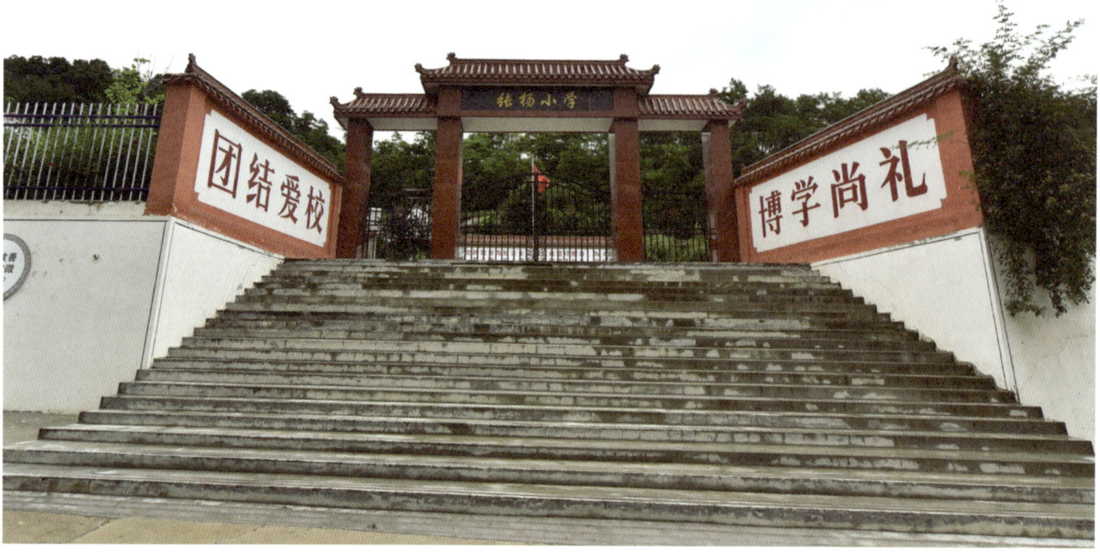

轩辕谷

■ 刘梅花

山谷里看不见鹰。那么多的雨，鹰可怎么飞呢？鹰是轩辕黄帝养着看家护院的，雨也是。可是，鹰的巢在哪里呢？可能在天空里。轩辕黄帝去了哪里？可能在九天仙界喝茶。一个人老了，就特别想念出生的地方。轩辕黄帝已经很老很老了，他当然会时不时地回一趟轩辕谷，坐在白河村的那盘石磨前，甩一下拂尘，把一谷的雨收住，然后长时间打盹儿。

如果有孩童吵醒他，轩辕老人家就吹一口气——嘘——逗逗小孩玩。这时候的白河村，就缭绕起清风，几朵祥云匆匆赶来。

轩辕祠侧边的山上，有一棵千年古橡树，高得令人绝望。一棵树，怎么可以长那么高，矮一点不行嘛。矮了肯定不行，想来是轩辕黄帝随手戳那里的——他从云端降落的时候，这棵树是地标。不然，雾气这么浓，把白河村层层圈住，一脚踩下来，落到关山村可怎么办？关山村又不是他出生的地方，而且关山村种蘑菇的大棚那么多，万一踩破了大棚，村支书雷得有一定心疼极了，他的木耳就要采收了。

白河村的草木披着十万水珠子——轩辕黄帝的茶还没喝完，雨水就下呀下呀。水汽蒙蒙，草木就和那盘石磨比发呆，看谁呆得久。我怕草木输了，就跑过去推那盘古朴的石磨，一圈，还没转两圈，柏夫老师在一边大笑——石磨不是那样推的，一看就是外行。

是呀，我的老家，是水磨，把河水撵到木槽里推磨，不用人力。可能，轩辕黄帝喜欢安静，不要河水来吵闹，就留下个人推的石磨。整个轩辕谷静寂又空旷，让人心里生出孤独之感，觉得整个世界都缺少伙伴。

只有细雨在空谷里宣读：风调雨顺，五谷丰登，草木繁衍，牛羊成群。

用的是古韵，要仔细听。

一位姓雷的老人从雨中走来，清瘦，目光深邃，神清气朗，颇有秦人的那种风韵——我没有见过秦人，他们出现得太早了，无缘相遇。我只见过兵马俑，他们一定是秦人的样子。老人默默看着我们，没有说话。他的一粥一食，他的一想一念，都在雨雾里千回百转。

那棵山顶的古橡树，轩辕黄帝的地标，在雨中深呼吸，吐故纳新——清气升，浊气降。千年以前，这谷里的大道上，马萧萧，车辚辚，兵来将往。千年又千年之前，轩辕黄帝在山谷里玩耍，他还那么小，懵懂里寻找鸟儿啼叫，指着一座山丘说，我要封你为侯——山上的石头吓得连滚带爬逃走了，腾出空地给他。后来那座山丘就长成了侯应该有的样子：威武，气宇昂扬。

那个白衬衫的女孩指给我们看，喏，那是轩辕丘，那是轩辕台，那是轩辕石。

可怜的石头吓晕了，几千年都没有动弹，锈在时光里。

对于白河村，我们只是过客。和那座“龙根人家”农家院里的游人一样，我们来了，去了。红尘千履，轩辕谷的掌纹里，跋涉过多少人间过客，我们只是其中一撮。

脉脉烟雨的白河村，我这个游荡的闲人一下子过渡到农耕文化的根底下，竟然有点儿懵懂，像在梦里一般。

张杨村

清水出芙蓉——那芙蓉，是一个个村庄，是我深深喜欢的村庄。张杨村、黄湾村、关山村、白河村，多么美好的村落。远游的人走到这样的村庄，可以忘记乡愁。

小小的村落，梦幻一般的美。花繁，从院子里探出来，想开一串开一串，想开一朵开一朵。半开的花苞一点点拆开自己，过于细微，让人感觉不到。开透了的枝子，拖延着，描着影子，随着意思摇摆。那些凋谢的花瓣，在微雨里凌乱——我老了，已经过了对残红满地伤感的年纪。

喜欢那些树枝子篱笆，斜斜的，曲虬着，也随着意思围住草木。白墙也好，灰墙也好，都没关系，反正是个陪衬。花影摇曳，一朵花让墙当陪衬，是游人的意思，都说看花，谁看墙呢？

村庄里慢慢走，数一数路边的蚂蚁。一粒一粒黑

蚂蚁很壮实，有多大呢？不好说，燕麦那么大足足有。这些蚂蚁并不忙着干活，比我还闲，也在闲逛。我得小心翼翼走，这是它们的地盘。

鸟儿真是太多了，布谷叫出来的声音真是布——谷——我老家的布谷鸟叫出来的声音是种——勾——我们叫种勾鸟。嗯，地域不同，鸟儿的方言也不一样。还有一种鸟儿也在啼叫——饱饱——吃——我们那儿叫饱饱吃鸟，不知道张杨村的人叫它什么名字。

我在清水县的张杨小村庄里，讲着我的古浪土话，跟草木说了会儿话。草木能听懂，因为我天天写它们。然后，又吃了张杨村的土豆和包谷。土豆和包谷刚刚从地里拿回来，新鲜得让人觉得自己的嘴不干净——这句话是阿城说的，我借来用用。

我独自走来走去，内心的欢愉摁不住，想起古人那几句话，路不拾遗，夜不闭户。这是唐朝的村庄，从时光深处嫣然返回。

村里第一书记是个美丽的女孩，她告诉我们，张杨村，是张湾和杨庙两个村合起来取的名字。世界上有各式各样的村子，都长成自己的样子，光阴就是这些村落攒起来的。张杨村不张扬，低调却奢华，有点儿欧美乡村的那种浪漫。

村口的一户人家，白墙，青瓦，本色的木头庄门，青灰的门楼高高耸起来。木门半开，有老人抱着小孩子走出来。门前几丛竹，枝叶索索。一畦菜地，树枝子栅栏围了，圈住青葱蒜苗。蔬菜的叶子从栅栏缝隙里挤出来，那栅栏看上去就疏朗起来。

菜畦对面，还有大丛大丛的花，蜀葵、月季，发了疯一般盛开，花朵繁密得叫人忧伤——开得这样不管不顾，摁都摁不住，可如何是好啊。

另一户人家，木头庄门很老了，看上去有点古旧的感觉。可是，蔷薇却猛然之间蹿出来似的，沉甸甸墙头上垂着，足足有可怀抱的那么多。花朵美得不能多看——红花朵红得要破哩，粉花朵粉得耀眼哩。生命如此疯狂，整个墙头费力地驮着一垛繁花，简直让人有点束手无措。花儿呀，你慢些开呀，省点力气开呀。

梅花最怕开，开了便没话说。这话不是我说的。可是蔷薇和月季才不管这些幽忧凄清，就是拼命要开。花开富贵，好日子是开出来的。

走到村子中间，一户人家门口堆着劈柴——也不完全是劈柴，是树皮。树皮被几根粗木头横着围起来，粮仓那样，鼓尖地冒着。人间烟火，有柴火，才有村庄的味道。柴火堆一侧，墙上挂着一个矮栅栏做的筐子，不多，几枝玫瑰斜斜升起来，只有三五朵，颤巍巍的，仿佛吹一口气就谢了。我抬高了脚步走过那筐玫瑰。

倘若我是古代的士兵，打败我的，不是对方的弓箭，只需要给我一个张杨村，就逃之夭夭了。太美的东西，难免会让人心生诚恐。张杨村，你藏着多少美，叫人落荒而逃？

一棵巨大的树底下——到底是什么树呢？椿树，核桃树，还是槐树？记不清了，反正极高，树冠铺开，树下一窝清凉。不不，不是清凉，我们来的时候，是小雨。树下是一窝雨点。如果我有足够的力气，我想扛走这棵树，栽到我家门前，歇歇凉呀，看看木叶呀，不不，我最想听鸟鸣。这棵树上，住着无数鸟儿，那声音清凉凉的，能治愈我内心的烦躁。我在一个没有鸟鸣的小城里住了十几年，非常孤单。

在张杨村，我的梦想是做个大盗贼，胆子特别大的那种，趁着天高夜黑，来扛走那棵树，再捎带上无数丛的竹子，再搬走花儿和所有的美——可是搬到哪儿去呢？此心安处是吾乡。只有张杨村，才可以安放如此盛大的美；只有张杨村，让我忍不住胡思乱想。

村庄里的人们，在雨的间隙里，站在庄门前三三两两聊天。其实我是嫉妒他们的，不不，确切地说是敬重，他们创造了这样有致奢华的田园生活。这奢华，不是金钱，是心中有爱，是手中有花，是热爱生活的一往情深。任何的美，都比不过人的内心。

张杨村的人家，屋子里码着高高的粮食袋子，足足可以吃几年。老人们说，家有余粮，心中不慌。真个儿是呀。粮食是村庄的心，有粮食在，村庄才能够底气十足。

村委会旁边，有个极古风的园子。若有若无的几截矮土墙，被杂草淹没了。杂草里爬出几枝藤花，有点儿一枝斜好，幽香不知甚处的深沉可爱。巨大的椿树当作栅栏，圈住一园子玉米，不不，还有蔬菜。

那道门，或者说柴扉也行，简直是陶渊明家里撬来的——就那么孤零零的一道门，没有墙挨着，绝韵孤高。土坯砌的门框，框住门扇，顶着青瓦门楼。门楼上的青瓦顶着苔藓、杂草，似乎雀儿跳上去跺跺脚就能跳塌。只有风，才可以穿门而过。那是一种相当古朴的感觉，简单而讲究，村子随手丢的一点诗意。

门扇也不是真正的门扇，是柴扉，巴掌宽的木条钉的，牛肋巴似的，杵在草木当中，有说不出的远古之意。田园，田园，那扇柴扉便是田字，守着一个香椿园子。这园子，却不适合陶渊明，适合谁呢？蒲松龄吧，他那些古怪的故事，可以住在园子里，野蛮生长，

把玉米们都挤走，挤出几个小妖精来。

清水出芙蓉，也出美好的情缘。世界种种美好，叫人心生眷恋。一路踏花涉水到张杨村，因为美，让人心生欢喜。当然也心生一些妄念。这不能怪我啊，都怪张杨村自己，这盛世美颜，叫人如何抵挡？

长沟村

村口一块大石头，上书两个字：秦源。

秦人在这儿牧马，等马儿肥了，就骑马驰骋，谁也打不过他们。倘若溯了时空，我是个西域胡女，走在秦人的旷野里——我的外祖父是凉州人，长着匈奴人的特征，宽脸，颧骨高，鼻翼宽，粗眉小眼睛，窄额头大耳朵。于是我常常给别人吹，我的满月脸颇有胡风。

在长沟村，我一心一意做这件事情：找秦人。秦人长什么样子？不知道。但是我固执地认为，兵马俑的样子就是拓着秦人的样子复制出来的，不然要照着胡人的样子吗？

我在岷县就见过秦人的样子，他们步履飒飒，神态温和而冷，身形不胖也不瘦，大骨架，脸型方长，有些凝神沉思状。街上正走着，迎面遇见的男子浓眉大眼，阔额宽腮，一撮胡子，英气飒飒——倘若蹲下去拿一枚弓箭，简直和兵马俑一模一样。真是难以置信的事情，岷县，居然和遥远的秦朝脉脉呼应。

可是在长沟村，我觉得遇见的都不是秦人，男子们不是秦人那种方脸，吊梢眉，单眼皮，眼角往上飞的长相。相反，脸廓很柔和，下巴稍微尖，嘴唇薄，多是杏仁眼。

在福瑞源二层木楼上闲聊，对面是长沟村的一个男子，他说妻子在南方打工，他在天水打工，儿女在上学，家里老人种了几亩地，总是田鼠去祸害庄稼。话说远了，他的眉心攒着一点愁，却全是真情。

乡村有乡村的诚实，只盼望，游人像水一样涌到长沟村来，让远方打工的人回到自己的村落里，经营农家院。只盼望，踮起脚尖，够得着梦想，方可不浪费这深闺里的绝世美景。

在长沟村一户人家采访，突然发现有一位乡镇干部很秦人，浓眉，眉梢上挑，眼神冷而肃穆，脸颊长，棱角分明。若是给他一匹马，真正是秦人的逸韵无疑。于是我一直盯着他看，看得那位先生逃之夭夭。其实我是想问问他，是不是清水本地人。结果他躲得好远。

我一遍遍嘀咕，没有遇见秦人。马孟廉老师解释说，长沟村这个地方，是古代战略要地，兵家来往，所以人口变化比较大。无数次征战，秦人绝无可能一直住在这里——他们又不傻，白等着挨打，稍有风吹草动早跑了。

想来确实如此。清水和一个人有千丝万缕的关系，那就是成吉思汗。一般认为成吉思汗死于六盘山

附近的清水县，而且有人推测，他就埋葬在清水县。说不定长沟村这条河边，成吉思汗的人马驻扎过。他的人喊马嘶都淹没在历史的尘埃里，只留给后世人各种猜测——后人们也够闲的，没事干琢磨一代天骄干什么。

村口有一座长亭子，黄草披垂，蓑衣那样，有点萧瑟感，有点宋朝的感觉。可惜柱子是水泥的，不够古风。倘若是竹篱笆，被人靠着，吹一支埙，多少愁绪梗在心里的样子，那就古朴得直奔宋朝去了。

长沟村没有遇见秦人，却遇见了深山藏着十万木叶。雨呀，水呀，庄稼呀，推开了村子里透明的门。树木那么多，多得简直不像话。尤其是核桃树，肥硕的叶子撑开，好看得让人心里打战。树园子就用粗木棍做栅栏，围住，枝枝蔓蔓从栅栏上空闪过来，叶子上滴着水，滴答滴答。轩窗栏杆，残红满地，村子在雨水里甜蜜地寂静。

长沟村，是秦非子牧马的地方。有堡子山，有长沟河。河水流入渭河。河滩里，青石头白石头随意堆着。石头堆里也许藏着蛇——都是很懒的蛇，不想自己打洞，就盘踞在石头堆里，然后让人类不敢坐上去。

古人说要静坐幽僻青石，看对岸花开，打开自己的内心。我可不敢到河滩里石头上去坐，那就坐在高处看风景呗。村子里有好多农家院，欢乐谷、福瑞源，一家比一家美。二层木楼，露台，庭花乱红，满足了我对乡村诗意的所有向往。

雨停了。木楼门前的草木离离疏影，那复古的窗棂和萱草，在阳光下勾勒成一幅镂空的剪影，细致，温存。藤花从墙头垂下，老枝子上吐出几朵蕾，有点跳，香气拂散。这个时候，敛住气，真正地适合想一个人，不是苏东坡，也不是李时珍。

关山村，夜深千帐灯

■ 刘梅花

村落不大，也许十来户人家，没有细细数过，散落在天水市清水县的山谷里。山谷狭长，山也不是很高——当然是跟我们游牧的大雪山比的。但是非常绿，草木长得蓬蓬勃勃，要蹿起来的样子。细细瞅了一圈，没有发现田地，不知道庄稼藏在哪里——可能躲在山野这个绿色的大袍子里。想来麦子应该灌浆了。沿途看到玉米，半人高，还没有穗子。

吃晚饭的农家院，就叫"关山人家"。院子倒也不大，留着一个喝茶的小厅，前后打通，一边是院子，一边是后街巷子。巷子里堆着青沙，有人在那里慢吞吞地砌墙，时不时停下来喝水。两三个小孩，跑来跑去，也不怕生人。

大概还没有正式营业，也许我们是第一拨游客。老板是个非常帅气的小伙子，亲自端菜。乡野的菜真是好吃，野菜直接是从山野里采来的，各种植物的嫩梢，鲜绿鲜绿，拌了盐醋调料，端到桌子上，清淡可口。面食是荞麦面搅团，还有饸饹面，老远就香气扑鼻。同行的老师一气儿吃下两碗。

饭后在巷子里闲逛，天色渐暗。极安静，没有人说话，只有一盏一盏的灯渐次亮起来，在暮色里，突然让人感动。为啥叫关山村呢？也不知道呢，只是碎碎念叨着，莫名就想起纳兰那句：山一程，水一程，身向榆关那畔行，夜深千帐灯。

那一盏一盏的灯，像是从旧时光里漏下来的，微微泛着古色的黄，看上去极是柔和。而村子后面的山野，草木绿色隐去了，是黑沉沉的那种墨色，弥散在天地之间。

只一会儿，薄薄的雾气就浮起来，山野变得模糊混沌，灯盏也加了一点儿迷离感。村子对面的山脚下，一河水淌着，声音很小，几乎听不见。奇怪，河水怎么会没有声音？也许草木太浓，吸附掉了。黑夜里也看不清石头，隐约有那么点点黑色，大约就是石头。我在山里河边长大，看见石头，总想要去坐坐才好。天黑了，就算了。

大路是水泥路，小路也是。即便在夜里，也能看清小路从大路上岔开，泛着一层弱灰的光，有意无意地斜斜伸进村庄里，伸到那一盏盏灯火中去了。我就是从小路上走过来的。

只是片刻工夫，小雨淅淅沥沥落下，落在青草里，一种轻微的唰唰声。有人在村口咳嗽了几声，大声问了一句什么，大概是我们同行的老师，准备要回去了。本来打算夜宿关山村，他们临时改变了主意，可能是怕太打扰那家人。他们一家忙到上灯时分，还没吃晚饭呢，大家觉得歉意。留下来，真不知道怎么叨扰呢。

小路边的野花刚开完，留下带着花丝的几撮蓬乱的花头。我打开手机手电筒，细细看了一阵。雨丝挂在草叶上，纤弱、幽清。路边的小碎花，最不招惹人的，但别有孤寂的滋味。看到那花朵儿，便看到自己的人生也在里面，朴实得有点呆，默默无闻地开了，又谢了，全凭内心牵动光阴——看上去随意，其实却拼尽了全部力气。

有人高声喊着，回去啦，上车啦。只有这一声，搅乱了雨丝落下的细微脚步声。村子里也听不到犬吠，实在是太安静了。我们的车突然轰鸣，车灯倏然铺射开，那种橘黄的光芒里，还是斜斜的雨丝，斜斜地落下。

关山村的一盏盏灯，孤独对着一天一地的细雨。苍穹并不苍茫高远，而是很低，比山还要低，低得几乎要压住屋檐了。屋檐下的窗台上，几盆花草，披拂枝叶，被雨丝缀得也是枝子低低的。对门人家窗内的女子，大概刚披散了头发，低垂了脸，看了一眼屋角——屋角可能是只猫儿。没有犬吠，猫儿总有吧。

跑进屋子去取包，却见老奶奶抱着两个小孩，才坐到凳子上喂饭。菜没有添，还是大家吃剩下的，都凉了。老奶奶挑起新煮的饸饹面，两个小孩伸长脖子张大嘴巴，等着奶奶吹凉面条。

猝不及防的愧疚，令我怏怏逃离了“关山人家”。他们把最好的食物给我们吃，而我们能给他们带来什么？什么也不能，文字是天底下最无用的东西。那一刻，我不敢和老奶奶道别，也不敢看那两个小孩清澈的眼睛，惶然奔到巷子里。

一路上都在沉默，只有车窗外的雨，一阵疾一阵疏。回头看，关山村的千帐灯，像古诗词，遥远而孤独。

作者简介：刘梅花，本名刘玫华。中国作家协会会员，第二届甘肃儿童文学八骏之一，武威市作协副主席。近年在《芳草》《天涯》《散文》《读者》《山东文学》《红豆》《散文百家》等40余家文学刊物发表大量散文作品。多家报刊有专栏散文刊出。部分作品被转载，并入选多种选本、中考试卷。曾获第七届冰心散文奖、全国孙犁散文奖、首届三毛散文奖、首届丝路散文奖、全国首届运河散文金帆奖、第二届林语堂散文奖、连续五届甘肃黄河文学奖、《飞天》十年文学奖等多个奖项。著有长篇小说《西凉草木深》、散文集《阳光梅花》《草庐听雪》《草木禅心》《骆驼庄园》《愿你手中有花，心中有梦》等。

风 物 志

■ 史卫东

天下事往往美中不足。有山水而无人文，山水未免寂寞；有人文而无山水，人文未免浮夸。吃饭吃出祖母的味道，住宿住出家的感觉；使生态建设、产业培育、乡村振兴毕其功于一役，自然体验、文化寻根、生活品位融为一体的，我以为惟新鲜出炉的清水乡村旅游足以当之。

清水乡村旅游分为东西两线，每线有十几个各具特色的景点。两线贯穿，如一条色彩斑斓的项链，挂在“杨家有女初长成，养在深闺人未识”的佳人脖子上。

2019 年 6 月，“写意清水·助力脱贫”笔会期间，笔者有幸在山门、陇东稍做盘桓，为青山绿水蕴积着的渭河上古根文化的强大能量场及人与自然和谐相处的现代生活画卷所震撼。乃摭拾其中一二见闻，以示同好。

山 门

山本无门。山而有门，里面含藏着的必然是另一番天地。

天地有情，这里是牛头河的发源地。

天地有灵，这里是轩辕黄帝的诞生地。

从牛头河溯流而上，经过白沙镇、山门镇，川变成了谷，

谷变成了沟；两边的风景，也从田园和村庄变成林地和草场。芦子滩到了。

镇长指着路边的小土丘说：“啾，那就是牛头坟。”

山包上浓荫交抱，草木丛生。虽然近在咫尺，却找不到下脚的路径。

它只是静静地坐在奇峰秀壑的怀抱里，眇目内视，屏息观心。

据说它的下方有三眼泉，就是牛头河的源头。

至于墓内所葬何人，也已杳无踪迹。

如果联系到上古农业社会的缘起，联想到炎帝神农氏牛首人身的传说，考之以清水人合伏羲、神农、黄帝于一庙祭祀的古老风俗，证之以这条母亲河养育的三十三万儿女祖祖辈辈的生产生活习惯，不由让人思接千载、心游万仞。因于史无据，只好就此打住。

一次散朝后的闲聊中，汲黯对汉武帝说：“陛下用群臣，如积薪耳，后来者居上。”农民堆柴火是这样，汉武帝用人是这样，累层递进的历史文化也是这样。后来者不仅占尽后来的天时地利，连祖先的荣耀也不放过。留下被盘剥殆尽的古老地层，在昏昏默默中形销骨立。只能舍去所有养活人的细节，留下一个中国文化自西向东、自北向南的发展大势聊以自慰了。

行了简单而肃穆的注目礼，我们赶往下一个圣地。

经过关山牧场，沿白河上溯，就是三皇谷。

三皇谷有三座山，中间是主山，两边是翼山。

山下面的平阳上，有个小小的村庄。

每次来这儿，都被无所不在的寂静注满，又被纤毫毕现的澄明淘空。仿佛这里是历史大爆炸的奇点，生活和岁月的涓涓细流在这里融汇成风云激荡的时代潮流。

是的，华夏民族在这里孕育，华夏文化从这里肇始。

伏羲氏的游牧渔猎经济代之以神农氏的农耕采集经济。随着生产水平的提高和生活资料的丰富，天下为公的时代向天下为家的时代过渡，部落联盟首领的权力不足以禁约族群内的仇杀和族群间的征伐。天下向何处去，成为当时人们普遍关心的话题。

成人的焦虑不能不触发孩子的好奇。许多孩子想一想，摇摇头也就算了。但有一个孩子不愿意放弃。

为了避难，这个孩子扶着母亲，从三皇谷迁到九十里开外，清水县城近郊的轩口窑。

我们姑且认为他的父亲被误杀，他不愿意承担血族复仇的义务，因此才在远离族人的一口破窑里安身。

这是巨大的冒险。以当时的条件，所有的劳动都需要协作；游离在亲情之外的单个的人，几乎无法生存。

于是有了“玄王爷”讨饭奉母的民间故事。

但也因此证明了一个真理:“天道无常，唯德是辅,唯不嗜杀者能一之耳。”

经年的忧患和劬劳损害了母亲的身心。母亲去世后,轩辕氏开始了漫长的游学经历。据现在推测,他肯定到过天水卦台山,拜谒伏羲、女娲的后人;到过秦安大地湾,访查原始先民的生活遗迹;到过平凉崆峒山,与广成子谈玄论道;到过庆阳庆城区,与雷公岐伯探求针灸汤液之术……慢慢地，身边汇聚了嫘祖、风后、力牧、常先、大鸿、仓颉、伶伦等能人,可谓一时之选。

于是,天文、历法、文字、图画、音律、乐器、医药、祭祀、舟车、弓矢和养蚕织丝等技术被发明出来,可谓极一时之盛。他也理所当然地被伏羲、神农和自己的族群推举为部落联盟首领。

然后是挥师东向,打败蚩尤,定都新郑,定鼎中原。

第一个华夏民族的中央政权由此开基，五千年绵延不绝的中华文明由此崛起。

然后是功成,名遂,身退。

留下《黄帝内经》《黄帝四经》两部修身治事经典,供后人参详。

高山仰止,景行行止,虽不能至,心向往之!

从长沟村驶往旺兴村,山路突然变得陡峭,像一条玉带盘绕在绝壁和林莽间。

这是“当代愚公”郭子孝和他的村民,为了将山里的松子、花椒、蜂蜜、核桃运往山外,一斧一凿开辟出来的。

郭子孝两鬓苍苍,紫糖脸在笑意里泛着红光。个子不高,脚步却落地有声。

他侧着身,将我们让进家门。

炕上坐着他鹤发童颜的母亲，正在往炕桌上摆放“山货”。

云蒸霞蔚中,驱车来到玄头村。

眼前是渭河,身后是它的支流牛头河。

羲皇故里天水,炎帝故里宝鸡,轩辕故里清水,沿秦岭余脉、黄土高原西缘展开,构成完整的“渭河上古根文化圈”。它是甘肃东南最大的文化旅游资源。对每一个炎黄子孙来说,没有比一生中至少一次来这里寻根问道更有意义的了。它是中华文明的曙光,接续了前五千年上古先民的智慧,启动了后五千年奔腾不息变动不居的历史江河，积淀出相对稳定的心理基因和文化基因，使中华民族以自己的面目出现于世界民族之林。

陇　东

过了山高林密、雾绕云封的山门东镇,绵绵细雨中,车在蜿蜒曲折的黄土丘陵中穿梭。丘陵上,遍植了核桃树和花椒树。

田湾村村民邱院生,全家 6 口人,种植核桃树 6 亩。仅核桃一项,年经济收入达到 12000 元,年人均

收入达到2000元。

谢沟村村民常娜，全家5口人，三年前申请精准扶贫贷款，承包30亩地种植花椒。她憧憬着，进入丰产期，每亩收入2万元。不算丈夫的外出务工收入，她家就能稳稳妥妥进入“小康”了。

更令人咋舌的是，谢沟村支书邱世刚，长年带领村民，在天水、西安承接水暖安装工程。个人致富后，在紧邻旅游景点花石崖的山垭上另选新址，实施整村搬迁工程，使土堡社34户村民迁入新居，其中11家开起了“农家乐”。

陪同的县委李书记说：“每个游客每天100元，包吃包住。吃的是土鸡蛋、野蕨菜、油饼子、核桃扁食；住的是二层楼，标准间外加大阳台。便宜吧？”

村里人来人往，丝毫体会不到某些留不住人的村庄特有的破败与荒凉气息。农村是城市的“根”。实施乡村振兴战略，把“根”留住，不仅关乎粮食安全，更是三代以上都是乡下人的城里人纾解“乡愁”的主要渠道。君不见，每逢双休日或大小长假，铁路、公路就会挤满“逃离”城市的人流、车流。乡下人去城里发展，城里人来乡下休闲，城乡的良性互动和一体化发展，使社会生活多姿多彩、充满活力。

入夜，村头广场上的电灯亮起来了，烧烤摊支起来了。村民跑旱船的跑旱船，扭秧歌的扭秧歌，吼秦腔的吼秦腔，漫花儿的漫花儿。更有一帮小年轻，唱起了流行歌，跳起了“鬼步舞”。欢声笑语夹杂着猜拳行令，久久不肯停息。

我想起了我的父辈被形同苦役的重体力劳动摧残得面目黧黑、腰身佝偻的样子，有不胜今昔之感。

那时候，几乎所有的树枝都被砍回来燎了灶膛，所有的草皮都被铲回来塞了炕洞，所有的庄稼都被割回来填了肚皮，所有的鸡蛋生猪都交出去换了零花。还不免在“粮不足、瓜菜代，吃得饱、饿得快，肿了大腿肿脑袋”和“新三年，旧三年，缝缝补补又三年”的低迷状态里苦苦熬煎。

再看看现在，镇有特色经济，村有支柱产业。农田、果园错落有致，自然林、经济林跌宕起伏。一部“山水养人，人育山水”的宏大叙事，展现在游人面前。

在田湾村，听村民讲起了明末清初陇西籍书法家王了望。

王了望，原名家柱。早年因避李自成兵燹，被人构陷入狱，幸为上司所救，遂改名荷泽。顺治五年至十四年入京师，为国子贡生。顺治十五年外放，为福建同安县令。顺治十六年，郑成功、张煌言北伐，南京震动，更名予望。任满辞职，加之郑成功退守台湾，复更名了望。晚年优游山林，与渔人樵子为伍。享年八十，葬于陇东镇朱家庄附近。

类似于鼎革之际的大家顾炎武、王夫之，王了望虽在清朝为学为官，仍不免以大明遗老自居。后来，黄宗羲走上理论批判君主专制的道路，王了望则以弃绝文人身份的方式质疑着作为主流意识形态的理学道统。据田湾村民说，他自称目不识丁，过着有活扛活、无活挨饿，衣食随缘、形影相吊的日子。尽管留下少许笔墨，多为给买不起对联的穷人和挂不起匾额的小庙书写；但其扮演行为艺术家的暮年，比扮演官员、遗老的壮岁和诗词酬唱、书画助兴的冲龄更幽愤、孤直。

那么，是什么让他选择了这里的青山绿水作为返璞归真的道场和最后的埋骨之地呢？

很可能是尹喜。

人格相近的人会互相吸引。虽然他们相距千年，远隔重山。

虽然斯人已去，但走进他的地层，就能感受他的气息，接受他冥冥中目光的注视。

再与世无求的人，也有他的执念。

与其说人栖居在衣食住行的方便中，不如说栖居在真山真水的涵养中，栖居在文化理念的认同中。

春秋末期，周守藏史老子有感于王室衰微、群雄并起，骑着青牛离开洛邑。在函谷关与关吏尹喜一席晤谈，留下见仁见智的道德五千言，从此挂冠归隐，遁迹山林。

二人的藏身之地，就在尹喜的家乡——陇东镇丰台村尹道社。

有历尽劫波、传承有序的尹道寺为证。

如此说来，尹道寺应属名副其实的道家第一祖庭了。

或问：佛佛相见，还说佛法否？答曰：不说，当以一笑会意。

老子和他的高足尹喜，亦复如是。

万流东注，惟牛头河西行。

西流水村成长的孩子，自有出人意表之处。

花石崖

花石崖是每个清水人耳熟能详的名字，但真正接近它，还是第一次。

接近之前，总得做好各种阅历和心理准备。

汉唐以前，生存空间相对开放，人可以充分展示自己的社会属性。展示社会属性的有效途径是励志明行、建功立业。所以前有张骞半生偃蹇、凿空西域，后有玄奘万里独行、舍身求法。

宋元以降，生存空间趋于封闭，越来越多的文人士子从群体关系中剥离出来，在人的自然属性中寻求寄寓。以至于曹雪芹先生得出结论：风花雪月是真宝玉，功名富贵是假宝玉。

换句话说，谋衣逐食是小技巧，自然山水是大性情。

之所以发生这样的“畸变”，与生存空间封闭后有关。

那就让不愿意接受空间封闭的人，在田园和林薮间得到更多的乐趣和自由吧。

从呆头呆脑的黄土冈峁驱车下行，花石崖的本来面目，渐渐变得清晰起来。

山垭的下面是幽谷，幽谷的对面是绝壁。层层叠叠的庙宇，被歪歪扭扭的天梯勾连在一起。

人隐于庙，庙隐于树，树隐于石，石隐于山。

一种向下、向内的秘密诉求，像绵绵不绝的饥渴，雕琢着无法向上、向外伸展的自我。

轮回或静止的时间也赶来帮忙，让崖壁日愈一日地峭拔，涧沟日愈一日地苍括了。

从足音跫然的栈道拾级而上，犹如回声在气浪中穿行。

木鱼点点，梵唱声声。

敲不破的，是一方永驻的空灵与清新。

向晚，翻卷的乌云被夕阳烧穿，湿气淋漓的山川原隰，犹如匀脸描眉、沐浴更衣一般，变得俏丽生动起来。

翌晨，深沟巨壑里丝丝缕缕掣肘的雾，团团块块漫上来，为一切坎陷不平处笼上轻纱。

朝霞映彻，旭日东升。

朗朗天风中，有了百川灌海的汹涌。

常言道青城天下幽，峨眉天下秀；花石崖的风景，集幽秀雄奇于一体。与其摩肩接踵涉险求远，不如三五伴当就近觅个安歇处。

笔者负笈出门，游学半生，忽悟家乡的真山真水里才有真福真乐。于是捞起半支秃笔，尝试以真情为曾经熟视无睹的一人一事、一草一木摹写真容。冒渎之处，还请山灵水伯与缙绅先生见谅！

邽山谣

■ 史卫东

1

胡麻花铺成蓝天了，
日头在天上吊着。
荞麦花堆成红山了，
月亮在山上照着。

想我了你就骑马来，
不想了田里耗着。
想我了你就过河来，
不想了家里焐着。

2

豆苗上的豌豆花，
妹妹是豆花里的奇葩。
豆秆上的大豆荚，
哥哥是豆荚里的憨娃娃。

憨是憨着哩，
憨里养着蜂着哩。
花是花着哩，
花里酿着蜜着哩。

3

云是天的锦绣，
风把它裁成衣裳。
草是地的文字，
花把它写成文章。
文章沿着山川构想，
衣裳穿在日月身上。

4

日里夜里想着你，
茶里饭里都是你。
你是天上毛毛雨，
你是地上清泉水。
双腿想成豆秆了，
挨不到你的肉边了。
肠子想成丝线了，
咽不下清油细面了。
山上的禾苗等雨哩，
天上的云彩风吹了。
河里的鱼儿等水哩，
地上的泉眼干了。

5

月在山的头上，
是一座银矿。
泉在崖的胸前，
是两条江河。
额心里笑着的姑娘，
大名叫荷花，小名叫样样。

云飘过风的眼睛，
露打湿草的嘴唇。
星嵌入夜的鬓发，
霞披上昼的肩膀。
眉心里笑着的姑娘，
大名叫葵花，小名叫样样。

6

哥哥你别走。
我给你开门堵黄狗，
我给你园里摘葱韭，
我给你担水洗白手。

水在泉里莲花开，
丝从手里抽出来。
丝在锅里纺线哩，
油泼辣子拌面哩。

7

鸦儿嘎，
骑白马。
上南山，
麦子黄。

日头晒得烟漾哩，
我在田里赶趟哩。
黑云茬上磨响了，
再不收就风抢了。

镰刀噌噌，
连枷呼呼。
碌碡跌拐，
箩底脱筛。
雪白的面花儿飘出来。

8

日里怕是有雨哩，
太阳照到头顶里。
梨树柯杈雪埋了，
你是干脆不来了。

喷嚏打得山响哩，
有人把你实想哩。
眼皮跳得胡徜哩，
你的肚里咋想哩。

喜鹊闹是白闹了，
灶膛里的火笑了。
灯花开了又落了，
你把人的心伤了。

9

我是山上砍柴的，
你是河里打鱼的。
山在天边等着水，
水从山边绕过去。

水边山边路重重，
树作庐幕草作茵。
日月星辰来相照，
以口证口心证心。

山在山中住惯了，
反嫌山外太乱了。
水在水中淌顺了，
难忍山内清静了。

车马簇簇灯烛红，
鼓乐双双入华庭。
卖柴路过旧相识，
隔着里门问一声。

清水一日

■ 史卫东

三皇谷·黎明

秀丽中的宁静，
向上生长的愿望与向下播撒的激情，
外部的经略和内部的觉醒，
在这里达成平衡。

自然的巨大透镜，
使生灵万物彼此看见，互相接近。
普通的日子纤毫毕现，
犹如树的枝叶。

一座高峰与两面护坡，
山脚下的平阳，
小小的村庄，
住着风姓、云姓、雷姓的先民。

“天有天文，
地有地文，
那么人文呢？”
白河放牛的孩子问。

孩子长大了，
去卦台参学，
崆峒悟道，
结交了仓颉、嫘祖、大挠等亲朋。

然后带着伏羲、神农和自己的部落，
横扫天下，
定鼎中原，
建立华夏政权。

血亲复仇和种族虐杀的丛林，
星星点点的光在黑暗中聚拢。
一轮红日喷薄而出：
“现龙在田，天下文明！”

牛头河·清晨

森林中的雨汇聚小溪，
草场上的风放牧白云。
牛头河，
冲出山门。

模塑着的一马平川，
交错的田畴像翻动的书页。
南有蜿蜒曲折的秦岭，
北有层层叠叠的黄土丘陵。

灯烛辉煌的轩辕宫，
在轩辕湖里隐去。
“昔我往矣，
杨柳依依。

今我来思，
雨雪霏霏”。
不管重逢还是乍离，
总有人在堤岸上等你。

秦亭·正午

秦人赶着畜群，
从东海之滨，
来到汧渭之间。

不是说关山以东没有牧场，
而是在被犁铧分割了
又遗弃了的荆榛丛中，
找不到天高地迥的感觉。

不在天高地迥的感觉里信马由缰，
他们的呼吸就无法顺畅。
再说他们的牛羊也不习惯圈养。

风一样的自由族群，
在风中追逐最清洁的水，
最纯净的空气，
最勇敢的男人和最美丽的女人。

直到在花和叶的图案上，
被戈和矛的矩阵击中。
为了从城堡和地窝子突围，
他们一鼓作气，统一了中国。

尹道寺·晌午

群雄并起，
天下纷争。

这是制度的沉疴：
一国之外分成敌与友，
一国之内划出君和臣。

这是风俗的陷阱：
生产者小于配给者，
劫掠者大于持有者。
于是人成了对自己的同类
痛下杀手的物种。

洛阳。
一炷青灯阅尽简册，
一双倦眼看遍世事。

问礼的孔子，
让老子喟叹。

如果拿掉招牌和名号，
文明的府库里，
只剩下赤裸裸的野蛮了。

因此让我们回归自然，
在朴素里点亮心灯，
在心光里彼此相安。

函谷关。
青牛的丝缰，
被尹喜接住。

一老一少说说笑笑，
隐入乱山丛中。

后来人烟辐辏。
核桃碧绿，花椒嫣红，
这里成为道家第一祖庭。

白沙·黄昏

姬水上的少女，
姜水边的少年。
姜水的少年骑马，
姬水的少女乘船。

姜水的少年弹琴，
姬水的少女唱歌。
诸夏和诸羌比邻而居，
是两个互通婚姻的部落。

后来诸羌在高山上竖起毡帐，
诸夏在平川里搭建房舍。
大一统的大汉王朝，
昭告四海奉它的正朔。

有人主张犁庭扫穴，
有人要求化良田为牧场。
赵充国说：长远之策莫过于屯兵镇抚，屯田自养。

你种你的庄稼，
我放我的牛羊。
你晒你的盐，
我采我的桑。

就像星月交辉，
七彩合成阳光。
多元一体的共同繁荣，
才是真正的汉唐气象。

作者简介：史卫东，笔名史前，1964 年生于甘肃清水。1983 年开始文学创作，有诗文集《折柳》《落梅》。系甘肃省作家协会会员，第三届路遥青年文学奖获得者。

清风徐来采风笔记（七首）

■雪　潇

麦池村："池"字考

麦池村，麦，麦，麦子的麦
麦池村，池，池……什么池的池？

游泳池的池吗？
鱼池的池吗？
舞池的池吗？
或者干脆就是个涝坝吗？都不是！

清水作协主席温小牛先生曰：
《诗经》："东门之池，可以沤麻。"
这个池，是麻池的池

挖一个水池子，然后泡制麻皮，这样的美事
我们的老先人，一直在搞
一直到现在，我们麦池村的人
收完麦子，还在搞

现在，我们麦池村的人
一边在池子里泡麻
一边在微信上泡妞——
心中念念有想："彼美淑姬，可与晤言。"

长沟村：村民薛世宏檐下说麻

这是六月，地垄上麻正青青
葳蕤而微有麻香。晚风山雨
麻和麻，依依又离离，枝叶相向相扶

晚风山雨，长沟村村民薛世宏在檐下给我说麻
——麻这个东西，浑身是宝。麻籽，可以榨油
可以做麻麸。在锅里炒了
就是一种炒货；
麻皮剥下来，制成麻绳
细麻绳纳鞋底做麻鞋还做麻袋
最细的麻绳织成麻布。孝子们披麻戴孝
麻衣相士穿着它，走江湖
粗麻绳，可以绑……批斗……五花大绑……
晚风山雨，我紧了紧身子，黑暗中
似有麻绳勒过肩膀

紧了紧身子，世宏继续说麻——
就连麻秆也有用处。收麻秆的人
把麻秆烧成炭，就拉走了
不知道拉到啥地方了
不知道做了啥了……说这话的时候
长沟村村民薛世宏目光神秘
像是神秘的黑火药
在说神秘的活性炭
世宏残忍地说：麻开花的时候
为了将来麻皮长得好，要给麻计划生育哩
——要把花麻（雄苗）拔了哩；
世宏浪漫地说：剥麻的时候，揪、拉、捋、剥
不靠刀子，全靠灵活的手指头……只不过
一年四季，麻烦死了，但是见钱不多

晚风山雨，麻故事听得我
心乱如麻。心乱如麻，就想起当年杜甫

麻鞋朝天子
果然一生麻烦——当年杜甫
要是有一双塑料凉鞋就好了

长沟村:村民武爱民说起他在伊犁做架子工的事

他说:前几年我在新疆伊犁打工
确实也挣了些钱。最多的时候,我的日工资
能到400。他强调说:是管吃管住的400
他特别强调说:每天上下班
老板都是开车接送……
说到这里,他的身子,往后一靠
回忆的桑塔纳,猛地一个启动

他说:最高的时候,我搭架子搭到了28层
那一天,岁月静好,天空中,一丝风都没有
要是有风,我们想干,老板不让干
要是有雨,我们想干
老板更是不让干
我们在高处干的时候,老板就在低处看
他说:对那些地底下挖煤的人来说
还是上面好;对我们高空作业的架子工来说
还是低处好。低处踏实
人在低处,就不用把个心
悬悬儿地提着,提在嗓子眼上
大气也不敢出……

他接着说:作为一个架子工,我不害怕高处
但我不喜欢高处
高处确实能看到远处

但我一般不看。看远处有啥意思呢?
看远处又看不来钱……说到这里
架子工武爱民,抬眼看了一眼远处
回忆的桑塔纳,到了遥远的伊犁

黄湾村:戴草帽的第一书记

不戴草帽的书记讲完了大道理
大家离开宣传栏,转身前往农家
这时候,戴草帽的书记,一个浓眉大眼的小伙子
就给我们接着讲
讲山乡巨变

他讲的时候,草帽旋转
草帽转向农家院,旧砖头砌出新墙
草帽转向安置房,树脂瓦就在村庄的高处闪亮
草帽所到之处,黄泥土路
变成了休闲步道

草帽向左转,村路往右拐
拐过一个柴草堆放场
拐出一个垃圾回收点
我们低头走进困难户的时候
草帽书记,悄悄摘下了他的草帽
年轻的书记这个脱帽的动作,风度十分绅士
姿态十分优雅。困难户早已备好茶水
诚惶诚恐,接受采访
听普通话,如闻仙乐
年轻的书记侧耳旁听
听到感动处,书记的草帽
就在手里轻轻一转

作为黄湾村的第一书记
他鼓励我们通过微信购买村民的蜂蜜
还有土鸡蛋。还有胡麻油
他的浓眉大眼,有时也略显忧愁——
从眼睛里的农村,到舌尖上的农村
再到心头上的农村
这一步又一步

如何走？

采访匆匆结束，书记挥动草帽，我们村口话别
年轻有为的草帽书记，他的任务就是蹲点
他要坚守在这儿
什么时候，黄湾村走出了贫困
什么时候，他才能走出黄湾

轩辕谷：蜂箱架在半崖上

那架在半崖上的
分明是，蜂箱
但是我的想象之手，偏偏要指鹿为马
——指着蜂箱，说是
悬棺

说是某个亡灵的居所

《红楼梦》大观园，一片冷月葬了花魂
而现在，轩辕谷里，半崖上的蜂箱
葬着花香——死了的花香
被养蜂人，束之高阁

多么高贵的花香，它就是死了
也不肯落到地上；
多么高贵的花香，它就是死了
也要以蜂蜜的方式重返人间——
在你们的鼻子里死了
就在你们的舌尖上复活

距此不远，巍巍六盘山
打盘盘坐在大地上，眺望着，静静的轩辕谷

红堡：看着绿莹莹的庞公石突然想起一个人

看着清水县红堡乡出产的庞公石
看着那通体的绿，我突然想起了一个人

某年某月的某一天，一件某事
把这个人吓坏了，用清水话讲——
脸都吓绿了

这个人是不是清水县人
是不是红堡乡人
是不是姓庞
都不重要。重要的是，他的脸
确实被吓绿了

其实也不是什么大不了的事
不过是，共事多年，大家要求他把大家
请上一顿

这个大家，不过是十几个人来七八张嘴
吃饭的地方，也不过是
轩辕大酒店
所谓的请上一顿，也不过是
开玩笑的请上一顿

但是这个人的脸，真的被吓绿了
这个胆小的人，这个脸容易绿的人
这个大家再也不敢和他开玩笑的
老实人，他上一辈子
一定是，一块庞公石

小泉峡：牛头河从此扬长而去

牛头河，陕甘交界处
又一条钻空子的河。拐弯抹角
一门心思想着：出山、出山、出山

一条气定神闲的河——
它一边走，一边打扫着脚印
秦人的马蹄，被它打扫得风烟俱净
汉人的车辙，被它打扫得踪迹全无……

一条歪曲历史的河——
秦人的饮马河，被它日复一日
说成了牛头河
谎言被它说得
有板有眼，有波有浪
关于那个在红堡崖上尿尿的英雄成吉思汗
它却守口如瓶，什么也不说

它穿着清水麻鞋一路向西
经过小泉峡的时候，把一块庞公石
把玩至绿。一块石头渐渐地泛出翠绿
是什么意思？一块石头渐渐地泛出翠绿
意思是：死了的石头，现在
想活过来
想去补天

静静的小泉峡，水流潺湲
秦人的故道上，战马的嘶鸣早已消隐
——那个可以大声喊疼的时代
一去不返了。小泉峡里，只有草间蟋蟀
其声呜呜然，如诉如咏

作者简介：雪潇，本名薛世昌，1965 年 5 月生于甘肃秦安，甘肃省文学院荣誉作家，天水师范学院文史学院教授，主要研究写作学及中国诗学。在各级各类报刊上发表各类文章 1000 多篇（首），出版学术专著 6 部、现代诗集《带肩的头像》《大地之湾》、随笔集《怅辽阔》《大地上的小意思》、文化散文《人文定西·自然田园》（合撰）等，曾获甘肃省敦煌文艺奖、甘肃省黄河文学奖（4 次）、吉林省新闻出版图书精品奖、《飞天》“十年文学奖”、天水市“五个一工程”奖、天水市麦积山文艺奖等。

致清水(组诗)

■ 李继宗

长沟村

不用提夜色
夜色遮不住一台皮影戏周围的光亮

不用提光亮
光亮让漆黑夜看上去有些夸张

可以提驻村乡镇干部
但不要涉及
夜深人静时他们的孤单

可以对着山坡高喊
但最好
是在一群鹅的叫声之后

温泉度假村夜话

虫鸣可以再现
我们曾经落座的位置
是斑竹周围的石凳

石凳上面可能有尘土
刚开始不想坐

后来你用纸巾擦了擦
坐了上去

虫鸣可以再现
我们曾经感觉到的夜凉如水

地灯发出的光
路边的草坪

我们为一件小事
谁也说服不了谁的争吵

你的泳姿
水里的硫黄味儿
干头发时
精致的吹风机

萤火虫也出现了
是曾经的
是特别微小的光亮

是特别特别微小的光亮
我记得
是在你侧脸望向我的时候

在赵那村文体学校

三十棵柿子树可以证明:什么叫风雨无阻
什么叫空花梵行,什么叫你用旧了的时光

三十棵柿子树却不能证明:什么是一番苦心
什么是苦心经营,什么,是哽咽着向你说出

冯河草原

只有落日和晚霞
才能染红青草

让百鸟宿其山林
在第二天自己叫醒自己

一群群
飞向青草纵深处的
却是日出和天亮
那时你也醒了
以农家饭致富的身影

和你的三个蒙古包
看上去很美

山顶寺：在花石崖上

直到檐角被你拍成了照片
风铃才晃动了几下
风铃才响了几声
直到风吹过来
树叶才递送了清凉意
聚散意，渴望
和我们感觉到的慈悲
直到天空只剩下蓝
阳光只剩下金黄
你像一片斑驳的树影
要我向你移身过去
直到我移身过去了
心才安静下来
安静下来的
还有突然的鸟鸣
突然的涧水

作者简介：李继宗，回族，甘肃张家川县人。诗歌散见于《诗刊》《人民文学》《芳草》《山花》《汉诗》等刊物，入选《中国年度优秀诗歌》《年度中国诗歌精选》《中国诗歌年选》等选本，曾获李白诗歌奖、甘肃省敦煌文艺奖、甘肃省少数民族文学奖、甘肃省黄河文学奖、《飞天》杂志十年文学奖等。著有诗集《场院周围》（2007 年）、《望过去》（2018 年）等。甘肃“诗歌八骏”之一。

圣　像

王晓燕

那些鸟，绕着她的枕边叫，她闭着眼睛摸到手机。

从空茫的梦境里跌落。鸟，是在窗外的林子里叫。小尹已经很久没给她发信息了。

下雨没。你们那冷吧。回忆起来，他发在手机上的那些话，突然就像隐含了某种深意。同室的桑姐还睡着，悄悄转了个身，她重又闭上眼。桑姐最关心她和小尹的事了，一看见她翻手机，就会问，是小尹吧？桑姐让她主动给小尹发信息。丫头，你太冷了，会把人给吓跑的。桑姐每天都要给她的丈夫发信息，电话里高声喊着宝贝。

她有点记不起小尹的样子了，尽管，小尹说过很多，但她认为，小尹其实是个寡言的人。他说过的某句话，总会突兀地跳荡而出。

你会很快忘了我吗。

她不记得自己怎么回答他的了。回忆竟如那夏日里的山色，随着两人分别的日子增多而逐日加深，也零乱，除了讲那些他在行的历史知识，其实，他对她没说过什么。是她自己，令他什么都不能说呵。

问那个时，他仰头看着广场上那座高大的轩辕黄帝的塑像。而她则望着远处的山间雾岚缥缈。

她有点喜欢他说话的口音，哦，天啊，她感觉管不住自己的思想。就像那些梦境，反正，不过是虚无。

春叶。他的嗓音，忽而很真切。从来没有人那样温柔地喊她的名字，每当他在记忆里那么唤她，她就感觉自己的心跳不知是漏掉了一拍，还是多出了一拍。

哎呀，烦死了。再翻一下身，背向着桑姐，睁眼在黑暗里望着，微明的天光，还被厚实的窗帘遮挡在外。

多时候，小尹的形象，只不过是一张模糊的面影，一个就要在山林间消散的声腔。猛一下，他望她的目光，却又像是正贴着她的面颊。

今年的夏天，就没热上几天。而她的生命，却在这个夏天里，向着她从来没有到达过也没法预测的边际铺展，漶漫。

她记起第一次见到小尹时的情景。那是在初夏，她最爱那时节，草木生发，地里，突然茂盛了庄稼，你看，像不像是奇迹呵。

介绍人带着小尹跟他的妹妹，还有哥哥和两个姐夫，兴师动众的阵势。她将两只手掌合起来，贴着脸颊，冲着黑暗里轻声笑起来，可是，当时，她并没觉得那有多好笑。而她父亲则去请了村主任作陪。

我们清水，可是轩辕黄帝降生的地方，秦非子牧马的事你一定听说了吧，成吉思汗就葬在这里，咦？你姓尹呀，说不定，你还是尹喜的后代呢，尹喜，你们知道的吧？主任竟然拿了些资料分发给客人看。主任就是爱卖派，可他平时很照顾父亲。我们这，确实是个好地方。终于转向把这么多人聚在一起的主题时，主任依然是急于推销的口气：

镇上才帮他们搬了新家，房子是政府扶贫的项目，虽只有七十平方米的面积，一家人总算从潮湿阴冷的深山里，搬到了有很多邻居的平坦之地，自来水也通了，她父亲看病的钱都能报销，省上来扶贫的人教她哥学会了种植木耳。

唉，她叹了口气，还是再睡会吧。再次闭上眼睛，努力了半天，可脑子里，像自动播放器。

小尹坐在门槛上，他的腿很长、很瘦。屋子狭小，她跟哥哥两个人坐在门外的台阶上，听屋子里的人说话，主要是村主任在说，她的哥哥一直低着头。当村主任高声地跟客人说她哥哥时，她站起来，走了出去。

她的家乡，正草木葳蕤，群山苍翠。她的幻想，却也高不过那群山。她哥哥在母亲去世后就不说话了，猛一下，他像是听到了什么声音，站起来就往外面跑，撵都撵不上。腿就是在那时候摔伤的。

此前，她跟父亲和哥哥生活在人烟稀少的山里，那个地方，这多少年来，村子里的住户没超过十户，父辈中，上过学的人都很少。她的哥哥只念过小学。她很幸运，母亲活着时，坚持让她念到了高中。那几年，她几乎没吃过午饭，每天清早五点就起床往镇上的学校赶，中午在学校里吃块干粮馍，晚上才又回家去。直到母亲再也起不来了，她才意识到，母亲其实已病了很久了。她不能再上学了，痛哭也没有用。如今，母亲

已葬在了深山里。她感觉自己像那山一样，早就苍老了。

姐夫走出来了，啊呀呀地赞美，小妹如果嫁到这里来，有福了，看看这青山秀水，我们那，半山腰上，草都看不见一株的，别说这么多树了。啊呀呀，同样是大西北，可你们这，分明是江南呀。

干脆把你“嫁”到这来吧，你那么喜欢游山玩水的。姐夫冲小尹说，引得众人都哈哈大笑。

以前来相亲的，赞美过那青山秀水之后，就都不再来了。

吃罢饭后，小尹来到厨房，卷起袖子帮她刷碗，拦也拦不住，就只是闷头刷碗，一句话也不说。客人进门起，她就没多去注意小尹，而是一眼不眨地盯着小尹妹妹，对她赔尽小心，专门拿了新毛巾让她擦手，没舍得穿的新拖鞋给她穿。小尹妹妹身材苗条，柔顺的头发直披到腰间，直嚷嚷着这里怎么这么冷。两天前，她洗了所有能洗的，逼哥哥去镇上理了发，看上去，哥哥眉清目秀的。

他小时候在乡卫生所打针坏了耳朵，贴着他的耳朵说话才能听得见（小尹他们已经领教过了，哥哥跟人说话时大喊大叫的），他的右腿是摔伤的。可是，他心好，人其实不笨。现在，他又开始说了，整天在大棚里钻研。她不想隐瞒，迟早人家会看出来。小尹举着一只碗看着她说，我知道。

从哥哥十几岁上起，但凡相熟之人，就已经在为他物色说亲。前些年，有一个外乡的姑娘，非常喜欢清水这地方，对哥哥也表示满意，但前提是，彩礼要37万元。那姑娘一天学都没上过，说起那个价钱来，非常有底气的样子。怎样计算，那都是个天文数字。后来，还说成过另外一个村的，都因为巨额彩礼，最后都谈崩了。再往后，她就成了哥哥亲事的等价交换物。

不断地，有介绍人带着合适的相亲对象到来；有时，她和哥哥也被带着去往外地相亲。

她是不能独为自己打算的。

春叶，这个盘子搁哪？小尹冲她望着，他那番样子，猛可里，让她有种错觉，仿佛他们已在一起生活了很久了。

她接过那盘子。转头看着远处的山间，这里的海拔在两千米以上，种上麦子都不会成熟，这几年，扶贫干部想方设法在帮人们致富，养牛，种核桃，种半夏，父亲还养了二十多箱蜂蜜，呃，可是，她已然知道了，就算有千种致富方法，也不会让小尹妹妹留下来的。

有那么些时候，她后悔自己念那么多书，一字不识，脑子、心里，就不会开那么多难以填充的洞呢。桑姐还睡得沉沉的，她想起床，却仍旧躺着，鸟叫得越繁杂了。这时候，父亲应该早就起来了，他会在一只小电炉上煮一壶清茶，她哥会笨手笨脚地煮两碗面条。她不在家，他们吃不到爱吃的饼和馒头，就算饿肚子，父亲也是从不靠近锅台的，有那么一阵子，他得把药当粮食吃，胃已经做过几次手术了。她什么都不怕，惟怕人生病。每天她都要学着母亲的样子，对那三皇爷说上几句：你不管我可以呀，但请护佑父亲和哥哥吧，求你了。

自从小尹出现后，她总是很难过，好像此前她是个无情之人。听着桑姐讲谁家的愁心事，也会掉半天眼泪。到这个新建的温泉度假村来当服务员已有三个月了，憋着一口莫名其妙的气，她很少回家去，也是不敢回去。父亲至今余怒未消，这样想着，又不怎么难过了。他们都以为，她是挨了打才走了的。

这多少年来，父亲第一次冲她发火。她把扫马路的事给辞了。

因为家里的情况，村上给她争取到了一个公益性岗位，让她扫新铺好的马路，一边可以照顾生病的父亲和时而会疯疯癫癫的哥哥。看着父亲数她交上去的工资乐得像个孩子时，她感觉自己很快乐。

那是一个雨天的下午，父亲从外面进来，手里拎的一个镰刀把直接往她身上扔过来。她躲了下，听见身后的一块窗玻璃碎了，父亲大声地叫骂着她，那会让他心疼上好些天的，她指的是，那块玻璃。

她将手掌蒙在眼睛上压抑地抽泣了两声。桑姐可真能睡，她试着学桑姐凡事不过心的本事，办不到。几个同学召唤她去城里打工，她何曾没有过这样的愿望。

小尹，又是小尹。那是小尹第三回来了。

这里的草木在召唤我。小尹说。

就算他真的只是来游山玩水，她也很快乐。就在那时，她发现，此前，她其实并不快乐，哪怕是在看着父亲数钱的样子时。

你没法想象，在我们那，就算是在这个季节，都是满目荒凉，仿佛是为了防止生活在那的人们窒息，地里才长出了庄稼，树上才长出了叶子。我是真喜欢你们这里啊。

她躲开去。小尹的目光，在她身上折了下，并没有移走。她知道。

就在那几天里，她发现，这世上最容易的事，是让一个人变得愤怒。同时，她也发现，最难的，是让一个落魄之人克制愤怒。

父亲让介绍人告诉小尹，如果他能拿得出 37 万的彩礼，就把她带走；要么，就让他妹妹嫁过来。

小尹说，他拿不出那么多钱，他妹妹，也不可能嫁给她哥。

那你想怎样，想把清水的女子白白拐跑吗？父亲捂着胸口。

她站在门外，望着那连绵无尽的山峦。而小尹，小尹则站在她身后，慢吞吞地说，我也不知道。

你别笑话他。他也是没办法。要不，我去给他们说，你只是来旅游的。

不，我不是来旅游的。

她不想听他继续说下去。她晓得，那些甜蜜的话，到后来，都只会让人心里空落又难堪。

空气里，漂浮着山林和庄稼的气息。

她想告诉小尹，如果不是父亲和哥哥，她一定也会受不了那些山包的包围。是小尹教会她，感受到一些事，或者说出来，那并不羞耻。

小尹回去后，村里人都来劝说，父亲就那一句话：不然，他就不要再到清水来了。村主任又来了，给父亲说好话，先把女儿嫁走，儿子的老婆，大家再想办法。

父亲抽了半天水烟，那成，21 万，再不能少了。

窗外，又多了几种鸟叫声。她静悄悄地躺着，铺在枕头上的一条丝巾被她的眼泪浸透了，那是父亲去镇上为她买来的。她不知自己究竟在哭什么。

父亲拿那截木棍砸她后，她就跑到度假村来了。她其实一点也不怨恨父亲拿木棍砸她，甚至，

她都不怨恨他向小尹索要巨额的彩礼，身体里，一股繁杂得如同那鸟叫一样的东西，逼得她终于有了生气和逃走的勇气。

这些日子来，她从不主动给父亲打电话，估摸着父亲出门干活去了时，她才会打。可她的哥哥总是不在家，就算是在，也难以及时听到家中那部座机在响。偶尔接到了，她赶紧问你们吃得好不，爸再说他的胃疼没，再骂她了没有，她像哄孩子一样哄哥哥，催父亲吃药，没有了就赶紧告诉她。她的哥哥只是连声问，再几天你就回来了，我跟爸想吃你擀的面。

我永远都不要回去呢。就连那个小尹，都不要见的了。她仍在哭。

每天她都向那些外地人介绍清水的水，还背诵那首诗：

水性原皆冷，此泉何独温？天留千载泽，池贮四时春。善洗身心病，蒸销眼耳尘。

那是小尹讲给她的。小尹说，你偏就出生在这样一个好地方，应该庆幸呢，如果我们那也像这般的山清水秀，我也就不会时时想着要逃走了吧。她才就把那些神奇的传说，与那俊秀的山林、袅娜的云雾以及自身联系起来了。

不到一个礼拜，小尹又来了。父亲大致是对小尹的妹妹还存了幻想，才容忍小尹的到来。她带着小尹去四处走了走，他对清水这个地方的了解，令她吃惊。他笑说，网上查的，专门。她给他讲了许多关于清水的传说，他听得痴迷，催她讲，再有没。又说，你可以写下来的。对视两眼，两人又沉默。

黄帝者，少典之子，姓公孙，名曰轩辕。生而神灵，弱而能言。

水出南山轩辕溪，北流注泾谷水。

这些句子，她从小就背诵如流，却不知其出处。他说，《史记》第一页第一行就写的这个，一讲起这些，他就像换了个人。

他去过上海。他可以去任何地方。而她哪都不能去。自从母亲死后，就算她是在学校，也似乎是把父亲和哥哥带在身边的。

她的脑子，这些天里，一直循环往复地走他们一起到过的地方。

人其实有多贱呢？小尹说。所谓旅行，不过是从自己活腻的地方去往别人活腻的地方。可你们这里，永远都不会让人厌倦呢。

感觉到他期待的眼神，她马上说天气。小尹说他们那的夏天非常热，而清水，即使到了夏天，也没几个炎热的日子，她都没怎么穿过裙子。

我怕热。他又看过来。她只有低头，连邀请都说不出口。

小尹来的那几天，天一直阴着，不时飘落一阵雨。

是在小尹不再跟她联系后，她才细细地回味。小尹，究竟跟她说过啥了没有呢。这些天里，她的感觉，意识里，就像相熟的一个人已经走远了，而她发现，他把一样东西落下了，她不知道，应不应该叫住他。

他们去过博物馆和赵充国陵园，小尹站在北周天和二年的鲁恭姬造像碑前看了很久，她不明白这有什么好看的，连催他快走。她想快速带他转几个地方后赶快回家，以防父亲对她大发雷霆。每当小尹要说什么，她就赶紧转身。但她不愿意让这一天很快结束，便又乘车去了花石崖，她喜欢这里，一定要带他来看看，也是因为，这里路远。记忆旋转着，小尹便也旋转着，旋成了一些杂乱的景物，峰峦叠嶂，密林遮映，到了秋天，万紫千红。快步地走，只是在走，地形渐陡，悬崖峭壁，山石上的花纹五颜六色，山上道观和寺庙并存，据说唐以前就建有庙宇，上有明清石窟，山色郁秀。她在背诵，这样可以阻止自己思考，同时看见自己，沉默地在走，有意走在前面，清泉汩汩地流，小尹仰头见那壁立千仞处，有一淡黄色块，光滑明亮，如同月亮。山下，峡谷中，飞流激响，山间，清凉幽静，游人稀少。为了防止窒息，窒息，她重重地叹气，终于把桑姐吵醒了。她又装睡。走到出汗，气喘吁吁。春叶。她呼出一口顺畅的气来，迎上小尹突然变柔软的眼神。

她拉扯自己的目光，望向那绵延百里的青山，到处是古木参天的景观，如果是雨后的早晨，会出现连绵云海的奇观。秦非子，成吉思汗，赵充国，这些埋在书本里的人，经过小尹的嘴，一下活在了眼前的草木间。倒像是，他在这里生活已久，而她，却是个好奇的外乡人。

在来这里之前，我一直以为，我的家乡是最贫困的地方。她没有为此而不高兴。上到高处，他们站着喘气，青山连绵苍翠不绝，山间环绕着淡青色的雾岚，她想说点什么，又没有说。听见他又笑起来了，真是吃惊呀，多少人以为你们这里是黄土翻滚，满目苍凉。

你又不在这里生活，了解这些做什么。她也不知自己究竟想说什么。

因为你生活在这里呵。他正爬上那块补天石旁边的石头，伸着一只手，看着她的眼睛；她的手臂也正伸向他，她看向那双眼，四下里的鸟鸣时明时暗，潮润的空气清新如水洗。山谷里，空旷呵。她感觉到自己的心跳，像从来没有跳动过。

此去经年，应是良辰美景虚设。

小尹一定在那刹那里，也感受到了她那般的悲伤，不，她纠正自己的记忆，那会儿，她还没有想过要为自己打算什么。可是，你明明悲伤了的嘛。小尹的眼睛跳出来——他只好，笑了起来。我在学校里常被人欺负，我从小被姐姐们背着去上学，我感觉自己，至今生活都不能自理，所以，她们打算为我找一个老婆，谁家愿意把女儿嫁到那么荒凉的地方去，如果是我女儿，我都不乐意呢。说着，他放声大笑起来，笑得她有些恼怒。究竟他为什么还要来呢。第七遍，她又回到这个疑问上。

上到初中我就辍学了，我可以背诵历史书。爹娘没了，哥不怎么管我，姐姐们就成了我的家长，一切她们说了算，甚至要搭上妹妹的幸福。可现在，我明白了。他回头看她，春叶。她呀了声，脚下一滑，差点跌下去，他拉了她的手，拽着她往坡上爬。

没人这样陪伴过她。几次三番，她想要听到那个结果，却又不让他顺当说出来。

听说你们这里的树都上了户口。

是，看到没，那几棵核桃树，都活几百年了。

他哇了声。

幸好，人不用活这么久。眼睛每次扯向别处，她心里，就会抽搐一下。她看了下时间，说，你下次来，我带你去看你的祖宗。

祖宗？

尹喜啊。她像他那样笑起来。她从没有这般的，快乐过。

他想起了散发资料的村主任。

她讲一个地名，他都嚷嚷说，带我去嘛。地名只是地名，在他嚷嚷过之后，如今，都在她心里变温软了，那一个个村子的名称，都变湿软了。白河，宋川，田湾，秦亭，你听听，都像含着一个神奇的故事。他看着她的眼睛，下一个，保证不好听了吧，哦，天啊，麦池，柳林，玄头。他输了。

我好爱这里。矫情起来的小尹。既然，终将是良辰美景虚设的结局，何必去念他的好。

她允许记忆，生发出虚无的幻景。只是为了防止窒息。好吧。该起床了。

鸟儿，在自己的世界里喧腾。她的脑子像一个乱纷纷的鸟巢。

他跟他家的相亲队伍第一次来相亲那天，她父亲讲过她舅舅曾经做的一个梦。那个梦，他不知给人讲过多少次了，不管来什么人，他都要讲，仿佛是他亲自做的。

她舅舅一家就住在轩辕谷，就是轩辕黄帝出生的地方。

村里早先建有三皇庙，很早就被拆除了，对于轩辕黄帝，这里的人们就像对自己先人般敬重。近年修建轩辕殿，舅舅全力以赴，大殿落成后，有一天某位要人来祭拜，并将一瓶好酒供奉于轩辕像前。

就在前几天，父亲替舅舅强调，舅舅梦见轩辕对他说，建殿时，你出了大力，为什么也不来品

尝几口美酒呢。第二天一早，舅舅赶去村上询问，昨日是不是有人饮了那瓶美酒，果有此事，有几个村上的人将那瓶美酒给分享了。这些人没有想到，要邀请舅舅，轩辕黄帝亲自来梦里邀请了。

她向来觉得舅舅愚昧无知。可是小尹连连地叫道，你们这里，真的好神奇啊，连舅舅都那么有意思。他下次再来，她一定要带他去见舅舅。天啊，就不能停止胡思乱想吗？再翻个身，仰面躺着。

要不，我来你家做上门女婿吧。小尹是说过这番话的，只不过，他是笑着说的。他不笑时，成熟而坚定；可一旦笑起来，就会变得不那么可靠。他一说话就笑，他笑时，不是眼睛在笑，而是整个脸颊都在笑，笑得他的胸背都像是瘦了。那会儿，她就看不清了他的眼睛。

一天中，他们只是在赶时间，把他们的人生中斜逸出的一天，要拿密密麻麻的脚印和喘气填充。

目光落在苍翠的山林时，她才能顺畅呼吸，她的眼睛便老在高处。小尹妹妹，无论怎样，都会找一个好人家。而他的姐姐们，早都嫁人了的。想这个时，她望着天。那一定也是为了防止山谷里的人窒息，那繁郁的绿。那千年的橡树、柏树，也是为了把天撑得高些。

那天的雨，一直落，没有停。她去县城送他。

她终于想起小尹的样子来了，就是那天，在轩辕黄帝的塑像前，他望着她的样子。

前一天，下雨了。他父亲在村上头帮忙干活，他们要在河坡上面修建更多的木耳大棚。小尹来的这几天，她哥哥围着小尹说很多的话，小尹帮他修好了电视机。后来，只有她和小尹坐在门槛上，看那檐上的雨，在落，无尽地落。

明天，我就要回去了。小尹说了几遍。

她垂着头，缝好了父亲外套上的扣子，又把一个裂了的口子细细密密地缝上，直缝成了一个线疙瘩。

突然地，她说自己时常怀念住校那一年，有一个切实的希望在激励着，那样，才像是在活着。可是，母亲一走，父亲也是一病不起，哥哥突然不说话了，她大声地说，她还能上学么。

小尹不说话。大门敞开着，能看见门外那块小小的菜地，几枝格桑花，小小的脸盘颤巍巍地探出了砖头砌的围墙。

她偷偷跑去母亲的坟前哭，末了，总会说，妈，你放心吧，我不会抛下他们自己去享乐的。

你会很快忘了我吗。

她没有说话。太阳一点一点地升高，时间一分一秒地消逝，小尹又开始讲历史。她学几年课本，也难以学到的历史知识。

自从搬到这里，她其实并不怎么开心。只是，现在，她学会了像小尹那样，看那山，草木。她时常想起，老屋门前的树，庄稼地里开花的豌豆。仿佛，是另一个她在回忆。

如果小尹在这里，也许，她会支持他办一个学堂，他什么都可以教的；而这里的人们，需要他这样的老师。也许，小尹还可以当导游，她是在这些天里才晓得，来清水旅游的人原来那么多。

她突然像小尹那样笑起来了。

我以为你还没醒呢，你给小尹发信息没有。桑妞打了个呵欠，起身走到窗前，将窗帘扯开一点缝隙。哇，天终于晴了。桑妞欢叫着又回到床铺上。好天气，也令她的心间像开了一条缝。

没有。她重重地说。都是这个桑妞，一天到晚地瞎撮合，才把她的心给搅得这么乱呢。

有些人，如果你不争取，他可不会在你的生命里出现两次。傻妞，桑妞看手机，突然想到了什么，冲着她，猛将两条光腿在床铺上吊下来。

丫头，我向那广场上的圣像发誓，小尹在等着你的信息呢。

她没说话，哗一下拉开窗帘，窗子打开来，阳光与树木的气息，一同洒了进来。

作者简介：王晓燕，居天水。近年在《清明》《青年作家》《西部》《芳草》《湖南文艺》《飞天》《野草》《朔方》《广州文艺》《南方文学》等刊物发表中短篇小说八十万字。曾获黄河文学奖一等奖。中国作协会员。

长沟清水流

■ 杨 逍

雨从早上就落了一点，但仅仅是零星的几点，并不能影响我们对清水的勃勃兴致。

小泉峡的温度其实刚刚好，雨落在臂膀上，是那种沁人心脾的清凉。而冯河草原就大不相同了，雨还是一样的雨，人却要将身子紧了又紧，那个戴着“斯特森”式宽沿高顶毡帽的中年男子，打马从烟雾迷蒙处呼啸而来，在草原最为逼仄的地方兜了几个圈子，他没有向人们展示他的绝技，但我相信他确实是有绝技的，就像我们村上说书的杨诚诚老先生生前常讲的那样——有本事的人从不轻易露底。骑马的汉子真诚地邀请每一个站在地埂上的客人上马一试，但所有人不为所动，那“该死的雨”成了我们含糊其词的借口。冯河草原因为雨更美了，而雨中作乐却不是我们想当然的那样浪漫，恰似我们惯常看见的美景与美景背后的真实往往并不一致一样。

据说，冯河草原是秦人先祖非子牧马的地方。当然，这个我们很早就知道了，整个关山都是秦人非子的地盘，他想在哪儿扬鞭谁也挡不住，苍茫大地，后来都是秦人的天下。包括我们夜宿的长沟村。

长沟河从关山深处湍急而下，不知走了多少弯路，最后还是汇聚到了渭河。有专家说，清水河出自关山，经张家川县马鹿镇至龙山镇，流向了秦安县陇城镇，汇入葫芦河到了渭河。专家肯定是心怀偏见，没有把长沟河也叫做清水河。专家忘了告诉人

们，关山之水向西流这个秘密；也忘了告诉人们，那汇聚起来的关山之水其实都应该叫清水河。当然，叫什么并不重要，生于长沟、长于长沟的村民连甲寅肯定还是喜欢叫他看了三十五年的这条河为长沟河。

连甲寅的家在长沟村的最深处，也是那条长长的沟的最深处，再往里走，便没有人家了。他说，走出这条沟就到了张家川县的马鹿镇了。也就是说，他的家是两县之间的一个门户，如果放在民国，他的家就是陕甘两省之间的一个门户，但他并不知道他扼守要冲。

连甲寅当然知道他家门前突兀屹立的麦垛一样的高山上的传说。在他将要讲出这个传说之前，我问他有没有去过麦积山，他摇了摇头，羞赧一笑，他的龅牙竟显得有些可爱了。我的目光透过霏霏细雨望向近在咫尺的高山，他果然说，外来的人都叫这座山是小麦积山。没错，一个缩小版的麦积山就在我们面前，就像连甲寅再也熟悉不过的无数个麦垛一样，像一个夸张的麦垛的雕塑一样长年累月地矗立在长沟河畔，矗立在连甲寅的日常生活里，于他而言，反而不觉得如此美景有多新鲜了。

因为雨，小麦积山上的传说被秦亭镇上的女干部——那个明眸皓齿的小姑娘——讲了出来。相传，很远很远的时候，关山上的土匪常常扰民，每临大敌，长沟村的先祖就聚到小麦积山上避祸，上山的路径陡峭窄小，有一夫当关万夫莫开之险，而山顶平缓，可囤积粮食，宜人暂居。土匪每每凶狠而来，扫兴而去。终有一天，新的土匪头子下了决心，带着一门火炮来到山下，扬言不炸平此山，誓不为人。为了保卫家园，长沟先人只好以巨石和滚木为武器与土匪展开了艰苦卓绝的战斗。这是一场不被史书记载的战斗，有无伤亡被传说者一言蔽之，后人只说，火炮的威力自是不容小觑，而在那千钧一发之时，土匪和村民都看见了一个身穿黄金铠甲、手执大刀、跨着白马的将军屹立于山顶的云端，战马长嘶，将军亮刀，土匪的火炮一时失灵，就连那弓弩上的箭头也射不到崖壁，土匪大惊，仓皇而逃……肯定有人会说，那是大秦的将军显灵，护佑了一方百姓。我们也宁愿这样相信长沟村的确有这样一个将军做保护神。但将军的力量定然是微乎其微，要不然，长沟村的居民也不会长久地被困于贫穷的藩篱，多少年来，他们每走一步，都是眼前的山大沟深。

雨后来越下越大。村上为我们准备的那一场皮影戏也只演了一半就匆匆收场。清水人把皮影戏叫做牛皮灯影子。当然，并不止清水人这样叫，整个秦人先祖牧马的地方都这样叫。一灯一幕，三箱四人便是整个皮影戏的家伙什，用一辆面的就可以全部装下，走村过巷，来去自如。天水的诗人说，这才是旧时候的味道；而来自远方大城市的作家一致感叹，此情此景只曾在电视上见过。虽然他们不懂秦腔，听不懂唱词，但还是被那小小的坛场吸引住了。三男一女在幕布的后面唱着大明天下事，一群人在幕布的前面，在逐渐大起来的雨点下看着清水如今的繁荣昌盛。想必每一个人都曾在某一个时刻想起了自己的童年，而童年究竟是什么样子？当我们置身于崭新的文化广场，置身于整齐干净的农家乐民居，我们定然是感慨万千：今非昔比矣！

站在秦人的大地上，听着秦人的腔调，这对远道而来的人来说，并不是常有的事。尤其是在倾盆大雨之下，在雨声和秦腔的胶着里，我们的内心便和长沟村一样宁静了。

雨下得正欢，深扎在长沟村的第一书记赵晓斌将我们拉回了住处。连甲寅八岁的小儿子还在广场上与同伴捉迷藏。赵书记说，在长沟村 135 户 714 人中，这个娃娃最调皮。有一次，他偷偷藏进一间堆放杂物的屋子，钻进一个纸箱子里睡着了，害得全村人整整找了他一个晚上。他躲起来的当然不是留给客人住宿的那间最好的屋子，因为父亲不在的时候，他完全能像一个知书达理的大人一样对客人以礼相待。这一点在第二天早上得到了验证。

11 户农家乐，或 3 户，或 4 户，顺着宽展的硬化路，分成三个区域规矩地分布在长沟村的十里长廊里。清澈的长沟河在家家户户的门前流过，满眼青翠欲滴，鸟鸣声声，不由得让人想到，在长沟村的深处，或许住着一位在深山里采药的仙家，我们若是“松下问童子”，必是要经过这三个“屏障”，而一定会有一个你中意的地方让你留下来又舍不得离去。赵晓斌对他的这个设计颇为得意，他说，这样就能避免恶性竞争而又能满足游客不同层次的需求。他踌躇满志，长沟村发展乡村旅游的蓝图已在他的心里过了上百遍，长沟村分布于五个遥远山头的自然村，在他的奔走帮扶下打乱重组，以四个新的自然村重新出现在长沟河畔，那剩下的，便仅仅是如何发展和振兴。对于这一点，在我们喝下第一杯酒的时候，我就知道，他已经有了自己的深思熟虑。而在我们喝下最后一杯酒的时候，他说，长沟村的每一个人都是他的亲人。这个与我同龄的小胖子，这一刻眼睛里闪现着湿润的情深意长。

连甲寅对赵晓斌的信任和感激自是更为深切一些，虽然他不善言语，但他的眼神不会骗人。五年前，连甲寅开着拖拉机出山，车上坐着他二十八岁的年轻妻子，在一个转弯处，拖拉机坠入山崖，车毁人伤，他的妻子损伤了腰部的神经，自此瘫痪在床。五年求医路，他去了多少趟医院，自己也记不清了。连甲寅挠了挠头，又是羞赧一笑，他说，若不是这样，他的光阴也能跑到人前头去。没错，这个精瘦的年轻人，很早的时候就能开拖拉机，如今又能侍弄好一窝一窝的蜜蜂，他有过好光阴的充要条件，但人生没有如果，厄运来时，自当全力接着，不颓废，不放弃，才是一个男人应有的担当——连甲寅确实做到了。而令连甲寅做梦也没想到的是，五年后，他还能住进自己不花一分钱的新房子里，他有太多需要感激的人和事，但他在面对我和赵晓斌的时候，没有说出来。同样，对连甲寅的帮扶，赵晓斌付出了多少努力，他也没有说出来，他们都知道，不说才是最好的说出。

连甲寅在他新开的小卖铺里刚说完车祸的时候，他的小儿子回来了，我坚持以我的方式，以他的小儿子的名义，向连甲寅表达了他对我盛情招待的谢意。那个晚上，我做了一个梦，梦见天刚放亮的大雨中，连甲寅的妻子拄着拐杖站在院子中央，喊她的两个儿子起床。而彼时，山上的爆竹声亦隐隐进入我的梦里，连甲寅的妻子在那声声的脆响中缓缓走出了门，站在了长沟河畔。这个不含半点虚假的梦长久地把我困住，我在梦中大喊连甲寅的名字，直到大汗淋漓时猛然惊醒，才发现天已大亮。收藏家马丑子说，白天没有做完的事就要在梦中做完，我深以为然，因为昨天晚上连甲寅说，他们明年要去西安的医院做手术，但愿能够成功。这亦是所有人之愿，希望我的梦能给连甲寅带来好运。

起床后，连甲寅的小儿子站在门口，仿佛是从昨夜就守在那里，他告诉我，开水已经烧好了，雨还在下。他还告诉我，连甲寅五点就出门了，去了长沟的更深处，在一个山头上为村里的一位老人送葬。那孩子跟着我出门，我们站在那一排崭新的农家乐前，站在哗哗流淌的长沟河边，我向着远方长啸三声，那孩子也跟着长啸三声，他说，我大就听见了。

我离开的时候，雨停了，连甲寅回来了，他从人群中叫我出去，在他家的院子里递给我一罐蜂蜜，他仍是羞赧一笑，说，谢谢你。我的心头顿时一热，感谢和拒绝的话竟没有说出口，他看出了我的心意，又说，就当是对我的蜂蜜做一下宣传好了。我接受了连甲寅的馈赠，只是有些忐忑愧疚，因为我能做的实在是太少了。

我上了车，那八岁的孩子，一脸严肃地看着我。我向他招手，他倚在门口对我喊了一句——再来啊。我说，会的。

我当然还要再去长沟村，再去看看连甲寅，和我的朋友一起去。我要告诉他们，长沟村里有我的亲戚。

作者简介：杨逍，本名杨来江，80后，甘肃天水张家川人。中国作家协会会员。在《创作与评论》《青年作家》《山东文学》《文学界》《飞天》《福建文学》《西部》等刊物发表小说一百余万字。多篇作品被转载并入选若干选本。获首届山东文学奖、第二届林语堂散文奖、第五届黄河文学奖、第十一届滇池文学提名奖、第二届红豆文学奖、第二届麦积山文艺奖、第二十六届梁斌文学奖、第九届华语原创文学奖等多种奖项。出版小说集《天黑请回家》等四部。非虚构作品《关山深处的上海女人》入选2016年中国作协定点深入生活项目，长篇小说《柳生芽》入选2017年甘肃省文艺百粒种子工程。

韩坪村的天空

■ 汪　彤

天空深蓝而高远，赟书记的眉头却紧锁着。

他站在公路旁，蓝色路标上写着“韩坪村”。不知这是他第几次站在村口的大路上等待？偶然有人问起，他笑一笑不作声，心里想：“上百次了吧。”

韩坪村翻过一座山，不到40分钟，就到天水市城区，这是两区五县村子中离市区最近的村落之一。这次赟书记等的不是检查组、督察组，也不是指导果木嫁接的技术员，更不是给村民教授电商知识的老师，这次他等的是欢欢喜喜来周末农场收菜的“城里人”。

他看看远处的天空，白亮的云朵像棉花垛一样堆砌，他心想：“明天，等收完菜，晚上就下一场雨吧。天太旱，周末农场的菜地，靠老韩两口子担水浇，太辛苦……”

无论什么时候，赟书记心里总是装着郭川镇17个行政村的村民。那些点点滴滴的事情，有的让他抿嘴一笑，有的让他额头拧成一团。

“还有多少户有脱贫短板？”坐车奔往各村的路上，赟书记会突然转身向后座的镇长王小军和副镇长郭兰兰发问。他们也早知道赟书记会有这措手不及的一问。每一户的情况，他都要问问，这是他的习惯，他想让同事对脱贫户的工作多思考、多打算。

那些关于贫困户的数字、文字资料，长期和短期的脱贫计划，早就深深储存在大家脑子里！赟书记更是把每一家贫困户的名字，刻在自己心上。每一家贫困户，像一枚钉子，钉在赟书记心上，想起来就会觉得心疼一次：“他们怎么还这么穷？怎样才能脱贫？这懒惰和落后的穷根子，我就不相信拔不掉……”

记起2017年第一次踏上郭川镇的土地，那是冬末初春天寒地冻的时候。冬日里果树光秃秃的枝丫漫山遍野伸向远方，似一双双向天空祈求的手。郭川镇58000亩的耕地，48000亩是苹果和花椒树。大地上冬天冻土的坚硬，与这里贫困的坚硬，似乎是同胞兄弟。赟书记刚熟悉了郭川镇各个村的情况，准备摸清贫困户和刚脱贫的那些人家，按他们的具体情况，制订详细计划。这时，老天却给赟书记来了一个下马威。

那天在去韩坪村的路上，突如其来的一场冰雹，把赟书记堵在了半路上。冰雹过后，万亩果园刚结的小果子砸落一地。冰雹也就是一阵阵，可是乡亲们一年的希望却被砸灭了。韩应水老汉蹲在地头，叼着烟锅使劲吸。很多乡亲也都踏着烂泥，跑到自己的地里看果树的伤情，绿色的小果子铺满了山野。赟书记双脚淌着泥水到了村子里，他和乡亲们一起坐在地头，对着山野里的一棵棵树沉默，他不知道该用什么话安慰乡亲们。

韩应水老汉一家2016年刚脱贫，他似乎经不起这样的天灾人祸，他沮丧的脸几乎到了绝望：“刚刚日子能过去，这不是绝人的路吗?”他的埋怨不是说给赟书记的,是说给老天的,可赟书记心里沉闷到了极点。从那天起,赟书记一看到山头有浓密的阴云,心里就紧张,毕竟天气的事情,谁又能保证会不会下冰雹……

很多晚上,赟书记都失眠睡不着。镇上他办公室里的灯光,一夜一夜亮到天明。他翻开镇上每一户、每一家贫困户的基本资料,还有刚刚脱贫的那些人家,这本册子不知在他手里翻过多少遍。他布满血丝的眼睛,盯着电脑,近视眼镜和电脑银屏互相反射着亮光。他曾听人说:“北京密云有个周末农场,位于国家生态文明县密云县城南,距京承高速密云县城出口仅4公里……”这样的情况,不是挺像韩坪村的地理位置吗?三阳川隧道正在施工,隧道打通不到15分钟就可以从市区开车到韩坪村。

“我们也可以模仿密云的周末农场,以‘生态,环保,可持续发展’为经营理念,让城里人认购韩坪村的土地,种良心蔬菜、吃放心蔬菜,以资源有效利用为载体,以有机蔬菜、农产品为支撑。如果能实现生态平衡,建立比较完善的循环农业模式,就是再有30个韩应水家的贫困问题也不是问题,稳固脱贫更不再在话下。”这是赟书记召开镇扩大会议上的讲话。他国字脸上露出浅浅的微笑,他眼睛里闪着光亮,声音洪亮而清晰,给村民开会时,他脸庞上的笑容总是那样敞亮,让乡亲们温暖而踏实。

开这次会议时,正是2018年的春天。赟书记忘不了有一天早晨五点,一个低温冻害天气,气温降到零下五度,刚刚开了花朵的树,哆嗦和震颤之后,花骨朵落了一地。赟书记带着村民们一起致富的梦想又泡汤了。幸好有周末农场的支撑,让亩产不过3000的土地,只需用七分地,便能收入3600元。韩应水老汉家虽然是个试点,赟书记心里却被一种巨大的力量支撑着,他始终相信:“绿水清水就是金山银山。”只要肯动脑子,靠天吃饭也没关系,办法总是人想出来的。

我见到赟书记的时候,还是在韩坪村村口,我觉得他是在盼着一场雨,因为地里的菜也在等一场雨。我们聊天的时候,他说:“今年好了,这雨水……”可是他脸上的笑停滞几秒,把后面的话又咽下去了,像是想起了什么事情,又像要遮盖一个不能说的秘密。我理解他的心情,毕竟在大西北贫瘠的大山里,天气的事情,谁又能说得上呢。这韩坪村的天空下,一片一片的果园,像是赟书记上了蒸笼屉的大馒头,他就盼着苹果、花椒在风调雨顺中顺利成长。

周末农场的地头,总有一个穿着蓝色衬衣、鞋上满是泥土的乡村干部,他像一个务农活上的老把式,一边收着辣椒、西红柿、茄子、刀豆,一边抬头望着韩坪村远处的天空。他盼着韩坪村下一场好雨,也盼着阳光晴朗的好日子。

作者简介:汪彤,女,甘肃省作家协会会员,鲁迅文学院第33届高研班学员,中国报告文学学会会员,中国散文学会会员。作品散见于《文艺报》《中国文化报》《中国艺术报》《芳草》《飞天》《红豆》等省内外报刊,已发表300多篇。有作品入选2014年、2015年、2016年中国散文排行榜。获第五届冰心散文奖,甘肃省第四届、五届、六届黄河文学奖。

清水三题

■ 唐　宏

题一：清水清水

清水是我喜欢的县城。

对一个地方的喜欢，是在情感深处有对人、对风物的认可。

清水的人很好——在天水一带，说起清水人，都说诚实、善良、勤劳。这深深勒印于天水人的心目中，被口口相传。这在如今是珍贵而稀少的。

很多时候，我一直思考人与地域的关系。——想来，其实还是老话说得好，“种瓜得瓜，种豆得豆”。黄土养人——厚重的黄土，生养了轩辕帝，当然，也就滋养出一个个纯朴的清水人。

《水经注》记载：“黄帝生于天水，在上邽城东七十里轩辕谷。”上邽城，就是今清水县。黄帝“教养百姓九行，即孝、慈、文、信、言、恭、忠、勇、义”。这样，他的治下，百姓遵从礼仪，文明生活。

而上邽县，是我国最早的县城之一。“公元前688年，秦武公伐邽戎取其地，始置邽县。”作为中国最早设置县城之地，清水是有理由骄傲和自豪的。那时，置县城，一个地方蛮荒始减，文明更倡。于是，邽县人，也就是清水人在秉承轩辕帝智慧的同时，把文明做人始于生活中，礼仪仁智，宅心仁厚。这样，文明、文化从轩辕帝始，邽县传承，源远流长，绵延不绝。

这是多要紧的事啊——风吹过去，风马流年，岁月更替，可是做老实人，不卑不亢，虚怀若谷，却深深地在清水人心中扎根下来。

清水人继轩辕帝之风，心地清纯地行走着，走到了今天。

真的，到了这儿，你就会喜欢上这儿。与当地人相处不了几天，你会深深地感受到他们的诚实、清纯。清水人说话，没什么迂回，也没什么辞藻，真真诚诚。如身边流淌的牛头河，清清静静而入你的心里，让人心生愉悦。

生活喧嚣，嘈嘈杂杂，能与令人愉快的人在一起，是幸福的！

我是天水人，与清水接触机会较多。前几年，由于脱贫攻坚工作，还在清水待过一年半时间，对宽厚的清水人的感受更深。那时我任清水县草川铺乡腰林村第一书记。一年多来，吃农家饭，帮干农家活，与村人生活在一起。一个个村民很坦诚，有什么事，就说什么事。记得一次开村民会，县上的同志介绍我，说是个很甜的人——唐书记。村民低低地笑了。没一个起哄的，也没刺耳夸张笑的。这笑低低浅浅，有接纳、善意、平和的意味，憨憨瓷瓷，透着真诚。工作中，和乡上驻村的干部祁斗刚、杨丽霞，还有办公室的高永平、张琪打交道多。或挤公交、走山路、进农户，或协调什么事情，那段时间，我们入户了解情况——那时有很多入户和填写表册的工作，有的要连夜了解、填写清楚，量大、要求高，这些同志任劳任怨，工作热情高，一段时间加班往往要到深夜两三点，很辛苦，但都任劳任怨。由于一起合作共事的人很好，我们的工作很顺利，心情很愉快——和老实人一起做事，心里舒畅，还能成事。

由于生活在了这儿，就有更充裕的时间了解、走进清水人。我觉得坐班车不失为一个好办法。

那时，从草川铺乡至清水县城，早晚各一班车，即早上从镇上发车，晚上从县上返回。只有班车，赶车便是常有的事。而一次次坐车，我便了解到了随和包容的清水人——我曾写了清水乡间班车的文章——我说到客车司机、乘客，慢慢的车，磨蹭的人——客人上了车，又忘了东西，车停下，大家等那人去拿东西，也都没什么抱怨的话，大家相互让着，体谅着，让车等着，让把车赶上，不把事儿耽搁了。睦邻，和气。——这随和多好啊！

现在的人，气都盛，都急躁，换了其他地方，要是有这么磨叽的人，司机等不等是一回事，乘客恐怕不会答应吧。

——清水人的随和、包容，其实是一种精神。这精神对和谐一个乡村，有很重要的作用，有了这随和包容，一个村子便其乐融融，清清明明。我一次次和清水村民一起坐公交车，一次次遇到诸如此类有意思的场面，我心性也随和、安静了起来。

这次受清水县邀请，我参加了全国作家助力清水脱贫攻坚采风活动。短短几天，我再次感受到了清水人的坦诚。其实，外地来的知名作家，无论是北京、天津的作协老师，还是吉林作协老师，或者说是福建、陕西、宁夏的作家老师，也都感受到了——这次活动，从县上领导到一位位工作人员，他们热情好客，细致周到服务，老师们纷纷在采风群留言表达谢意。

实诚的清水人走进了南北而来的作家的心里。我相信，文字肯定会记录下这美好，传之南北。

但客观而言，清水条件很是艰苦，这种情况之下，脱贫攻坚任务就更重。但清水人很是坚韧——在艰苦的条件下，清水人不怨不弃，奋力向贫困宣战，努力向美好生活奋斗，成绩让人刮目。

这次采风，我们到了长沟村、关山村等。这些村子地处深山之中，山大沟深，林带莽莽。那天到时，只见满眼绿色，青山突兀，一户户农家乐，矗立在绿水青山旁，都是二层小别墅，木柱挑檐，红红的灯笼映着蓝天，展示着诱人的风情。

当时看着这美丽的风景，我就想，如果这几年清水人只是埋怨天高地远，埋怨地理偏僻，埋怨条件落后，或者听天由命度日子，那么这儿肯定还是破烂的房院、落后的村落。可是，清水人在脱贫攻坚的大潮中，发扬坚韧精神，在艰苦中乐观向上，用自己的智慧，用勤劳的双手，改变落后的面貌。这现在是一个普遍现象，在清水县，脱贫致富，打赢脱贫攻坚战，不光是县上领导的共识，更是村民的自觉行为。

在长沟村一户农家乐楼房的二层露台上，我和村支书田增录聊天，了解到他是高中生，之前在南方打工，2008年返回村子，从当文书开始，到现在任村支书，已经11年了。结合脱贫攻坚，他尝试多种经营，现在种植了10亩金银花，明年就会受益，后年盛产，亩产预计3000—5000元，一年能收入3万—5万多元。

在田增录的带动下，现在村子里有30户人家都

种植了金银花。

土地养人。种下粮食，它长出五谷；种下金银花，它长出金银。我们看到这些金银花的田地，苗木茁壮。时日之后，一朵金花银花将在阳光下闪闪发光……

长沟村人的好日子就在眼前。

一天采访结束，晚上我们一行宿在了关山村农家乐。我和马青山老师住一起，这家农家乐叫“关山人家”。关山村的农家乐简单、干净、整洁。晚上，热情的关山村人给采风作家演出皮影戏。漆黑的夜，大山静谧，锣鼓咣当，而这一切，又被如墨的夜抱着。当晚，省文联副主席马青山、省作协主席马步升和天水作协主席王若冰等先生为村民挥毫泼墨，书写中堂和斗方；而第广龙先生静静坐于一边，看一眼幽深如井的关山之夜，听着传入耳朵的禽鸟鸣声，写关于关山、关于清水的诗歌，至晚 11 点收墨之时，三首诗作淋漓而呈。这天晚上，老师们一刀纸的书法作品和三首诗，使关山村墨香、诗香冲盈，我就淋浴在这纯粹、干净的墨香夜里……

另外，清水还有厚重的历史，美丽的风景名胜。

轩辕黄帝生于此地，非子于此牧马，赵充国将军屯田，清水的大地上，星光灿烂。轩辕谷、充国陵园、宋墓群、汤峪温泉、花石崖，还有新打造的轩辕广场轩辕湖公园，美不胜收。

其实，就是到清水，一路风光也很美。这次受邀之行，我驾车前往，让这趟清水之行一路莲花，意味无穷！

出天水城，过麦积，沿渭河，滑过社棠镇，依牛头河北进。公路在山涧蜿蜒，山高，青翠，夹着湛蓝的天。这干净的绿，衬着干净的蓝天，心情也干净清爽了。

县乡公路，路面窄小，且在山间缠绕，很不好走，车速慢，便慢慢走来，慢慢看来。看青峻峻的山，看绿束束的草。路边是一块块庄稼，当然还有裸露的山崖，随车行着扑打过来，那么触目惊心，又绕出一条路。路边，一片麦子，青翠翠，有如没成熟的杏子的，浅浅的黄，离灿灿的黄还有几天的时间哩。有一片片绿油油的玉米，还不到一人高，但长势很好，今年的玉米，由于雨水足的缘故，每一块地都长得齐刷刷的，如青春盎然的少女，马上要饱满充盈起来了。还有一片片胡麻，这时，胡麻已开花，一朵朵紫花，齐头而绽，如一片蓝布，江南碎花蓝布的那种，好看极了！

不能错过风景，天地之间的风景，就在那么一时而绽着，你能遇着，是缘分。到清水，我就遇到了这美好！我就放纵了眼目和心情，于是，牛头河就在身旁，草啊树木啊，在眼里进进出出。而这时，有一坡向日葵黄灿灿的，腆着个大笑脸，那么没心没肺地向你笑，不由使人心生喜气，于是惹得我也想笑。用现在的审美观来看，那么个大脸盘，显然不在美人之列，可我觉得这笑就简单得如清风明月，干净透心，我就喜欢！

一路，绵延的山，黏稠的绿，深山老林，把我深深陷了进去。该不会有什么大虫跳出来吧？——你别笑，这么大的林子，不光是啥鸟都有，还真有惊险的事——我就听说野猪咬人的事：有一个人抓小野猪，没想撞到了野猪妈妈，那人想逃走，气红了眼睛的野猪妈妈当然不干，哼哼着一嘴咬过来，那人急忙扔下野猪宝宝，惶然逃窜，然而却还是被野猪妈妈咬到了腿……也是野猪妈妈心胸宽大，看到孩子又到了自己的怀抱，没有危险，就再没追究，哼哼着领野猪宝宝走了，惊魂未定的那人这才捡回条命……

这在清水是真事。清水县山高林密，飞禽走兽当然就多，除了刚才说的野猪，还有鹿、麂子，有像镰把一样粗的蛇，至于红腹锦鸡等鸟类，那就多得如毛毛雨……而那时我下乡时，一天晚上，我们在村委会加班，填写扶贫相关表册，忽听办公室外有人惊叫，极恐惧，大家心跳着跑出去，原来一同事上厕所，差点踩到了一条蛇。当时，在昏暗的灯光下，我看到那蛇不慌不忙，游走而入了墙缝里。我疑心，这蛇会如鲁迅所说的，化作美人蛇，半夜里叫某一个人的名字……

其实，收回惊惧的心吧，这大白青天的，野物肯定不会扑打出来，还有蛇啊什么的，更不会出来伤人。自然间的飞禽走兽是有灵性的，不会主动攻击人。民间有这样的俗语:人不惹虫,虫不伤人。所以,就把心放回去,好好行路吧。

这么慢慢行着,到了红堡镇。一路山水,有些寂寥,到了这儿,人烟繁稠了起来。慢慢进了清水县城,街道变宽了,干净整洁,轩辕公园就在身边,一个风情十足的清水出现在了我的眼前。

我到达了一个美丽的地方。

于是,一次美好的采风活动开始了。

那天,我听到了清水县歌《我家门前清水流》,瞬间被感染。

一个县城,有水清凌凌流过,有蓝天像洗过的玻璃,有实在的一个个清水人,这么美好的地方,又怎能不让人记惦呢……

是的,应该记住清水。

在这里,我要做一名花工
种一千亩牡丹
种十万株丁香
种十亩格桑花
种一坡又一坡杏花
我还要种一路月光
还要在汤浴
种下一棵又一棵海棠
用花酿蜜,用花做饯
然后等你来

(唐宏《在清水做一名花工》)

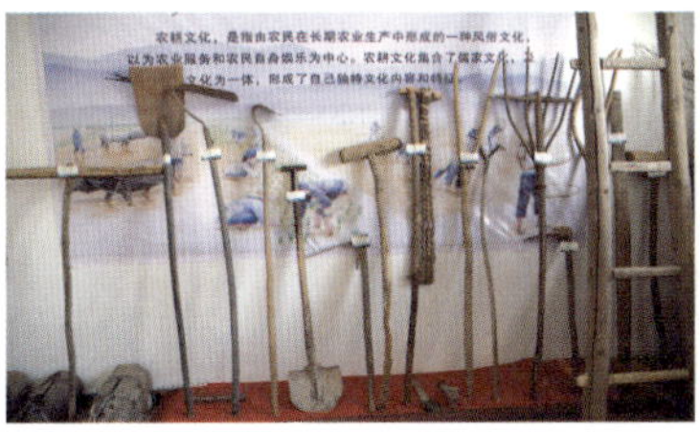

题二:清水乡村班车

我好像从没有坐过这么慢,且生活味十足的班车。

草川乡的班车像蜗牛一样,寸进,寸进,仿佛要停下来;或者说好像要随时熄火,却一丝藕连着——一口细微的气,轻喘喘地蹭着,蹭着。而终于蹭出了不足 100 米的小街道了,才加一把力跑起来。而每到这一刻,我才会轻舒一口鼓着的气——为汽车鼓气,这是多么奇怪啊!呵呵!

坐这样的班车,让人心急且累。

然而,由于工作缘故,一段时间,我却与这趟班车粘上了。

这趟班车从乡政府大门外始发,终点是清水县城,正好途经我工作的腰林村。乡政府偏僻,人员来往稀少,于是一天里就只有一趟班车,早上八点半之前发车,下午两点左右返回村里。我去腰林村,就得坐这班车。没选择的,爱坐不坐!这真是乡村班车!

而乡村班车,就像个生活小剧场,生活味十足极了。

班车窄小,凌乱,坐垫也脏兮兮的。还有人抽烟,烟雾缭绕,熏人得很。坐车的背大包小包的,带小农具大家什的,这儿一塞,那儿一搁,下脚就很难了。然而这儿的人很善良,这儿堵了那儿塞了,就是影响到自己的座位,抬脚跷腿着,坐得极不舒服,也没人嘟嘟囔囔,都会相让着或坐或站。于是,窄小的车厢里,人物平和相处,气氛融洽。

车厢里，聊天是常有的事，尤其有相熟的人，亲热地聊天说闲话，问家里人情况，问去哪儿，家长里短，一大堆一长串。我爱听清水人聊天，口音很好听。女的话语柔柔弱弱的，如和风吹拂；男的说话都很直接，但不刺耳。和他们交流起来心情蛮爽。而清水话，语言还很特别，有很多夸张惊叹幽默的话语夹于其中，生生动动。那天，我听一位男的隔河对一位婆婆说话：他（孩子）婆，你不好好地暖着，一滑一滑地，滑倒就给某某（应该是婆婆的儿子）把事又寻下了，早（现在）歇了暖着去。我看到，河旁边冻得硬邦邦的，很滑。那老婆婆说，我看有牛粪没，拾一点烧炕，你咋去家？——你听这一老一少的对话，把关爱、亲近都透露了出来，语言还鲜活生动，好听吧！

这小剧场，还有小喜剧呢——一次，车过一个小村庄，在巷口，一个三四岁的小孩在招手，我没想这小孩是来乘车的，还以为是个调皮的孩子逗司机玩，可司机却把车停了下来，那小孩跑过来上车了。司机问，你去还是大人去？小孩回答，我大（父亲）就来了。几分钟后，一个男人急匆匆跑出来，上了车，车开动才走出 10 多米，那男人说，把医疗保险本本忘了。只是这么一句话，司机就又停下车，男人跑下去，像刚才一样急匆匆。车上有轻微的笑声，一个女的说，看这男人心大的（粗心）……这时，司机又往回倒车，迎那男人。那还是个下坡路，倒车是上坡，可司机一句话都没说。那男人上车，也没说一句感谢的话，没向大家表示歉意。

乡里乡亲，心灵是相呼应的。

乡村班车，满满的生活味！

乡村班车还要"热身"。这趟穿行于县城和乡村的班车，每天在八点时就开始打喇叭，跟热身的运动员一样，两分钟或三五分钟，长长短短地叫，喊你快上车。听着让人烦，但这叫还真管用。我多次坐车，都是被这叫喊催着，催得狼狼狈狈——乡政府的大灶早饭是八点，我听到喇叭声，就急急地吃，往往汤很热，一时喝不下，又要急着喝，那个烫啊！一派狼狈相。大家都说心急吃不了热豆腐，我看别说吃不了热豆腐，心急时，热汤也喝不下！

不过，还有比我更狼狈的。一次，半路上来一个男的，隔着沟，绕了一大圈才到车上，抱着个一两岁的小孩，说等会女人（媳妇）。司机问快了没，那男人答，快了，锁门着呢，就来了。司机张望，我们大家都张望——怎么这么奇怪，大家那一刻整齐划一地张望——现在想来都滑稽，可大家那时都如瞅戏台渴望演员赶快上台一样，引脖子张望。——可沟那边看不到什么人，司机打喇叭，打喇叭，才看见一个年轻媳妇慌慌张张地跑出来。到车上，脸上霜都没抹匀称——我猜想，这喇叭催着时，小媳妇要抹点什么霜，然而车喇叭催得急，就跑了出来，呵！大大地狼狈了一下。

可是不管乘客急不急，乡村的班车总是不急。出发时，慢腾腾，蹭，蹭，还是蹭。隔山隔河的人招手，停个三两分钟，司机抽一根烟，大家也都抽着烟（这个不好，满车烟味）慢慢地等。乘车的人有事了，再停车等。慢得莫可名状，却又慢得生活味十足。

草川是个偏僻的地方，大山包裹着，树林四围，没在交通要冲上，过往车辆就不多。这一条线上，往西是丰望乡，也属清水县管辖，就还有一些人经过草川到县城，再往西，是社棠镇，属麦积区管辖。麦积是很繁华热闹的区，社棠人当然去热闹的麦积，10 多分钟路程，很方便，这样就不会隔山隔水地去清水县城。就是丰望乡，也有人下山到社棠再去麦积城区或逛逛或购物。这样，草川虽然与方圆道路相通，但在交流交往上还是相当落寞。

落寞就有落寞的好处，一切可以慢慢地来。班车一天只一个来回，可以很人情地随时停靠，可以拉鸡拉猪崽拉很大的行李物品，可以在我惊讶的目光里不可思议而又情理之中地停下，可以一天里慢慢地穿行。日升了月落了，该送的都送到了，该拉的都拉上了，乡村班车就这么不急不躁地蹭着或行驶着。

乡村班车，混浊的空气，肆意弥散的烟味，世俗百相，热热闹闹，都在车上载着。

题三：清水扁食

今天的早餐是清水扁食。这是清水人自以为豪的饭食。

可以说，清水人一天的开始，是一碗扁食之后。而在很多时候，我听说了清水的扁食是多么多么好吃这样发自内心的赞叹。而今天，我的生活就是从一碗扁食开始的。

其实在天水，扁食是一种很大众，也很美味的饭食。就是如今的天水大街小巷，还遍布着一家又一家扁食饭馆，甚至很多还是百年老店。扁食饭馆往往是个蓬门小店，生意却出奇的好，食客熙攘。很多时候，我路过有了年份的扁食小店，都会口中生津。而每有时日，我必会带媳妇孩子去饱餐一顿。

我总认为，扁食就是天水的饺子——饺子要包馅，扁食也包馅。区别是，一是饺子要擀一个个圆形的皮，包馅；而扁食是擀一大片面，切成等腰梯形状的面片，再包馅。二是饺子用蘸料；而扁食却要做浇菜汤，用木耳、黄花、胡萝卜等，做一盆香气四溢的浇菜，就着煮熟的扁食兜头浇下去，那个美味啊！而正由于此，我内心里还总认为扁食比饺子要好吃呢！

当然，它们的形状，有人说饺子像耳朵，其实，饺子是个半圆形，是神似耳朵而已。而扁食呢，由于是由等腰梯形面片包成，却是活生生的耳朵！

清水扁食真有特点，它与天水城区的扁食相比，如果从一个食者的角度出发，或者说味蕾的需求来说，我觉得有些难以溢美。因为我爱吃扁食，便无形中把清水扁食与家里常吃的或者说是天水城区的扁食进行了比较。清水扁食不包馅，总感觉，清水扁食是对“面片”另一种形式的升华——它几乎就是“面片”的孪生兄弟，只不过婉婉约约的，由一片平直平

直的面片,变成有形有致、美丽可观、像耳朵的“面片”。

清水扁食的做法是这样的:也要先擀一大片面,也是要切成梯形。这些工序,与天水任何地方的扁食做法一样,而它不同之处就是不包馅!

而第一次吃清水扁食时,我竟然奇怪地想起——你知道我想起什么了?真假美猴王!

真的,如果单从外形来看,就算你有火眼金睛,也绝对分不出哪个是天水城区的扁食,哪个是清水扁食,即哪个是有馅的,哪个是没馅的。

这就是清水扁食。现在,你大脑里对清水扁食是什么样的,应该有大概的印象了吧?

可是,清水扁食作为一方地域的小吃,它的存在,还是有它的独特之处——我敢肯定,写到这儿,你会嘟囔,没菜没肉的,那会有什么味?

——这会我要告诉你清水扁食的风味了,或者说怎么让你的味觉在瞬间接受它。在这方面,清水扁食自有高招——搭配菜蔬。清水素扁食,搭配煮好的白菜、胡萝卜丝,再调入熟好的油,然后再调入佐料,辣椒、盐、醋等,就可食用了。而荤扁食,却浇肉末汤(目前,我还没吃过荤扁食,只是听当地人说的)。而更重要的,扁食所用的油,是当地人自己榨的油,烧熟了,泼上去,那香味,倏然炝来,钻入人的鼻子,那个馋人!

对于早餐,天水市人独爱呱呱、面皮,在天水市的大街小巷,早晨时节,我们往往能看到一个呱呱、面皮摊前,是如蚁般的食者。而在清水县城,扁食却是当地人早餐的首选。有名的扁食饭馆前,香味四溢,人满为患,有的还要排队。

这么一段时间,我已经吃了几次清水扁食了。我在逐渐接受清水扁食,我如当地人一样,吃一碗扁食后,精神十足地开始一天的工作。到一个地方,看看一地方的风俗,品尝品尝地方小吃,是人生一大快意呢!

这天早上,我从三楼吸着油香,下楼到了草川乡政府的大灶房里。我看见,雾气蒸腾的厨房里,一口大锅面汤翻滚着,一个个扁食出出没没,腾腾而来的热浪袭裹四处。而此时,新炸的油香在这热浪里,更浓郁了,更诱人,一个早晨便从这活色生香里扑我而来……

作者简介:唐宏,甘肃省作家协会会员,出版诗集《天水欲雪》(被《星星》诗刊纳入“星星·青年诗人丛书”)及作品集《黄土情》《守望者》《感动》《啸啸虎》等4部(《啸啸虎》为天水市第一部长篇儿童小说)。

百年好“核”，它们一直生活在爱情里

■ 左昊苏

核桃枣儿双双对，
养下的娃娃满炕跪。
一笤帚，两笤帚，
这是养娃的圪塄子。
核桃核桃双双枣，
养下的娃娃满炕跑。
扫金哩，扫银哩，
过(明)年向你要人哩……
——天水秦州农村洞房扫床歌

眼前的核桃树，190多岁高龄了
栽过它的人
是另外一株朝下生长的核桃树。此刻
一场雨很温柔地赶在了我们前头
我们举着伞，核桃树举着自己
相互保持惊喜和欣赏的距离。周围
肃立的小核桃树和更小的核桃树
举着伞或举着核桃
听与核桃有关或无关的事情
这里，是草川铺乡火石村
目及之处及之外
百岁核桃树还有九千多株
如果他们紧密地连在一起
该是怎样一场天长地久的爱情盛宴
它们相互祝福：
百年好核(合)，核(阖)家欢乐
它们独木成林
独自享受自己或别人的爱情
它们高擎爱情之伞
爱情之果，有时结在树上
有时结在红烛高照的土炕上

沿途走来，绿色在蒙蒙细雨中燃烧
连山石也腾起了树木和花草
火石，也许就是这条穿着深灰衣服的水泥路了
下着雨，水泥路也更有水泥路的味道
火石村，已不出产雷电之火
就像核桃树，已不出产核桃
它们只吟唱爱情

郭川的“山神爷”都是苹果树变的

一只苹果
从农产品变成商品
至少要经过果农之手十二次的触摸
郭川镇，两亿只苹果
二十四亿次的触摸
触一次，就大一次重一次
摸一次，就离土地远一次离远方近一次
(我怀疑：果农皴裂的手，都是被苹果咬伤的)

我在想：两亿只苹果
齐喊郭川是什么样子
带着儿子和孙子到郭川赶集是什么样子
逢年过节从国外及沿海城市回来是什么样子
全部戴上红领巾或穿着工作服又是什么样子
不远处——
几台防霜机漫不经心地和风耳语

不知是在悄悄传递作家采风的消息
或者以另一种方式采风

贫困户景彩彩说：
“我的几亩苹果地
帮我还清了男人病故前欠下的账
帮我盖起了新砖房
帮我把孩子送到了党需要的地方……”

两亿只苹果
郭川两亿个优秀的儿女
它们甜美了两亿次陌生的胃
它们把郭川写满了天南海北
在村书记宋明星满脸的容光里
被另一株苹果树挡住去路的左昊苏
发亮的脑门蹦出了此诗的标题

在清水，我遇见了童年的自己

在清水，我遇见了童年的自己
父亲在挥鞭耕地，母亲在麦场晒粮
妹妹和花猫在炕上捉迷藏
黄狗和我走在送饭的路上——

我要替泉水说出这些植物：
蕨子[①]，蕨子罐罐[②]，莔子[③]，野棉花，酸刺[④]
蕨子罐罐里装几粒蕨子吃
是我童年的美味

我要替山谷说出这些药材：
柴胡，半夏，冬花，绵刺根[⑤]，黄芪，艾蒿
绵刺根绿色的血液
是比面面土更有效的止血良药

我要替阳光说出这些树木：
苹果，核桃，花椒，大樱桃，槐花，山杏
“人均两亩园，收入过万元”
每个苹果，都是元宝的样子

我要为雨露定位这些地方：
郭川，丰望，草川铺，秦亭，山门
我喜欢丰望和山门这两个地名
丰收在望，关山有门

我要替月亮描述这些白天的事物
蓝天测量白云的腰围，格桑花测量着水泥路的身高
夜晚的路灯里
藏着白天偷懒的太阳

我要替现在的自己说出这些宝贝：
庞公石，温泉，麻鞋，麻子，核桃扁食
就连小岭沟畔的半块磨盘
都让宁夏诗人杨森君念念不忘

注：①藨，拼音为 piao，音同“瓢”。藨子，野草莓。

②藨子罐罐：风铃草。

③莿：拼音为 jian，音同“剪”。莿子，学名胡颓子，俗称羊奶子等，大小如绿豆，橘红色，味道酸甜，可食。

④酸刺：沙棘。

⑤绵刺根：中药材小蓟。

此刻，只有镜头能跟上我的思维

水流往西
风沿河道向东吹
这是前往陇东方向的半路
我们小憩的地方

王建兴专注地捡拾着地软
汪彤清洗着半块古陶片
杨森君，坐在河边的石头上写诗
香烟缭绕，我相信那是汉字急驰扬起的灰尘
静默时，我怀疑汉字又堵车了
组长习习恰到好处地发来信息
返程的高铁已经启动

挖药材的中年人告诉我
这里叫小岭沟
再往前的草垛场里
养蜂人住着蜜蜂牌帐篷
他们的方言里
除了蜂王浆，还有清水话的味道

上车时，王建兴介绍着半小时以后的行程
汪彤再次提起了她的孩子和丈夫
联络员鲁世林翻看着相机里的摄影作品
杨森君念叨着河边的半块磨盘
置于案前，放茶杯或花盆多好
我的右侧，是习习的位置
如今只剩凉风

此刻，只有镜头能跟上我的思维
过了这一阵，镜头是多余的
描述是多余的
追忆也是多余的
我，也是多余的

在清水，我开始前言不搭后语

下午五时，清水县城北的晚阳穿着短袖
云朵在天气预报里
明目张胆地策划着下一场雨

2 路公交车，经过温沟再经过暖湾的时候
我知道离温泉不远了
一想到温泉
周身没有那么凉了

温泉，有着作家或诗人的特征
表面无异于常人
内心充满地热、硫黄和澎湃的激情

而我，只是温泉门前的汤浴河水
尽管声势浩大、水流如瀑
内心隐匿着透明的黑匣子

在清水，我喜欢永清镇这个名字
清水永清
才是清水应该有的样子

在清水，我开始前言不搭后语
许是我吐尽雾霾和汽车的尾气之后
思维有了断层，语言有了缝隙

作者简介：左昊苏，80 后，天水市秦州区文联主席。文学、摄影、书法作品散见于《十月》《诗选刊》《星星》《诗歌月刊》《飞天》《中国书画报》《书法报》等报刊，有诗作入选《新时期甘肃文学作品选》《甘肃的诗》等选集，著有诗集《跟在春天背后》(待出版)。

赵那村行记

■ 马丑子

世界上有许多地方，人们对其无心时，则一生对它不屑一顾。而对于有心人，它就如强力超群的磁石，引领众人前往，而且会让人把灵魂和牵挂留在那里。

也许我肤浅的阅历还存在着些许傲慢，也许我生命的历程只是一湾浅浅的小潭，也许神灵造化这一方水土时，刻意地拒绝了轻狂者的造访，去往赵那村的路我竟然走错了几次。我的导航迷失，我的思想空白，我动力十足的越野低吼不前。我茫然了，是满山花牛初长成形，还是遍野椒树正值少年？我突然意识到，灵魂深处需要寻找的归宿，极可能就在不远处。也许，我面临的是此生最后一次选择。那一时刻，我潜意识中有了逃避的念想。然而，我的此行任务是，去看它们！

长久以来，我匹马单枪闯过一轮又一轮的物是人非。但它不是一种私人的体验，而是全身心与命运抗争下渴望人们能够理解我难言、复杂、激动和满身伤痕的一生。阳光落下的一刻，我的双脚也落在了那里。为此，我狠下心，去看看这片让我一言难尽的土地。

二十多年前，雪潇先生在一首短诗中，曾称柿子树为北方的一尊坐佛，着实让我激动了半辈子。然而我曾无数次路过小泉峡时看到过柿子树，却从未曾体会和观察到它是怎样开花初果的，只是在深秋来临，它挂在枝头或摆在路边时，才会体味它的衰落。几年前在微信圈中信手乱画过寒霜下枝头火红的柿子，遭到了很多人的误解与嘲讽，其言曾有：“心田犹如涝坝，何以立足天下！脱光方显真味，季节随他去吧！”这是我对柿子历经风霜雪雨后最初的一声赞美，也是对柿子树发自内心的一次尊重！它能成为佛，我敬！

然而我错了，起码在赵那村的柿子树下，我感觉到我彻底错了。此前，我只是把一片嫩绿的树叶当成了一片森林，我只是把一枚冻干的柿饼吃成了舌尖上的快感。而世界上真正的柿子树应有的尊严，完全在这里。

我口不能言，手不能写，足不能迈，我目瞪口呆地站在一棵巨大的柿子树下。我希望能在每一个早晨，我祈祷能在每一个夜晚，我能够重生，我要化作一棵柿子

树，不需要伟岸，只期盼和它共同忍受漫长的苦难，聆听盛世下人们对生命的赞歌！

板胡哀伤的曲调，把我引向了另一个世界。悬挂在墙上的农耕器具，预示着传统农业的终结，也将我打回娘还在世上的光阴里。演唱十月怀胎小曲的那位老艺人，他歌声里的沙哑和忧伤，正是这个尘世上儿女们内心深处想喊而没有喊出的绝唱。

你从四月的青黄不接唱到九月的豌豆上场，我随着你泪花在娘胎里走了趟故乡。在新家渠挖了回刺根，在双庙梁上挖了回洋芋，在羊路坡上割了回苜蓿，去邻居家里借了回衣米。你唱到十月时，我已经听不下去，我知道娘还在地里拣柴火，娘怕我生下来，就会冻死在家徒四壁的寒风里。

娘啊！我没有忘记你，至少在清水的赵那村我没有忘记你！此刻眼泪漫过了我的心，我不想再听他们唱十月怀胎临盆，因为娘生我时的那一声惨叫，只有我心里明白，任何凄婉的歌声都唱不出来。

世界依然过于辽阔，我一直在徘徊，想寻找一个适合我心意的地方。仿佛冥冥中的指引，我如一粒风中的尘埃，意外地飘进了赵那村，触摸到了隐忍中的柿子树，看见了已成静物的石磨盘，聆听了十月怀胎的为娘苦。心里总是盘踞着一种期待，一种能和我心灵深处强烈碰撞的事物出现，但瞬间被我的理智压下去。虽有不甘，但是泪水过后，心里坦然了许多。

我突然眼前一亮，几件和我一样灰头土脸的陶罐，竟然出现在一间屋子里的展台上，享受着众人关注的目光。它们尊贵地被陈列在方形的玻璃柜台中，接受来客的质询、评议和指点。仿佛时光隧道穿越到商周秦汉，让我的身心瞬间欢快起来。我知道我要寻找的朋友，肯定会在赵那村偏僻的一隅等待着我的来临。也许，它们就是我领养的上万件陶器中失散千年的几个弟兄。我来不及多想，趴在玻璃柜台的上方，用重机枪扫射般的语速，向它们喊出了我的寻陶启示：

“只因今生与你邂逅，我饥肠辘辘衣不遮体如约坚守了五千年！我千里迢迢风餐露宿虔诚等待了五千年！只为来世与你结缘，我弃巢成兽折断翅膀相思了你五千年！我赤足大漠横笛长河寻找了你五千年！这一刻，你突然的造访让我手足无措一身茫然！你离奇的身世和凄美的面容让我内心震撼！我时常在想：你从荒蛮与杀伐中裹挟着尘埃一路艰难地走来，曾历经了怎样的隐忍与凶险？凝视着你，我终于领悟到：你用热血描绘了残缺的人生，你把肋骨化作精神的利剑，你就是为了保全千年的操守和万世的尊严！”

我喊破了嗓子，但它们对我的突然造访无动于衷。显然，它们已习惯了冷落和孤独，对我的热情置之不理。这令我很伤心，尽管隔着一层厚厚的玻璃，但我绝对能准确地喊叫出它们的名字，秦汉商周。

我又一次被坚守击倒，我又一次被文学击倒，我又一次被文学俘虏。我清晰地感觉到，几只陶罐注视着我这只握笔的右手，除了算账数钱，还能够做些什么？我脱下戏袍和面具，把一盘熟透了的山杏，从一叠八十年代的报纸上挪开，找出生产队里的工分表，用商人的精明和华夏的文明对撞，反复地在即将成为文物的算盘上敲击，反复地争辩，反复地肯定与否定，反复地对着我的胸口，给那几个陶罐说：“你们不要孤独，有一帮兄弟会来陪伴你们。”

喝过了长沟村里的水，吃过了轩辕谷里的菜，一路风尘尚未抖落，回到路上，虫鸣和蛙噪又起。但是，六月的一个声音，把我引到了赵那村。柿子树下，诗人李继宗捡拾到的那枚落果，隐示着地方天圆的华夏绝学；马步升先生所在的社科院在关山村种下的大棚木耳，能否呈献给赵那村那位失聪的长者？清水之行，我不枉此生！

2019 年 6 月 22 日凌晨 3:55
马丑子于水木金华

作者简介：马丑子，男，回族，生于 1966 年，甘肃天水张家川人。作家，古陶器收藏家，古陶文化研究者，“关山文学笔会”发起人与举办者，甘肃云鼎陶陶文化博物馆馆长。致力于古陶器的收藏与保护，西部文学的发展与推进，丝绸之路关山（即陇山）文化的挖掘、整理与研究等。发表文学作品 100 余篇，获得“2016 年度甘肃新闻副刊奖”等多种奖项。

清　水

■ 马　璘

同事打来电话，说周末一家人想出去玩，问附近哪里好。去哪里好呢?我思忖着。突然想起它九曲十八弯的盘山路，坡陡弯急让人紧张却又兴奋；想起它云山雾海山峦若隐若现，美得宛如仙境令人心驰神往；想起它林海莽莽波澜壮阔，让人不由生出山川多娇之感。听当地人说，它还是86版《西游记》第十一集的取景之地呢！这个地方有个好听的名字，花石崖。而且，就在附近，就在隔壁——清水。何不就去那里呢！

说起清水，有句老话说，自古清张一家人！几百上千年前，可不就是一家人嘛！分分合合，直到1961年，清水、张家川才算彻底分了家，自此以后，开始各奔各的光阴。因着这样的渊源，又都同样是贫困县，对这位邻居，就以为熟悉；自以为熟悉，就以为了解；自以为了解，就懒于走近。如果不是借着清水县举办的“写意清水，助力脱贫”作家采风活动，我对清水的认知，还不知道要搁置到什么程度什么时候！那之前，我可是连花石崖这么美丽的地方都不知道呢！

“清水，古称上邽，以‘清泉四注’而得县名；是中华人文始祖轩辕黄帝诞生地，秦统一中国的发祥地，西汉名将赵充国的家乡；境内有‘魏晋古城’和‘非子封邑’的李崖遗址……”要走近清水，当然先要了解它的历史，没想到这个邻居的古老程度，丝毫不逊于有马家塬遗址的张家川。我开始对清水满心的好奇。

6月14日中午，按照日程安排，作家们分组外出采风。一些啰哩啰唆的题外话就不说了，总之，我们的小组又增加了新的成员。想着安排的车辆肯定不够坐，为了不给笔会添麻烦，就打算开马丑子老师的车。关山脚下来的人，跟关山一样，敦实。后来我才知道，其实可以申请车辆的，可是关山来的人，就是这么轴，轴得不知道变通，轴得也不懂得接纳。

重新组合在一起的几个人出发了，以前后脚的工夫。我以为我很快就能赶上的，结果还是高估了自己的水平。更要命的是，我们走岔了路。听到秦亭，就以为是已经路过了的秦亭村，于是，在与采风组也许只相隔几道弯的距离时，在去秦亭镇政府与山门的三岔口掉了头，这一下子，可就与采风组南辕北辙，离得越来越远了。

自然的，在秦亭村没有看到我们想要看到的身影。车里一阵沉默，气氛很低沉。再次掉转车头，我们急吼吼地向秦亭镇赶去。

这场意外，却让我看到了一个更真实更生动的清水。它不是特意安排的采风点，也就没了刻意为之的痕迹，也就带了更多的朴实自然。离开绿树成荫、宛如一条绿色长廊的公路，去秦亭村的水泥村道，或沿山脉盘旋，或在耕地间蜿蜒。偶尔会碰到那么几坨牛粪，或几颗羊粪蛋，带来只有乡村才特有的气息，给这田野添上了些许的生气。各种不知名的树木郁郁葱葱，庄稼地里葱葱郁郁，满眼的绿色，焕发着蓬勃的生机。说清水“清泉四注”，的确是不无道理。这里看不到裸露在外的黄土，也看不到田间地埂残留的塑料地膜，一切，都绿得干净，绿得赏心悦目。远处的秦亭村掩映在绿树中，影影绰绰。来到村里，房前屋后鲜花朵朵，柴草安置整齐有序，偶尔经过的村民热情好客，到处一片祥和。现世安稳，岁月静好，大概就是这样的感觉吧！

沿着公路一直走，我们终于找到了采风组。

新的路途开始了，路越走越远，风景却越来越美。村道一侧紧临险峻的山峰；另一侧，浓密的树木从山顶层层叠叠，一路铺到沟底，在细雨冲刷下，越加青翠欲滴。随着车辆的左弯右拐，峰回路转处，远方的山峰、近处的峭壁，不断变化出远近虚实不同绿得深浅不一的景致，峰峦叠嶂，满目苍翠。这每一幅景致，都是造物主对这里的偏爱。可是就像这条路引领我们到达的长沟村的小姑娘介绍的那样，都说一方山水养一方人，这里的山水虽美，却没能养活这里的人。这里，依旧贫困。

“靠山吃山，靠水吃水”仍然是有道理的。如何既能与自然和谐相处，又能造福于人，清水人打造了三处具有古典风味的农家乐。每一处，大约有四五家。三处之间相隔只有十来分钟的车程，既免了不必要的竞争，又可以随客人喜好自己选择地点。我们晚上就住在其中的一处农家乐里。

晚饭时间，我们到达了长沟村。在村文化广场的旁边，是三处农家乐中的一处。这些农家乐都是相同的设计，一楼是水泥结构的住宅，生活设施都是按城里的习惯置办的，很贴心。二楼搭建了仿古的木结构观景楼阁，安置了座椅，喝茶、聊天、发呆、远眺……四周群山环抱，山顶雨雾缭绕，庄稼碧绿茂盛，远处的长沟河潺潺流过，屋舍坐落于青山绿水间，一派悠闲静谧的田园风光。想要的慢生活，就在这里。

晚饭后，来到广场看皮影戏。在张家川，都叫它牛皮灯影子。印象中看牛皮灯影子，已经是几十年前的事了。没想到在这里，还能再次看到，实在是有点小激动。霏霏细雨中，皮影戏鼓乐喧天，唱腔高亢激昂。说实话我看不懂，可能我也不是唯一一个看不懂的人，但这并不妨碍我们看戏的热情。看的，不光是几千年传承下来的一种文化一份热闹，还看的是坚守着这份传承继续发扬的一种执着一份诚意。执着，让人敬重；诚意，自然不能辜负。

返回住处时，又一个意外出现了。黑夜、雨天、山路，于是在一个三岔口，跟丢了车。也许我们拐过一道弯时，它也正好拐过了前面的一道弯。就这样，在三岔口走岔了。十来分钟的路，最后折腾了将近半个小时才到。

在别人都已经休息，或者返回休息的途中时，只有这里的驻村干部眼巴巴地在等我们。我不安地向他道歉，除了道歉，不知道怎么消减心里的负疚感。他笑着说，没事，安顿好每一个人，这是我的工作。细雨如织，路灯下，他亮晶晶的眼睛里饱含着的热情，让我心中一暖。那一刻，我心里拥堵得所有不安豁然消散。感谢他温暖的笑容，让我在那个清冷的夜晚，能够睡得踏实。

其实，并不是说别的工作人

员不热情，也并不是其他人做不到认真细致。只是在当时的境况下，能没有丝毫不耐烦和敷衍，那份诚挚让我感动。

第二天离开长沟村时，我特意打听到了那位驻村干部的名字，李俊杰，一个黑黑瘦瘦、淳朴善良的青年。“于细微处见真章”，在他身上，我似乎看到了很多。

这连番的意外，让我认识了真正的清水，还有清水人。说起清水人，着实让人惊叹。就像第二天看到的高湾村万亩苹果园，无不透着清水人的坚韧。整个岭上岭下，目光所及，果树成林。诗人们说关山“浩荡”，我觉得，“浩荡”用在这里也不为过。我们绕了无数的弯，爬了很长时间的坡，才到了高湾的苹果园。去的时候，通往高湾的路正在修建当中，雨后的道路泥泞湿滑。可以想来，在这里劳作，条件还是很艰苦的。不知道这规模宏大的苹果园后面，有着怎样的艰辛？能以人力造就出“浩荡”的感觉，令人咋舌。要形成万亩的规模，非一日之功；而要获得丰收，又需要后期许多工序的精心打理，其艰辛异常。没有前期的坚持，没有后期的勤谨维护，怎么能有眼前的硕果累累。更难得的是，电商平台在这里并不是一句空话，而是真正实现了线上线下销售，并且，销售的方式很多样。我相中了一棵长相俊美的果树，兴奋地给它起了个名字，认购了下来。付款后，留下地址，就等着秋天果子熟了，邮寄到家。

采风活动在继续，我也继续充当着司机。不得不说，我会犯

困，下了车绷紧的弦一放松就有些犯迷糊。可有些人，有些地方，见过一次，就会永远留在记忆深处。

见过太多死寂的村庄，也见过太多浑浊迟钝的眼神，可在郭川镇的赵那村，我看到了一种精气神。广场里跳舞的大妈，墙根围着棋盘上楚汉河界拼杀的老人，柿子树下吹着唢呐拉着二胡弹着三弦唱着小调乐在其中的大叔大婶。唱得跳得如醉如痴，听得看得津津有味。无论是村庄，还是村民，都充满着活力，就连空气里，都弥漫着快乐的味道。当然也有为了采风而摆拍的嫌疑，可明亮的眼神不会骗人，洋溢在脸上发自内心的笑容不会骗人。在赵那村，能感受到一种积极向上的精气神。

走进文化广场旁边的文体学校，更是眼前一亮。这是一处淘汰不用了的小学校，几间教室经过改造，变成了书法绘画、民俗文物、书籍报刊等的陈列馆及村民活动室。校长郭海福郭老汉，是一位年过七旬瘦削的老人。在本该颐养天年的时候，他拿出自己多年的收藏，自筹资金，在镇政府的支持下，创办了赵那村文体学校。脱贫，不光是经济上的脱贫，还有精神上的脱贫。郭老汉，就是一位坚守在精神脱贫战线上的战士。

我在心里无声地惊叹着这一切，被郭老汉感动着。而马丑子老师当即决定，要从自己的收藏中捐赠一百件陶器给学校。我只有再次惊叹了！

五天的时间，清水，以它的历史，以它的美景，以它的热忱，让我的认识一再地改变。我想每一个走近清水的人，都会跟我一样，由最初的审视，到最后的心悦，在不知不觉间，心里慢慢发生着变化。

在采风结束后不久，我又去过一次清水，去看我的老师。在坐了将近半个小时后，服务员进来说有辆车没有熄火。我匆匆走出饭店，看到一个中年男人靠着车身。他见我走过来，直起身说，这么长时间，得耗多少油啊！我连声道谢！他说就在旁边开瓷砖店，举手之劳，用不着客气！说着转身离开了。我只能在心里，默默地感激清水人的热心肠！

作者简介：马璘，笔名赛丽麦，张家川人，作品散见于《飞天》等报刊。

作家赴甘肃清水采访创作

《文艺报》

路斐斐

日前，由甘肃省社科院、甘肃省文联共同主办，甘肃省作协等承办的“写意清水·助力脱贫”文学笔会在甘肃省天水市清水县举办，来自全国各地的40余位作家参加。

此次笔会为期4天，以“看清水、写清水、助脱贫”为主题。为使作家们更好地深入乡村生活的肌理，以多样的文学形式书写当地在驻村帮扶、农村“三变”改革等工作中涌现出的典型人物、典型事迹及文化助力脱贫的重要成果，主办方将参会作家进行分组，精心设计了包括“脱贫攻坚”“美丽乡村”“产业扶贫”“人文生态”“农村人居环境”等8个主题14条深度采风线路，以期全面立体地展示近年来当地干部群众在精准扶贫政策下，以思想自觉和行动自觉主动实现脱贫致富的奋斗实践。作家们表示，文学对社会生活的穿透力与影响力是无与伦比的。文学作品中对社会发展状况的全面展示，对整个社会文明的发展尤其具有重要的推动作用。用优秀的文艺作品激励人民群众，使之奋发努力追求梦想，是文化助力精准扶贫的重要体现。

据介绍，本次笔会亦是当地第九届轩辕文化旅游节的系列活动之一。清水文化积淀丰厚，迄今已纳入国家和省市县非遗保护名录的文化遗产就有37项，文旅在推动当地经济发展、助力脱贫攻坚方面具有天然的优势。笔会期间，作家还参观了当地的博物馆、抗日救亡运动纪念馆、重要的文化遗址与新兴产业园区等。作家们表示，要用手中的笔书写当地深厚的历史文化底蕴和淳朴的风土人情，为贫困地区脱贫攻坚注入新的活力和动力。

王俊莲

王正茂

张建杰

刘天波

马越垠

写意清水　助力脱贫
知名作家眼中的清水座谈会

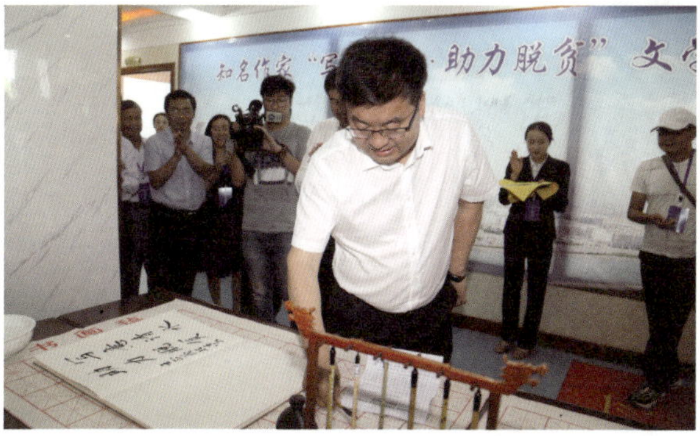

知名作家“写意清水·助力脱贫”文学笔会正式启动

清水县委宣传部

6 月 13 日上午，知名作家“写意清水·助力脱贫”文学笔会启动仪式举行，来自全国各地的几十名知名作家和中央、省市媒体记者齐聚清水，开展采访采风和文化助力脱贫行动。

甘肃省社科院副院长王俊莲，甘肃省文联副主席王正茂，天水市委常委、宣传部部长张建杰，天水市人大常委会副主任、清水县委书记刘天波等出席启动仪式。

天水市委常委、宣传部部长张建杰表示，能够举办这样的活动是清水县推进精神扶贫工程的创新举措，意义重大，清水县将以这次活动的举办为契机，及时总结活动中的成功经验和典型做法，深入推进“精神扶贫”，强化思想引领，选树先进典型，激发广大贫困群众脱贫奔小康的思想自觉和行动自觉，确保“写意清水·助力脱贫”文学笔会取得实实在在的效果。

启动仪式上，山东省作协副主席许晨，山西省作协副主席葛水平，福州大学人文学院教授施晓宇，甘肃省社科院文化研究所所长、甘肃省作协主席马步升等 7 名知名作家先后发言。

“记得第一次来甘肃是在十年前，那是我第一次领略从东到西的风景，也是我第一次被绿色所感动。以往从书本上了解到的甘肃是干涸、荒凉、孤寂的，但是当我真正踏上这片土地时，绿色却震撼了我。这块土地上存在着两种不同的生命力，这种强烈的对比反差使我深受感染。这次来到天水，我更进一步了解了甘肃丰厚的文化底蕴，这将为我以后的创作提供更丰富的素材。”吉林省作协副主席王怀宇发言时说。

与会作家一致表示，他们将会用最生动的

笔触和最真诚的情感，向外界传达清水的美好声音，并挖掘其文化精粹，用独特的视角讲好清水故事，让清水这座古老而年轻的城市不断绽放出新时代风采，走向更为广阔的世界。

据悉，本次文学笔会活动是清水县轩辕文化旅游节系列活动之一，由甘肃省社会科学院、甘肃省文联主办，甘肃省作家协会、中共清水县委、清水县人民政府承办，活动时间从6月12日至17日。在5天时间里，知名作家将通过采风活动，发现清水、描写清水、宣传清水。

（2020年5月28日被新华网转载）

知名作家“写意清水·助力脱贫”文学笔会启动

人民网－甘肃频道

（人民网兰州6月15日电，牟健）日前，由甘肃省社科院、省文联与清水县联合举办的知名作家“写意清水·助力脱贫”文学笔会正式启动。据悉，本次文学笔会活动是清水县轩辕文化旅游节系列活动之一，活动时间6月12日至17日，共邀请国内知名作家、知名文学报刊负责人，省内知名作家，天水市及各县区知名作家40余人。众多知名作家将通过采风活动，发现清水、描写清水、宣传清水，以此提升清水的知名度和影响力，进一步提振全县干部群众精气神，为坚决打赢脱贫攻坚战凝聚精神力量。

国内39名作家赴甘肃小城送“文化大餐”

中国新闻网

（中新网甘肃清水6月14日电，高展）“印象中的大西北都是黄土翻滚，草木稀疏；但当我第一次踏足在清水这片土地时，进入眼帘的却是青山绿水，蓝天白云。没有一丝西部的苍凉感，有的却是江南的秀丽与宜人。”来自山东青岛的中国作家协会会员许晨说，扶贫需先扶志，在这么美丽的地方，我们应该发挥文化扶贫的教育带动意义，结合当地的典型人物和典型故事，创作出优秀的文学作品，来感染和激励当地民众。

6月13日起，由甘肃省社科院、甘肃省文联与清水县联合举办的知名作家“写意清水·助力脱贫”文学笔会启动，来自全国各地的39位知名作家齐聚清水，开展采风和文化助力脱贫行动。

甘肃省清水县，古称上邽，以“清泉四注”而得县名，有5000多年文明史、2700多年建县史，位于甘肃东南，天水东北，陇坂西麓，渭河上游。自古以来，有陇右要冲、关中屏障、丝路咽喉之称，有轩辕故里、非子封邑、充国家乡殊荣，是一方历史悠久、文化灿烂的古老文明热土，是一座四季分明、气候宜人的生态旅游花园，也是国家六盘山特困片区扶贫开发重点县。

天水市人大常委会副主任、清水县委书记刘天波介绍说，2015年以来，全县紧盯“两不愁三保障”脱贫目标，用心、用情、用力推动脱贫攻坚。全县贫困人口由2014年的9.48万人减少到1.88万人，贫困村由123个减少到70个，贫困发生率由31.6%下降到6.53%。

全面建设小康社会不光要看经济指标，更得注重文化素质的培养。在思想认识上和道德建设上下功夫，才能从根本上拔掉“穷根子”。甘肃省文联副主席王正茂说：“当民众有了信心、有了梦想，精神世界得到满足，自然会转变观念，努力脱贫致富奔小康。而优秀的文学作品，便有这样的神奇力量。”

本次活动旨在借助文学的力量给清水县扶贫攻坚工作添砖加瓦。甘肃省社科院副院长王俊莲说：“举办这次笔会也是为了让外界了解当地的产业发展，感受当地的风土人情，把文化建设给脱贫攻坚带来的实质性益处展现给外界。”

天水市委常委、宣传部部长张建杰介绍说，本次活动对深入推进“扶志扶智”，破解“精神扶贫”难题，提升清水知名度和影响力都有着重要意义。

知名作家“写意清水·助力脱贫”文学笔会正式启动

清水文明办

6月13日上午，由省社科院、省文联与清水县联合举办的知名作家“写意清水·助力脱贫”文学笔会正式启动，来自全国各地的数十位知名作家和中央、省市媒体记者齐聚清水，开展采访采风和文化助力脱贫行动。

省社科院副院长王俊莲，省文联副主席王正茂，市委常委、宣传部部长张建杰，市人大常委会副主任、清水县委书记刘天波，清水县领导周伟东、马越垠、丁旺喜、李致明等出席启动仪式。启动仪式上，省社科院副院长王俊莲和省文联副主席王正茂分别致辞。

张建杰讲话并宣布知名作家“写意清水·助力脱贫”文学笔会开始。张建杰希望参加笔会的作家记者们深挖素材书写清水深厚的历史文化底蕴，多视角宣传清水在脱贫攻坚中涌现的典型经验和先进事迹，大力宣传清水的人文景观、自然风光和丰富的旅游文化产品，提升清水的知名度和影响力，引导更多的社会人士到清水观光旅游、投资兴业。张建杰要求清水县以这次活动的举办为契机，及时总结活动中的成功经验和典型做法，深入推进“精神扶贫”，强化思想引领，选树先进典型，激发广大贫困群众脱贫奔小康的思想自觉和行动自觉，确保“写意清水·助力脱贫”文学笔会取得实实在在的效果。

刘天波代表清水县四大组织和全县人民向应邀出席文学笔会的知名作家表示热烈欢迎，并向各位作家、媒体记者全面介绍了清水县脱贫攻坚工作和经济社会发展情况。刘天波希望各位作家在笔会期间深入基层群众，拿起生花妙笔，书写精彩华章，为清水的文化扶贫、精神扶贫增光添彩，为清水的决战脱贫、决胜小康和乡村振兴加油鼓劲。也希望各位媒体记者通过这次笔会，讲好清水故事，宣传推介清水，让清水的农特产品走出大山、走向全国，让更多的人了解清水、关注清水，为清水脱贫攻坚注入强大动力。刘天波要求县内广大文学爱好者珍惜难得机会，虚心向各位知名作家请教学习，提高创作水平，推动全县文艺事业繁荣发展。

清水县委副书记、县长马越垠主持文学笔会启动仪式；中国作家协会会员、国家一级作家许晨，中国作协电视剧委员会委员、山西省作协副主席葛水平，中国作协会员、河北省作协副主席胡学文，中国作协会员、福州大学人文学院教授、一级作家施晓宇，青

海省作协副主席、诗人曹有云，中国作协会员、《北京文学》社长助理王童，吉林省作协副主席、作家王怀宇，省社科院文化研究所所长、省作协主席马步升等知名作家在启动仪式上先后发言，表示将用充沛的激情、生动的笔触和深厚的人文情怀，描绘出清水人民在脱贫攻坚这场伟大战役中展现出的新精神、新风貌和新形象。

启动仪式开始前，各位知名作家开展了文学笔会签名活动。据悉，本次文学笔会活动是清水县轩辕文化旅游节系列活动之一，由甘肃省社会科学院、甘肃省文联主办，甘肃省作家协会、中共清水县委、清水县人民政府承办，以“看清水、写清水、助脱贫”为主题，活动时间6月12日至17日，共邀请国内知名作家、知名文学报刊负责人，省内知名作家，天水市及各县区知名作家40余人。知名作家“写意清水·助力脱贫”文学笔会为期5天，在接下来的5天里，知名作家将通过采风活动，发现清水、描写清水、宣传清水。

举办知名作家“写意清水·助力脱贫”文学笔会，是清水县帮扶单位省社科院高度重视帮扶工作，主动发挥自身优势，用心深化扶志扶智行动的探索创新；也是清水县在省社科院、省文联的支持指导下，着力破解精神扶贫难题，提升清水的知名度和影响力，进一步提振全县干部群众精气神，为坚决打赢脱贫攻坚战凝聚强大精神力量的具体行动。

（2019年6月18日，被中国文明网转载）

“知名作家眼中的清水”座谈会召开

大律师网

知名作家“写意清水·助力脱贫”文学笔会6月16日下午圆满结束，在召开的“知名作家眼中的清水”座谈会上，参加笔会的各位作家结合在清水的采风感悟畅谈清水印象，为清水的脱贫攻坚和经济社会发展建言献策。

文学笔会期间，各位作家先后深入清水县10乡镇25村和县农发公司、“五园一中心”、天河酒业、华盛农业、抗日救亡运动纪念馆、邽山生态园、赵充国陵园等地采访采风，亲身体验清水县干部群众众志成城的脱贫攻坚火热实践，切身感受轩辕故里的历史文化、风土人情和生态。采风过程中，有的作家现场采访扶贫干部、社会爱心人士和贫困群众；有的作家灵感所至，深情创作扶志扶智、咏赞清水的文学佳作；有的作家挥毫泼墨，留下了珍贵诗句墨宝；有的作家满怀深情，与贫困户结成帮扶对子；有的作家朋友认购果树菜园、购买农特产品，助力群众增收致富；有的作家朋友慷慨解囊，现场慰问贫困群众；有的作家准备为村史馆捐赠陶器；有的计划为农家书屋捐赠图书。他们不辞辛苦，以强烈的时代使命感，用脚丈量美丽清水的山山水水，用心感受干部群众的火热心跳，用情激发脱贫攻坚的豪迈干劲。

市人大常委会副主任、清水县委书记刘天波在座谈会上致答谢词，他代表清水县委、县政府和广大干部群众，向各位作家、省社科院、省文联和省作协各位领导及新闻媒体记者表示诚挚的敬意和感谢。

刘天波说，连日来，在脱贫攻坚关键时刻，在轩辕故里清水大地，在每个人的心灵深处，无时无刻地经历了一场从未有过的特殊感动。这个感动，来自脱贫攻坚的伟大斗争，来自扶志扶智的创新实践，来自大美清水的山欢水笑；这个感动，既是各位知名作家对清水广大干部群众的感动，也是清水广大干部群众对各位知名作家的感动；这个感动，是这个美好时代特有的感动，更是大家对这个美好时代的感动。这次文学笔会的成功举办，犹如一场春雨，滋润了清水广大干部群众的心田，必将进一步点燃全县广大扶贫干部的坚定决心和坚强斗志，必将进一步唤醒全县贫困群众“我要脱贫”的主体意识和脱贫志向；这次文学笔会的成功举办，又一次对清水进行了多视角宣传，让许多不熟悉清水的人认识了清水，并开始关注清水，必将进一步提升轩辕故里清水的知名度和影响力；这次文学笔会的成功举办，开创了清水乃至全市文学扶贫新局面，必将影响和带动县内外文学工作者积极投身时代洪流，书写脱贫攻坚的伟大斗争，讲好脱贫攻坚的生动故事，用文学持久而特殊的影响力、生命力、感召力，助推打赢打好脱贫攻坚战。

省社科院文化研究所所长、省作协主席马步升主持座谈会并讲话。马步升说，此次文学笔会的成功举办，将起到宣传推介清水、提升清水知名度和影响力的作用，也将为助推清水如期实现整县脱贫摘帽、打赢脱贫攻坚战注入一股强大的精神动力，在清水县脱贫攻坚工程中增添一分文学色彩，必将为助推清水县脱贫攻坚工作写下浓墨重彩的一笔。

座谈会上，作家张艳茜、第广龙、阿舍、贺颖、王韵、马青山、史卫东、马丑子、汪彤等先后发言，他们紧扣脱贫攻坚时代主题、紧扣文学助力脱贫攻坚做了发言。他们说，清水随手可以触摸的厚重历史、放眼可以远望的秀美山川、焕然一新的乡村面貌、用心可以感知的淳朴民风、农村产业生机盎然的发展、驻村队员默默无闻的付出、有作为敢于担当的镇村干部，等等，这一切让他们对清水的人文风情、经济社会发展和脱贫攻坚工作有了更加全面的了解和更加深入的思考，留下了非常深刻的印象，他们将用自己手中的笔尽力宣传清水、推介清水，以文学艺术的形式展现清水，用笔触的文字助力清水脱贫攻坚。

周伟东、丁旺喜、李致明、宋贤雄、毕德祥、曹凤娥等清水县领导，县级新闻媒体记者、县内作家志愿者、县直相关单位及部分乡镇主要负责人参加座谈会。

我院举行甘肃省知名作家“写意清水·助力脱贫”文学笔会框架方案座谈会

院帮扶办

魏静

2019 年 3 月 20 日下午，清水县委副书记李致明，清水县委常委、宣传部部长宋贤雄等一行 4 人来我院参加甘肃省知名作家“写意清水·助力脱贫”文学笔会框架方案座谈会。座谈会由院党委委员、副院长王俊莲主持。文化研究所所长、省作协主席、研究员马步升，院工会主席王灵凤等参加了座谈会。

知名作家“写意清水·助力脱贫”文学笔会正式启动

兰州新视界

6 月 13 日上午，由省社科院、省文联与清水县联合举办的知名作家“写意清水·助力脱贫”文学笔会正式启动，来自全国各地的数十位知名作家和中央、省市媒体记者齐聚清水，开展采访采风和文化助力脱贫行动。

省社科院副院长王俊莲，省文联副主席王正茂，市委常委、宣传部部长张建杰，市人大常委会副主任、清水县委书记刘天波，清水县领导周伟东、马越垠、丁旺喜、李致明等出席启动仪式。

启动仪式上，省社科院副院长王俊莲和省文联副主席王正茂分别致辞。

用文化之笔　润脱贫之心

——甘肃省社会科学院开展精准扶贫工作之文化扶贫篇

《天水日报》

胡丽霞、何慧娟

（《天水日报》讯，记者胡丽霞、何慧娟）扶贫先扶志，治穷先治愚。虽然目前清水县山门镇大集村、关山村的产业项目与基础设施建设已逐步落实，但依然有一些群众没有脱贫的主动性，“等、靠、要”思想严重。面对村民文化水平偏低、思想封闭落后、脱贫致富信心不足的现状，该如何走进贫困群众的内心，通过扶志、扶智来激发脱贫内生动力，成为摆在甘肃省社会科学院领导干部面前的一道难题。

今年年初，甘肃省社科院文化研究所所长、甘肃省作家协会主席马步升来到关山村，写了篇文章《四十二年村官路》，发表于《人民日报》海外版，引起了社会各界的广泛关注。6 月中旬，由甘肃省社科院牵头策划的“写意清水·助力脱贫”文学笔会又如期召开，文化扶贫的春风正在吹遍清水大地，吹进千家万户……

用文学之笔书写清水脱贫攻坚动人篇章

关山村的河流我还没问名字/我来这里也许只来一次/省上下来扶贫的干部/有的已经住了一年/无论如何/我记住了关山村/在天水的清水/在清水的山门

这是中国作家协会会员、甘肃诗歌八骏之一、著名诗人第广龙6月15日在清水县山门镇关山村所写的诗句，在短短几天的采风过程中，他就写出了十几首诗作。他说:“在清水的这些天,我每天都有写作的冲动,克制不住,按压不住。在一个地方,被触动,有新鲜感,我都会写点感受,在清水,我的感受异常强烈,我要写出我的清水诗篇。”

6月13日，由省社科院、省文联与清水县联合举办的知名作家“写意清水·助力脱贫”文学笔会在清水县启动,来自全国11个省的作协主席、副主席,鲁迅文学奖获得者,国内省内知名作家、诗人、记者等共计40余人参加笔会。通过深入调研历史文化、美丽乡村、脱贫攻坚、人文生态等13条采风线,作家分10组实地走访10个乡镇25个村，全方位了解清水县脱贫攻坚、农村“三变”改革、产业发展、扶贫车间、“四好农村路”、易地扶贫搬迁、人居环境改善等方面的工作，亲身体验清水县干部群众众志成城的脱贫攻坚火热实践,切身感受轩辕故里的历史文化、风土人情和生产生态。

在祖脉文化采风线，作家们深入秦亭镇长沟河，山门镇关山村、白河村,探寻轩辕黄帝诞生地和秦人发祥地的奥秘，了解当地乡村旅游和黑木耳等特色产业发展情况，走访脱贫攻坚典型人物及贫困群众;在美丽乡村采风线,作家们考察小河新村农村人居环境整治成效,走进合作社、扶贫车间了解产业发展情况。在脱贫攻坚采风线，知名作家调研了解产业扶贫、精神扶贫和乡村旅游等情况;在人文景观采风线,作家们走进花石崖和陇东镇田湾村、谢沟村，实地感受清水优美的自然风光，感受电商扶贫给贫困群众生活带来的新变化。在产业扶贫、四好农村路、农村人居环境和人文生态采风线,作家们边走边看,入户调研,实地采风,全面了解掌握清水强劲的发展脉动和火热的脱贫攻坚实践。

采风过程中，一些作家还通过果树认购、购买清水农特产品等方式，以消费扶贫助力贫困群众增收致富。作家汪彤在韩坪村采风时,现场认购了一块小菜园,并亲手栽上了认购牌，既体验了一把干农活的乐趣，又通过消费扶贫帮助贫困群众增收。

“一路走来,看到这方土地山清水秀,生态环境良好,特别是山门、秦亭一带满目绿色,如同走进画中。这里的群众在县委、县政府和各级帮扶单位的大力帮扶和支持下,特色产业蓬勃发展,整县脱贫的目标今年一定能够实现。”中国作协会员、国家一级作家许晨说,他将加大宣传,把清水脱贫攻坚的成效和脱贫攻坚中涌现出来的典型人物宣传出去，让更多的人了解清水群众自强不息的拼搏精神,也把这种精神带回去,感染更多的人。

文艺创作方法有千万条,但最根本、最关键、最牢靠的办法是扎根人民、扎根生活。只有离泥土越近、离百姓越近,作家的创作才越有筋骨、有厚度、有温度。通过采风,参会的作家们纷纷表示,此次文学笔会为自己提供了一段美好的创作历程。清水随手可以触摸的厚重历史、放眼可以远望的秀美山川、焕然一新的乡村面貌、用心可以感知的淳朴民风、农村产业生机盎然的发展、驻村队员默默无闻的付出、有作为敢于担当的镇村干部,等等,这一切让他们对清水的人文风情、经济社会发展和脱贫攻坚工作有了更加全面的了解和更加深入的思考,留下了非常深刻的印象，他们将用自己手中的笔尽力宣传清水、推介清水，以文学艺术的形式展现清水，通过文学的力量助力清水脱贫攻坚。

用文学之笔唤起群众脱贫攻坚的信心和决心

那么，文学笔会的举办在为

作家、诗人提供创作素材和写作源泉的同时，能为贫困群众带来什么?在脱贫攻坚过程中，文化、文学又扮演着什么样的角色，发挥着怎样的作用?

“精准扶贫到了攻坚阶段，要解决扶贫、扶志、扶智的根本性问题，给钱给物是解决不了的。特别是落后地区的群众，思想保守落后，自我价值缺失，要通过文化和文学来树立他们的自信心，变输血为造血，让他们主动脱贫。”采访中，参加过此次文学笔会的陕西省旅游文化顾问、天水日报社副总编辑王若冰说。

如果说，提供资金和技术进行产业扶贫是社科院开展帮扶工作的弱项，那么发挥自身优势、进行文化扶贫则是他们的优势和特长。

“文学笔会的缘起，带有一定的偶然，春节前我去山门镇关山村开展慰问，与关山村村支部书记雷得有相谈甚欢。走的时候，雷书记说关山村的春天景色非常美，希望我能带着作家朋友们去看看，加之我写的散文《四十二年村官路》发表在《人民日报》海外版后产生了一定的影响。后来清水县与我们单位商量，大家一致认为，现在物质方面的扶贫已基本到位，物质上扶起来了，精神上也要站起来，于是就有了这次的文学笔会。”采访中，甘肃省社科院文化研究所所长、甘肃省作家协会主席马步升说，开展文学笔会的目的就是要让更多人知道清水，看到清水县在脱贫攻坚路上的努力与付出。另外，此次笔会不仅邀请了许多外地著名作家，还在天水市和清水县选拔了一些作家与文学爱好者加入，外来的作家带来创作经验，本地作家介绍山川地理、风土人情，通过几天的接触与交流，产生了良好的长久效应。

“‘羌笛何须怨杨柳，春风不度玉门关。’唐代诗人王之涣的这首《凉州词》对玉门的旅游发展起到了非常好的推介作用，这就是文学作品的力量，或许一首诗、一句话就能带动一个地方的发展。所以此次我们邀请了来自全国各地的作家、诗人，他们见多识广，影响力大，希望能通过他们之手，以文学作品的方式去宣传清水，展示那里的自然风光与人文历史。”甘肃省社会科学院党委副书记、院长王福生说。

王若冰说，他认为扶贫就像培养下一代，与其给他万贯家产，不如给他知识和对美好生活的追求。清水县一些乡镇比较封闭落后，他希望采风活动通过文学作品唤起本地人的自豪感，让他们更爱家乡，愿意为此付出劳动和努力。另一方面，采风活动对于作家诗人也是一种启发，是让他们走向纯粹生活的一个机会，让他们知道还有这么多人为了让贫困山区的群众过上好日子而在努力奋斗。

“此次文学笔会不仅将关山村、大集村的帮扶工作进行了宣传，也对全县经济社会发展做了全面系统的走访。相信通过文学家生动的笔触，能够让当地干部群众再次审视自己的生活和所处的这片土地，增强他们的获得感、归属感、幸福感，焕发精神力量，真正实现脱贫致富。”甘肃省社会科学院党委委员、副院长王俊莲说。

“最重要的是这次文学笔会唤起了清水人民对美好生活的向往，对自己生活城市的自信和对今后奋斗的决心。”清水县作协主席温小牛说。

“写意清水·助力脱贫”清水县即将迎来一场知名作家文学笔会

天水在线

由甘肃省社会科学院、甘肃省文联主办，甘肃省作家协会、中共清水县委、清水县人民政府承办的知名作家“写意清水·助力脱贫”文学笔会将于6月12日至17日在清水县举行。届时，省内外知名作家将集聚清水，看清水变化，写清水故事，展清水形象，助脱贫攻坚。

本次笔会既是清水县第九届轩辕文化旅游节活动之一，也是清水县深化“扶志扶智”行动的重要举措。清水县围绕“看清水、写清水、助脱贫”主题，组织知名作家深入城乡发展一线、脱贫攻坚一线开展系列采风活动，感受清水深厚的历史文化底蕴，体验清水淳朴的风土人情，书写清水脱贫攻坚的典型事迹和经济社会发展的喜人成就。在文学笔会的写意中，全面宣传推介清水，提升清水的知名度、影响力，助推清水如期实现整县脱贫摘帽、坚决打赢脱贫攻坚战。

据了解，文学笔会期间，将在甘肃省职工培训中心举行文学笔会启动仪式和交流研讨活动，并聚焦清水发展变化、文化旅游生态优势和脱贫攻坚典型故事等重点内容实地开展采风活动。

轩辕文化将成为采风写意的切入点，清水是轩辕黄帝故里，轩辕文化独具魅力，轩辕谷、轩辕广场、轩辕湖、《轩辕大帝》西秦腔歌舞传奇剧必将引起知名作家的关注。道教音乐、农耕文化、清水剪纸、木人摔跤、跑驴舞、清水小曲等特色“非遗”节目也将为知名作家展示清水深厚的文化意蕴和艺术魅力。

自然和旅游资源将成为采风写意的停靠点，六月的清水，处处山清水秀、鸟语花香、风景宜人，小泉峡谷、邽山生态园、三台寺峡谷、山门林海、秦亭牧场等生态资源必将让知名作家见证“天水后花园”的美誉。花石崖、尹道寺、石洞山、长沟河、小华山等自然人文景观也将吸引知名作家驻足，品评写意清水人文历史。

脱贫攻坚将成为采风写意的侧重点，近年来，清水县聚力脱贫攻坚，创新机制举措，奋力攻坚拔寨，取得了显著成效。农村“三变”改革、产业扶贫、乡村旅游扶贫、帮扶济困、扶贫车间带动、“四好农村路”建设、易地扶贫搬迁、人居环境改善等一系列攻坚举措和成效，必将成为知名作家浓墨重彩的写意之笔。天河酒业、华盛农业、光伏发电等产业基地引领脱贫攻坚的生动实践，也将受到知名作家的关注。致富带头人、帮扶干部、乡村干部奋力脱贫攻坚奔小康的感人事迹，将成为知名作家深入挖掘、重点讲述的清水故事。更令人期待的将是知名作家的一件件写意作品，文笔灵动、写意清水，必将为清水县决战决胜脱贫攻坚提供有力的智力支撑。

“写意清水·助力脱贫”文学笔会举行

天天天水网

（天天天水网讯）据清水县政府网消息，3月20日，知名作家“写意清水·助力脱贫”文学笔会座谈会在兰州举行。省社科院党委委员、副院长、研究员王俊莲，省社科院文化研究所所长、省作协主席、研究员马步升，省社科院工会主席王灵凤，省社科院丝绸之路所副研究员魏静等省社科院领导，及县委副书记李致明，县委常委、宣传部部长宋贤雄等县领

导出席座谈会。

会议听取了全县历史文化底蕴、自然生态环境、脱贫攻坚成效等基本县情介绍；对知名作家“写意清水·助力脱贫”文学笔会活动安排进行了详细讨论；围绕如何利用知名作家资源，充分挖掘全县脱贫攻坚工作中涌现出的生动人物和感人事迹，宣传清水、助力脱贫，确保活动取得实效等问题提出了若干意见建议。

据悉，知名作家“写意清水·助力脱贫”文学笔会活动拟由甘肃省社会科学院、甘肃省文联主办，清水县委、清水县人民政府、甘肃省作家协会承办，旨在深入贯彻习近平总书记关于扶贫工作重要论述，全面落实中央关于脱贫攻坚决策部署，创新和探索精神扶贫举措，深入推进“扶志扶智”行动，进一步提振广大干部群众攻坚信心和决心，提升清水知名度和影响力，助推清水整县脱贫摘帽。活动将于今年6月下旬在该县举行，届时将邀请国内知名作家以脱贫攻坚为主线开展笔会采风。

知名作家“写意清水·助力脱贫”文学笔会举办

《天水日报》

本报讯（天天天水网记者刘晓亚）由甘肃省社科院、省文联、省作协组织策划，清水县组织实施的知名作家“写意清水·助力脱贫”文学笔会近日在美丽的牛头河畔正式启动。来自全国各地的40多名知名作家分成10组，利用3天时间深入清水的山山峁峁、田间地头，切身体验贫困地区干部群众攻坚克难的生动实践，以文学笔触反映脱贫攻坚的伟大斗争。

知名作家“写意清水·助力脱贫”文学笔会，是清水县对口帮扶单位甘肃省社科院发挥自身优势，深化“扶志扶智”行动的探索和创新，旨在着力破解精神扶贫难题，提升清水知名度和影响力，进一步提振全县干部群众精气神，为坚决打赢脱贫攻坚战凝聚强大精神力量的具体行动。据悉，此次文学笔会是清水县轩辕文化旅游节系列活动之一。

甘肃省社科院副院长王俊莲，省文联副主席王正茂，市委常委、宣传部部长张建杰，市人大常委会副主任、清水县委书记刘天波及清水县领导出席启动仪式。

在启动仪式上，中国作家协会会员、一级作家许晨，中国作协电视剧委员会委员、山西省作协副主席葛水平，中国作协会员、河北省作协副主席胡学文，中国作协会员、福州大学人文学院教授、一级作家施晓宇，青海省作协副主席、诗人曹有云，吉林省作协副主席、作家王怀宇，省社科院文化研究所所长、省作协主席马步升，甘肃省文学院院长、省作协副主席高凯等知名作家在启动仪式上先后发言，表示将用充沛的激情、生动的笔触和深厚的人文情怀，深入清水的田间地头，深挖脱贫攻坚典型，用文学的语言生动描绘清水人民在脱贫攻坚这场伟大战役中展现出的新精神、新风貌和新形象，为清水的扶贫攻坚注入文学力量。

国内40多位知名作家赴甘肃这个小城送“文化大餐”

天天天水网

六月，圆荷浮小叶，细麦落轻花，我家清水门前流。

6月中旬，清水的山山水水都听到了这样美丽的诗句：今天我到清水来就是沐浴的／我要用清水县的清水／沐浴五脏六腑／净身净心／这一趟／我要从清水这个地方／带走一个洗干净的身子和灵魂／然后将一把活着的硬骨头／养在清水之中。

这首名为《今天我到清水来就是沐浴的》的诗作，是国家一级作家、甘肃诗人高凯专为清水县举办的知名作家“写意清水·助力脱贫”文学笔会而作。这首美丽的诗，就是来自全国各地的40多位知名作家献给清水的见面礼。

6月13日，由甘肃省社科院、省文联、省作协组织策划，天水市清水县组织实施的知名作家“写意清水·助力脱贫”文学笔会在美丽的牛头河畔正式启动。此后，来自全国各地的40多名知名作家将分成10组，利用3天时间深入清水的山山峁峁、田间地头，切身体验贫困地区干部群众攻坚克难的生动实践，以文学笔触反映脱贫攻坚的伟大斗争，助推实现脱贫攻坚的共同目标，深入生活、扎根人民，为人民抒写、为时代立传。

知名作家“写意清水·助力脱贫”文学笔会，是清水县对口帮扶单位甘肃省社科院发挥自身优势，深化“扶志扶智”行动的探索和创新，旨在着力破解精神扶贫难题，提升清水的知名度和影响力，进一步提振全县干部群众精气神，为坚决打赢脱贫攻坚战凝聚强大精神力量的具体行动。据悉，此次文学笔会是清水县轩辕文化旅游节系列活动之一。

甘肃省社科院副院长王俊莲，省文联副主席王正茂，天水市委常委、宣传部部长张建杰，市人大常委会副主任、清水县委书记刘天波及清水县领导出席了启动仪式。

天水市委常委、宣传部部长张建杰讲话并宣布知名作家“写意清水·助力脱贫”文学笔会开始。张建杰希望参加笔会的作家、记者深挖素材书写清水深厚的历史文化底蕴，多视角宣传清水在脱贫攻坚中涌现的典型经验和先进事迹，大力宣传清水的人文景观、自然风光和丰富的旅游文化产品，提升清水的知名度和影响力，引导更多的社会人士到清水观光旅游、投资兴业；宣传清水的农特产业，推进消费扶贫，拓宽销售渠道，为贫困群众增收致富奠定基础。张建杰要求清水县以这次活动的举办为契机，及时总结活动中的成功经验和典型做法，深入推进“精神扶贫”，强化思想引领，选树先进典型，激发广大贫困群众脱贫奔小康的思想自觉和行动自觉，确保“写意清水·助力脱贫”文学笔会取得实实在在的效果。

市人大常委会副主任、清水县委书记刘天波向各位作家、媒体记者全面介绍了清水县脱贫攻坚工作和经济社会发展情况。刘天波希望各位作家在笔会期间深入基层群众，拿起生花妙笔，书写精彩华章，为清水的文化扶贫、精神扶贫增光添彩，为清水的决战脱贫、决胜小康和乡村振兴加油鼓劲。也希望各位媒体记者通过这次笔会，讲好清水故事，宣传推介清水，让清水的农特产品走出大山、走向全国，让更多的人了解清水、关注清水，为清水脱贫攻坚注入强大动力。同时要求县内广大文学爱好者珍惜难得的机会，虚心向各位知名作家请教学习，提高创作水平，推动全县文艺事业繁荣发展。

在启动仪式上，中国作家协会会员、一级作家许晨，中国作协电视剧委员会委员、山西省作协副主席葛水平，中国作协会员、河北省作协副主席胡学文，中国作协会员、福州大学人文学院教授、一级作家施晓宇，青海省作协副主席、诗人曹有云，吉林省作协副主席、作家王怀宇，省社科院文化研究所所长、省作协主席马步升，甘肃省文学院院长、省作协副主席高凯等知名作家在启动仪式上先后发言。表示将用充沛的激情、生动的笔触和深厚的人文情怀，深入清水的田间地头，深挖脱贫攻坚典型，用文学的语言生动地描绘清水人民在脱贫攻坚这场伟大的战役中展现出的新精神、新风貌和新形象，为清水的扶贫攻坚注入文学的力量。

后　记

在全县上下奋力决战脱贫攻坚、决胜全面建成小康社会的关键时刻，《写意清水·助力脱贫文学作品集》与读者见面了。这是清水县委、县政府深入贯彻落实习近平总书记关于扶贫工作重要论述的创新举措，也是清水扎实推进精准扶贫、践行扶智扶志精神扶贫生动实践的重要成果。

本书共收录国家、省、市知名作家自 2019 年 6 月“写意清水·助力脱贫”文学笔会开展以来创作的文学作品 47 篇，中央、省、市各级新闻媒体宣传报道稿件 13 篇，约 30 万字。参与笔会的作家深入清水县乡村生产生活肌理，以生动的笔触、多样的形式，热情讴歌清水各级党员干部群众在脱贫攻坚、乡村振兴等工作中涌现出的典型人物和先进事迹，全面立体展示了近年来清水各级党员干部群众在习近平新时代中国特色社会主义思想指引下，以高度的政治自觉、思想自觉和行动自觉，奋力实现脱贫致富奔小康的鲜活实践，其作品具有强烈的时代特点和鲜明的地域特色，也具有一定的厚度、深度、广度和温度，值得鉴赏品读。

在本书收集、整理、编辑过程中，各知名作家情系清水，惠赐佳作；省社科院文化研究所所长、省作协主席马步升欣然命笔，热情作序；县委、县政府领导高度重视，大力支持；各相关部门单位鼎力协作，密切配合，使得该书在建党百年前夕如期付梓。在此，对各方的辛勤付出深表谢忱！由于编者水平有限，错讹疏漏之处在所难免，敬请读者谅解。

编　者

2021 年 6 月